LOCUS

LOCUS

LOCUS

LOCUS

mark

這個系列標記的是一些人、一些事件與活動。

mark 102
來自天堂的第一通電話
作者：米奇・艾爾邦（Mitch Albom）
譯者：吳品儒
責任編輯：潘乃慧
封面設計：顏一立
校對：呂佳真
法律顧問：董安丹律師、顧慕堯律師
出版者：大塊文化出版股份有限公司
台北市10550南京東路四段25號11樓
www.locuspublishing.com
讀者服務專線：0800-006689
TEL：(02)87123898 FAX：(02)87123897
郵撥帳號：18955675 戶名：大塊文化出版股份有限公司

總經銷：大和書報圖書股份有限公司
地址：新北市新莊區五工五路2號
TEL：(02) 89902588 FAX：(02) 22901658
初版一刷：2014年9月
初版十七刷：2020年5月
定價：新台幣350元
Printed in Taiwan

來自天堂的第一通電話

米奇・艾爾邦　著
吳品儒　譯

The
First Phone Call
from Heaven

獻給黛比。
這位電話大師，
我們每一天都想念她的聲音。

事件初始的第一週

這個世界接到第一通天堂來電時，泰絲．瑞佛緹正想撕開一盒茶包的塑膠膜。

鈴鈴鈴鈴鈴——

她假裝沒聽到電話鈴響，用指甲戳破塑膠膜。

鈴鈴鈴鈴鈴——

她用食指沿著塑膠膜的凸起處扯開包裝。

鈴鈴鈴鈴鈴——

最後她用力一撕，總算撕開了塑膠膜，順手捏成一團。她知道要是電話再響一次而她又沒接到，就會轉進答錄機——

鈴鈴鈴鈴鈴——

「——喂？」

來不及了。

「唉呦，真是的！」她咕噥著，聽到廚房吧台上的答錄機發出喀答聲，開始播放留言：

「你好，我是泰絲，請留下姓名電話，我會盡快回覆，謝謝。」

微弱嗶聲響起，接著是沙沙聲，然後——

「——我是媽媽，想跟妳說件事……」

泰絲瞬間停止呼吸，手上握著的話筒也掉了。

她的母親，早已在四年前過世了。

鈴鈴鈴鈴鈴——

警局裡，鬧烘烘的辯論聲幾乎要淹沒第二通天堂來電的鈴聲。有個記事員彩券中獎，贏得兩萬八千美金。三位警官在爭吵如果是自己得獎，錢要怎麼花。

「拿去付帳單。」

「不可以付帳單！」

「買一艘船怎樣？」

「付帳單！」

「才不要咧。」

「買船啦！」

鈴鈴鈴鈴鈴——

警長傑克．歐勒思起身，倒退著走向自己的小辦公室。「獎金要是拿去付帳單，只會多出更多帳單。」他說道。

這番話大家倒是頗為贊同，他伸手接電話，說道：

「冷水鎮警局，我是歐勒思局長。」

又是一陣沙沙聲響，接著傳來一個年輕男子的聲音。

「是爸爸嗎？我是羅比。」

突然之間，傑克再也聽不見其他人的聲音。

「搞什麼！你誰啊？」

「爸，我在這裡很開心，別替我操心，好嗎？」

傑克感到自己胃部一陣痙攣。他想起最後一次見到從軍的兒子，那時他鬍子刮得乾乾淨淨，理了個軍人頭，通過機場安檢門後，身影消失了。那是他第三次出任務——

也是最後一次。

「你不可能是我兒子。」他喃喃念道。

鈴鈴鈴——

華倫牧師醒來，擦掉下巴的口水，他剛剛在望稼堂上的沙發上小睡了一番。

鈴鈴鈴——

「來嘍……」

他費了好一番工夫才站起身。教會特別在他辦公室外面裝了電鈴，畢竟他已高齡八十有二，聽力不太行了。

鈴鈴鈴——

「牧師，我是凱瑟琳・耶林。請您快點，拜託！」

他蹣跚地走到門邊，打開門，說道：

「妳好啊，凱——」

話都還沒說完，凱瑟琳就已走到牧師身後。她外套半敞著，一頭紅髮亂蓬蓬，像是剛從家裡直奔而來。她坐到沙發上，緊張地起身，又再度坐下。

「請您要瞭解，我並沒有發瘋。」

「當然沒有——」

「——黛安打電話給我。」

「誰打給妳？」

「黛安！」

牧師的頭痛了起來。

「妳過世的姊姊打電話給妳？」

「今天早上，我接起電話……」

凱瑟琳緊緊抓住手提包，哭了出來。牧師心想，他該不該打電話尋求協助？

她尖聲說道：「她跟我說不用擔心她。她還說，她很……平靜。」

「那妳是在做夢嘍？」

「不！我不是在做夢！我眞的跟姊姊通上話了！」

淚珠從她臉頰上滑過，還來不及擦掉就已滴落。

「這件事已經討論過了——」

「我知道，可是——」

「妳很想念她——」

「對——」

「而且妳也很難過。」

「不光是這樣，牧師。黛安說她在天堂……您聽不懂嗎？」

凱瑟琳露出非常幸福的微笑，牧師從沒看她那樣笑過。

她低聲說道：「我再也不害怕了。」

鈴鈴鈴鈴鈴鈴鈴鈴——

安全警示鈴聲響起，沉重的監獄大門順著軌道滑開。一名身材高大、肩膀寬闊、名為薩里文・哈定的男子緩步走過，一步一頓，頭垂得低低的。他心跳很快，不是因為重獲自由而感到興奮，而是害怕有人從後方猛地將他拉回。

向前，再向前。他一直盯著腳尖，直到聽見碎石路上有足音朝他走來，輕巧而快速，他才抬起頭來。

那是他兒子，居勒。

他感到兒子的兩條小手臂抱住他的雙腿，他雙手伸進兒子的一頭鬈髮之中。他也看見父母：母親穿著海軍風衣，父親穿著淺咖啡色西裝。父母看到他，原本緊繃的臉瞬間軟化，然後全家互相擁抱。天氣凜冽，天色泛灰，街道因雨水而溼滑，此刻只有他的妻子不在這兒，然而她不在的身影卻如影隨形。

薩里文想要說點意境深遠的話，但從嘴裡擠出的，只是一句低語：「走吧。」

過了一會兒，車子便消失在路的盡頭。

那一天，也是這個世界接到第一通天堂來電的日子。

接下來發生的事，有幾分真假，就看你信它幾分了。

第二週

冰涼且帶著薄霧的雨水灑落，但對九月的冷水鎮來說，這再平常不過了。從地理位置看來，這個小鎮比部分加拿大地區更偏北，離密西根湖也只有幾英里。

儘管天氣寒涼，薩里文出門依舊走路。其實他大可借開父親的車，但被關了十個月之後，他變得比較喜歡戶外的空氣。他戴著滑雪帽，穿著絨面舊外套，走過了二十年前念過的高中、早在去年冬季就已關閉的貯木場，以及釣魚用品店，店外出租的獨木舟，像牡蠣殼一般堆疊著。他又走過加油站，有個員工倚牆而立，看著自己的指甲。這就是我的家鄉。薩里（薩里文的暱稱，譯按）心想。

他走到目的地，在一塊寫著「戴維森父子禮儀公司」的踏腳墊上蹭去鞋底泥巴。他發現門框上有架小攝影機，立刻反射性地扯下帽子，用手梳梳他那頭濃密的棕髮，然後看著鏡頭。毫無反應，過了一分鐘，他自己走進去了。

禮儀公司裡太暖，幾乎令人窒息。牆上釘著深色的檜木條。有張桌子旁邊沒有椅子，桌面上擺著打開的簽到簿。

「需要幫忙嗎？」

說話的是禮儀公司的負責人，身材高䠷，瘦削，骨架粗大。膚色蒼白，眉毛雜亂，留著稀薄的稻草色頭髮。他雙手交握，看來有六十多歲。

「我是荷瑞斯．貝爾芬。」他說道。

「我是薩里文，哈定。」

「喔……是你。」

喔……是你。薩里在心裡補充，因爲坐牢所以錯過妻子葬禮的人，就是你啊？現在他都會這樣，默默補齊別人沒有說完的句子。他認為那些沒說出口的話語，比說出口的還要尖銳。

「吉賽兒是我太太。」

「請節哀順變。」

「多謝關心。」

「葬禮很溫馨，家屬應該有告訴你吧。」

「我也算家屬啊！」

「那當然……」

他們站著，一片沉默。

「她的骨灰呢？」薩里問道。

「放在安置所裡。我去拿鑰匙。」

荷瑞斯走進辦公室，薩里拿起桌上的手冊閱讀。他翻到一段描述火葬的文字。

骨灰可灑於海面，置於氫氣球中升空，或是乘飛機灑在空中……

薩里將冊子丟回桌上，乘飛機灑在空中，就算是上帝，也不會這麼殘忍，他這麼想著。

過了二十分鐘，他帶著妻子的骨灰罈離開禮儀公司，骨灰罈上有天使的雕刻。他想要單手拿，又怕太隨便。想要雙手托著，又覺得那好像是要把骨灰罈送出去似的。最後他決定將骨灰罈抱在胸前，雙手交叉，像小孩抱著書包那樣。他這樣走在冷水鎮的街道上，走了半英里左右，雙腳不斷踢起雨水。等他走到郵局前，看到一張長椅，便坐下來，小心翼翼地將骨灰罈放在一旁。

雨停了，教堂鐘響報時。薩里閉上雙眼，想像吉賽兒緊靠著自己。那對海綠色的眼睛，烏黑的秀髮，纖細的身體和窄窄的肩膀。她靠在薩里的身上，像是輕聲說道，保護我。

到頭來，他終究沒能保護她。這是無法改變的定局。他坐在長椅上許久。傷心欲絕的男人，和那尊瓷器天使默默坐在那兒，好像兩人都在等公車。

生活中的大小事，都是透過電話傳遞。小孩出生、伴侶訂婚，甚至是夜半高速公路上的悲慘車禍，莫不如此。人類發展史上的里程碑，不管標記的事件是好是壞，大都以一陣鈴聲作為開頭。

泰絲坐在廚房地上，等待鈴聲再度響起。過去兩週，她的電話帶來令她震驚無比的消息：她的母親在某處，仍以某種方式存在著。她又播一遍上一通電話的錄音，這是第一百遍了。

「泰絲……親愛的女兒，別再哭了……」

「妳不可能是媽媽啊。」

「我在這裡，好端端的。」

泰絲母親出門，不管去哪，飯店、SPA，或只有半小時路程的親戚家，當她打電話回家時，總是這樣說：我在這裡，好端端的。

「這怎麼可能呢？」泰絲問道。

「什麼都有可能，我與上帝同在……我想跟妳說……」

「說什麼？媽？說什麼？」

「說天堂的事。」

電話那頭變得一片沉默。泰絲盯著話筒，好像自己手上握著人骨。她明白，整件事完全不合邏輯。但是母親的聲音她不可能認錯，每句高低起伏、輕聲低語、高聲驚叫，做孩子的都認得。

沒有錯，那聲音的確就是母親。

泰絲將膝蓋縮在胸前。自從第一通來電過後，她一直沒出門，只吃些餅乾、穀片、水煮蛋，家裡有的她都吃了。她沒去上班，沒去採買，連信箱都沒看。

她用手指梳過那頭許久未洗的金色長髮。一個足不出戶的人，見證了奇蹟，其他人知道了會怎麼說？但她不在乎。來自天堂的隻字片語，勝過寥寥塵世的所有話語。

冷水鎮的警局總部是改建過的紅磚房屋。傑克坐在自己的辦公桌前。從同事眼中看來，傑克是在打報告，其實他也在等電話響起。

過去那一週，是他人生中最奇怪的一週。過世的兒子打了兩通電話給他，每次他都以為是最後一次。這件事，他還沒告訴前妻朵琳，也就是羅比的親生母親。自從羅比過世後，她就陷入憂鬱之中，光是提到羅比二字就令她崩潰。所以他該怎麼開口呢？說他們戰死沙場的兒子，其實還在某處活著嗎？還是說通往天堂的入口，就開在他的桌上？說了之後呢？

要怎麼解釋這一切，傑克毫無頭緒。他只知道，每次電話一響，他接聽的速度就快得跟拔槍一樣。

第二通來電跟第一通一樣，在週五下午打來。接通後他先是聽到沙沙聲，接著是一陣輕飄的聲音揚起、落下——

「爸，是我。」

「羅比……」

「爸，我很好，這裡天天都很美好。」

「你在哪？」

「你知道我在哪。爸，這裡眞的很棒。」

喀答一聲。

傑克高聲喊道：「喂？喂？」他發現其他警察全轉頭看他，於是把門關上。過了一分鐘，電話又響了。他檢視來電號碼，就跟之前一樣，顯示為「不明來電」。

「喂？」傑克小聲問道。

「跟媽說不要哭了。如果我們知道死後會發生什麼事，就不用那麼擔心了。」

姊妹，一旦曾經擁有，就永遠不會失去，就算看不見也摸不著她。

凱瑟琳仰躺在床，一頭紅髮披散在枕頭上，手臂盤在胸前，緊捏著鮭魚粉色的摺疊手機。這手機以前是黛安的，三星機種，背後黏著閃亮的高跟鞋貼紙，這是黛安熱愛時尚的象徵。

凱西（凱瑟琳的小名，譯按），這裡比我們夢想中的樣子還要好。

黛安在第二通來電中如此說道。這通電話跟第一通一樣，也跟之前打到鎮上的所有怪異來電一樣，都是週五打來。比我們夢想中的樣子還要好。這句話裡，凱瑟琳最喜歡的兩個字是我們。

耶林姊妹之間，有種特別的羈絆。兩人就像從小綁在一起，共同玩遍這個小鎮。黛安比凱瑟琳大兩歲，每天都帶著妹妹去上學；還替她在幼女童軍、女童軍團中先打好人際關係。黛安拆牙套時，凱瑟琳才剛要戴。但是在高中舞會上，黛安等到凱瑟琳也找到舞伴了，才願意下場跳舞。姊妹倆都是寬肩、長腿，夏天時在湖裡游個一英里完全沒問題。後來她倆都念了社區大學。父母死時一同痛哭。黛安結婚的時候，凱瑟琳當伴娘。三年後，凱瑟琳也在六月結婚，換黛安來當伴娘。婚後，姊妹都生了兩個孩子，黛安兩胎都生女兒，凱瑟琳則是生了兒子。兩家相距一英里。就連離婚時間，兩人前後也只差一年。

唯獨在健康方面，兩人相去甚遠。黛安有偏頭痛、心律不整、高血壓的毛病。最後，一場突發的動脈瘤疾病奪走她的性命，年僅四十六歲。至於凱瑟琳則是「從來沒有生過一天病」。

多年以來，她一直為此感到愧疚。但是她現在恍然大悟，她那甜美又脆弱的姊姊，打電話來是有原因的。上帝選中黛安，要她告訴大家「信者永生」。

凱西，這裡比我們夢想中的樣子還要好。

凱瑟琳笑了，我們。透過緊握在胸前的粉紅色摺疊機，她又找回她那永遠不可能失去的姊姊。

這件事，她可不打算保持沉默。

第三週

遇到困境，有人會說：「你得從頭來過。」但是人生並不是桌上遊戲，失去摯愛之後的人生，絕對不是「從頭來過」，比較像是「將就下去」。

薩里的妻子走了，在長期昏迷之後過世。據醫院說，夏季的第一天，雷雨大作，她靜靜離開人世。那時薩里還在坐牢，還要九週才能出獄。他得知消息時，整個人無法動彈，感覺好像站在月球上，看著地球毀滅。

現在他依舊時常想起吉賽兒，雖然每想一次，都讓他蒙上最後會面那天的陰影：失事、火災、所有熟悉的事物在瞬間灰飛煙滅……不提也罷。他用充滿她的悲傷回憶纏繞自己，這樣一來就能把她緊緊留在身邊。薩里把天使骨灰罈放在沙發旁的架子上。居勒躺在沙發上睡覺，再兩個月他就要過七歲生日。

薩里坐下，癱在椅上。對於自由，他還在適應。你可能以為如果有人被關十個月，面對自由應該會手舞足蹈。然而人的身心會隨著所處環境而改變，就算是可怕的環境也不例外。總有某些時刻，薩里會盯著牆，像囚犯一樣失去活力。他得自我提醒，他其實可以起身逃離這個情況。

他伸手拿菸，環顧這間尚未熟悉的廉價公寓。這是兩層樓建築，沒有電梯，暖氣是老式的水熱式暖氣。從窗外看出去，有一排松樹，還有一座小山谷，底下流過一條小河。他想起小時候在那裡捉過青蛙。

薩里會回到冷水鎮，是因為在審判和囚禁期間，爸媽把居勒帶來這裡照顧。他已經把孩子的生活弄得一團亂了，不想因為搬家又驚動他。更何況他還能上哪兒去呢？房子和工作都沒了，錢也被律師榨乾。他看著兩隻松鼠互相追逐著竄上樹，唬弄自己說，如果吉賽兒不計較新家的位置、坪數、髒污程度、油漆脫落的話，說不定真會喜歡上這裡。

一陣敲門聲打破了薩里的沉思。他從貓眼看出去，發現馬克・艾許頓站在門外，手裡抱著兩個裝滿雜貨的紙袋。

馬克和薩里待過同一個海軍中隊，都是開戰鬥機的。自從判刑之後，薩里再也沒見過他。

「嗨。」門一打開，馬克就出聲。

「嗨。」薩里也回應。

「新家不錯嘛，如果想當恐怖分子的話。」

「你是從底特律開車過來嗎？」

「對啊。可以進去嗎？」

他倆迅速抱了一下，很是尷尬，隨後馬克跟著薩里走進客廳。他看到居勒躺在沙發上，便降低音量。「他睡著了？」

「對啊。」

「我幫他買了奧利奧餅乾，小孩都喜歡吃吧？」

馬克把紙袋放在廚房吧台上，那裡有一些紙箱還沒拆。他也看到塞滿菸蒂的菸灰缸，水槽裡擱著幾個玻璃杯，是用來喝酒、而非喝水的小玻璃杯。

「那……」馬克開口。

既然紙袋已經放下，馬克也不能再裝忙了，他直盯著以往的飛行夥伴。薩里稚氣未脫的臉龐，加上總是微開的嘴唇，讓馬克想起以前高中時代，他可是蓄勢待發的美式足球之星，只是現在變得更瘦、更老，眼周附近尤其明顯。

「這就是你長大的地方嗎？」

「現在你總該知道為什麼當初我要離開了。」

「你最近過得怎樣？」

薩里聳了聳肩。

「發生在吉賽兒身上的事真的很可怕——」

「嗯。」

「我很遺憾。」
「嗯。」
「我還以為他們會放你出來參加葬禮。」
「『海軍當然得照海軍的規矩來。』」
「葬禮辦得不錯。」
「我聽說了。」
「至於其他的事……」
薩里凜然一視。
「不管了，大家都知道——」馬克說道。
——大家都知道你坐過牢。薩里在心中把句子補完，還加上一句，但不知道你是否罪有應得。
「我想過要來看你。」
「我不想給人看。」
「那些人真的有點怪。」
「我不在乎。」
「薩里啊——」
「別提了，事發經過我都說過了，還說了一百萬次，他們卻相信另外一種說法。結局就是這樣。」

薩里低頭看自己的雙手，互敲指關節。

「你接下來有什麼計畫？」馬克問道。

「什麼意思？」

「找工作之類的計畫……」

「你問這幹嘛？」

「這附近有我認識的人，是大學室友。我打過電話給他。」

薩里不再敲指關節。

「你都還沒見到我人，就先打給他？」

「你總是需要賺錢嘛，對不對？他可能缺人。」

「缺什麼人？」

「業務。」

「我不是做業務的料。」

「很簡單啦。你只要簽簽客戶資料，收支票，抽佣金就行了。」

「是哪種行業？」

「報業。」

薩里眨了眨眼，說：「你在跟我開玩笑嗎？」他想到當初那些報導他的「意外」的報紙，是如何草率地下了最快、最簡化的結論，不斷互抄報導，直到薩里被吃乾抹淨，然後轉往下條新聞。

從此以後，他便討厭媒體，再也沒花錢買過報紙，以後也絕不會買。

「這工作可以讓你留在這附近。」馬克說道。

薩里走到水槽邊，洗了個玻璃杯，他希望馬克趕快走，這樣才能喝他想喝的。

「把他的電話給我，我會打給他。」薩里說，但是心裡明白自己絕不會打。

泰絲盤腿坐在柔軟的紅色座墊上，望著景觀窗外前院的大草坪，已經好幾週沒割草了。她從小在這棟屋子長大。記得小時候的夏日清晨，她就是窩在這裡，跟母親茹絲抱怨東抱怨西。母親坐在橋牌桌前，檢查工作要用的文件，幾乎沒抬過頭看她。

「好無聊喔。」泰絲總會這樣說。

「去外面玩啊。」母親會口齒不清地回答。

「外面沒什麼好玩的。」

「那就玩『沒什麼』啊。」

「真希望我有姊姊或妹妹。」

「不好意思，沒生給妳。」

「妳要是結婚就可以生給我了。」

「我已經結過婚了。」

「我真的沒事做嘛。」

「去看書好了。」

「書都看完了。」

「再看一遍啊。」

母女倆妳一句我一句，這種隱含互相傷害的對話，以某種形式，在泰絲的青少年時期、大學時代，甚至成人之後，不斷出現，直到茹絲垂垂老矣都是如此。那時，阿茲海默症奪走了她的語言能力，最後變得連話都不想說。在她人生最後幾個月，她像石頭一樣沉默，總是頭歪歪地看著自己的女兒，像是孩子盯著蒼蠅似的。

然而，現在這對母女卻以某種形式再度對話。彷彿死亡只是一架班機，泰絲以為母親已經登機離開，卻發現她根本錯過了班機。一小時前，她又接到令人費解的電話。

「泰絲，是我。」

「天啊，媽媽？我真不敢相信。」

「我不是都說，我總會有辦法嗎？」

泰絲含淚微笑，她想起母親生前是健康食品擁護者，曾開玩笑說就算死了，也要確認泰絲有好好吃保健食品。

「媽媽，妳之前病得好重。」

「但是這裡沒有病痛……」

「妳之前那麼痛……」

「寶貝，聽我說……」

「我在這，媽，我在聽。」

「人生經歷的痛苦，不會眞的傷害到妳，不會傷害到眞正的妳……妳會變得輕盈，比妳所想的還要輕……」

光聽這些話，就讓泰絲平靜下來，像是得到神的祝福。妳會變得輕盈，比妳所想的還要輕。

泰絲看著手中最後一張母女合照，那是在茹絲八十三歲的慶生會上拍的。可以看出病魔對她的摧殘，她的雙頰凹陷，面容呆滯，焦糖色的毛衣披在她乾巴巴的身軀上。

「這怎麼可能呢，媽？妳應該不是真的用電話打給我吧？」

「不是。」

「那妳到底是怎麼跟我講話的？」

「有事情發生了，泰絲，這只是開頭而已……」

「開頭？」

「暫時是這樣……」

「這會持續多久？」

一陣良久的沉默。

「媽，這會持續多久？」

「不會很久。」

每天，都有奇蹟悄悄發生，像是在手術室、在暴風雨交加的海上，或是路邊突然出現的陌生人身上。很少人會去計算奇蹟有幾個，也沒人會記錄。

然而有時候，會有人向世界宣稱，他們見證了奇蹟。這時，一切事物都將改變。

泰絲和傑克或許會將電話一事保密，但是凱瑟琳不會。傳福音給萬民。福音書上如此說道。

週日早晨，也就是第一通神祕電話打來鎮上的二十三天後，華倫牧師站在教會信眾面前，翻著聖經，那時他毫無警覺他的教會將徹底改頭換面。

「我們來看馬太福音第十一章第二十八節。」牧師向大家說道，並且眨了眨眼。書上的印刷字體看來模糊，他的手指也因年事已高而顫抖。他想到詩篇中寫著：神啊！我到年老髮白的時候，求祢不要離棄我。

「各位，不好意思！」

大家轉過頭去，華倫牧師透過老花眼鏡尋找聲音來源。凱瑟琳從第五排座位起身。她頭戴黑邊帽，身穿紫洋裝，手中緊緊捏著一張紙。

「不好意思，牧師。上帝的靈讓我想要發言。」

華倫牧師嚥了嚥口水，他不知道她到底要說些什麼，不禁有點擔心。

「凱瑟琳，請妳坐下。」

「牧師，這很重要。」

「現在不是——」

「我見證了奇蹟！」

長椅上的信眾接二連三地發出驚呼。

「凱瑟琳，上帝與我們同在。但宣稱見證奇蹟——」

「奇蹟是三週前發生的。」

「——可不是鬧著玩的。」

「那個時候我在廚房，時間是禮拜五早上——」

「——最好讓教堂的領導者來處理——」

「我接到電話——」

「——拜託妳，我說真的——」

「是我過世的姊姊打來的！」

更多人發出驚呼，她抓住了大家的注意力，整間教堂霎時變得鴉雀無聲，連她攤開紙張的聲音都聽得見。

「打電話來的是黛安，很多人都認識她。她兩年前過世了，但她的靈魂在天堂重生。這是她說的！」

華倫牧師努力克制著不要顫抖，他已經失去布道壇上的掌控權，這對他來說是最不可饒恕的罪惡。

「那個禮拜五早上，我們第一次通電話。」凱瑟琳繼續說下去，愈說愈大聲，還用手背擦去淚水。「那時是上午十點四十一分，下個禮拜五是上午十一點十四分，再下個禮拜五是晚上七點零二分。她叫了我的名字……她說：『凱西，告訴眾人的時機已經來臨。我在等待。所有人都在等待。』」

她轉向教堂後半部，說道：「我們都在等待！」

信眾竊竊私語。華倫牧師站在講台上，看到他們在座位上躁動著，好像有風吹過一般。他敲敲講台桌面。

「我說真的！」砰！「大家拜託！」砰！砰！「要尊重所有兄弟姊妹，這件事是真是假都還不知道——」

「牧師，是真的！」

另一人的聲音從教堂後面傳出，聽來低沉沙啞。所有信眾轉頭，看到一名高大魁梧的男子起身。他穿著咖啡色運動外套，雙手放在前排椅背上。他是艾力亞斯．羅伊，非裔，開了一間工程行，長期來這做禮拜。沒人記得他之前是否開口跟大家說過話，直到現在——

他快速掃視群眾。等他再度開口時，聽來充滿敬意。

「我也接到電話了。」他說道。

第四週

沒人確定究竟是誰發明電話。雖然在美國，電話專利屬於蘇格蘭裔的亞歷山大．格拉漢．貝爾（Alexander Graham Bell），但許多人認為他偷了美國發明家艾利沙．格瑞（Elisha Gray）的發明。又有人堅稱，其實這項發明得歸功於某個叫曼哲提（Manzetti）的義大利人，或是法國人布何瑟（Bourseul）、德國人萊斯（Reis）、義大利人謬奇（Meucci）等等。然而大家大致同意，上述諸位都於十九世紀中葉努力探索如何將聲音的振動從此處傳到彼處。

不過史上第一通電話，是貝爾打給助手湯瑪士．華森（Thomas Watson），那時他們各處一室，對話內容則是：過來，我想見你。從此之後，人類透過電話對話，次數多到數不清，但話語中的含義其實幾乎都是過來，我想見你。心焦的愛侶、分隔兩地的朋友、和孫子談話的祖父母，對他們而言，話筒傳來的聲音，如同想要飽餐卻只吃得到麵包屑，只會讓人更餓。

薩里最後一次見到吉賽兒，也說了這句話，過來，我想見妳。

那天他住在華盛頓的飯店裡，早上六點被長官布萊克．皮爾森的電話吵醒。他說他原本該駕駛F/A-18黃蜂式戰鬥機回西岸，但生病了沒法飛，不知道薩里可不可以代班？如果可以，薩里還能順便在俄亥俄州停留，抽出幾小時去看吉賽兒（那時候，吉賽兒剛好帶居勒回俄州的娘家），然後繼續飛。薩里很快就答應了，只要飛完這趟，為期兩週的教召就會結束，而且給家人一個驚喜，會讓這趟長程飛行較有意義。

「你今天可以過來？」薩里打給吉賽兒說這件事的時候，她睡意正濃。

「對啊，大概四小時之後會到。」

「你是真的想來嗎？」

「當然啊，我想見妳。」

如果薩里知道那天會發生什麼事，他一定會讓一切重來：不會開飛機、不會跟布萊克通話，或許乾脆不要起床。但他沒有預知能力，他打給吉賽兒的最後一通電話，結束的方式就和史上第一通電話一模一樣。

吉賽兒說：「那你過來。我也好想見你。」

薩里一邊回想往事，一邊發動引擎。車子是他父親的別克尊爵，車齡九年，幾乎停在車庫裡沒開過。他心想，那是他最後一次開飛機、最後一次看到機場、最後一次聽到妻子的聲音。我也好想見你。

他駛出車道，開到鎮上的主要道路——湖濱路。經過銀行、郵局、麵包店、餐廳。人行道空空蕩蕩，有個老闆站在門邊，手裡拿著掃帚。冷水鎮的長期居民僅有數千人，此時，夏季湖邊的釣客早已離開，蛋黃冰淇淋攤位貼上告示表示關閉。北密西根的小鎮，大都在秋天來臨時變得蕭條，彷彿準備進入冬眠。

薩里這才發現，此時要找工作有多困難。

艾咪．潘恩冀望會有大事發生。

電視台問她可不可以在平常日工作個幾天時，她心想，可以，太好了！採訪政治新聞也好、報導法院判決案件更好，只要能讓她爬出週末新聞的泥淖，什麼都好。她三十一歲，以這行來說已經不算菜鳥（朋友們認為，她看起來若說是二十五歲都有人信）。但若要爬得更高，就要採訪到更大的新聞。可是阿皮納郡的週末，很難挖到大新聞，幾乎只有美式足球比賽、行善義走、水果節之類的新聞。

「這很有可能是我的轉捩點。」她激動地告訴身為建築師的未婚夫瑞克。艾咪說這句話的時候，是星期四晚上。之後她早早起床，穿上黃綠色的套裝，吹整旁分的棕色劉海，再刷上一層薄薄的睫毛膏，塗上鮮艷的口紅，星期五早上還沒過半，就坐在電視台的無窗辦公室裡，聽著和以往週末新聞完全不同的消息。

「冷水鎮有個女人，說她死掉的姊姊打電話給她。」說話的人是電視台的新聞導播菲爾·波以德。

「真的嗎？」艾咪問道。不然還能說什麼呢？她看著菲爾，他體格魁梧，蓄著髒兮兮的紅鬍子，讓艾咪聯想到維京人。她心想，不知那條新聞他是不是認真的？雖說那把鬍子讓他的可信度增加不少。

「冷水鎮在哪？」她問道。

「往西差不多九十英里的地方。」

「怎麼確定她真的接到了電話？」

「她在教堂上當眾宣布的。」

「大家反應怎樣？」

「這個就要妳自己去發掘嘍。」

「那我應該採訪她。」

菲爾挑起一道眉毛，說：「就從採訪她開始吧。」

「如果她是瘋子怎麼辦？」

「反正把採訪帶帶回來就是了。」

艾咪掃視自己的指甲，她為了今天開會特別去做指甲。

「菲爾，你明知這件事是假的。」

「尼斯湖水怪也是假的呀，但妳看尼斯湖水怪有多少新聞？」

「好啦，好吧。」

她站起身，心想要是工作人員發現這只是笑話一場，就不會播出了。

「如果只是浪費時間怎麼辦？」她又問。

「這不是浪費時間。」菲爾回道。

一離開辦公室，艾咪就猜測菲爾究竟是什麼意思。因爲是派我去，所以才不是浪費時間。採訪這種新聞，只會派不重要的人去，浪費他們的時間根本不算什麼。

然而，有件事菲爾沒說出來，艾咪也沒想到要問，那就是：「事發地點離第九頻道這麼遠，電視台是怎麼知道的？」

一封信透露了這個消息。它神祕地出現在菲爾桌上，沒有署名，沒有回郵地址。信中文字是電腦打字，雙行間距，內容是這樣的：

神選之女。天堂恩賜，降臨塵世。此事將成爲全球頭條要聞。密西根，冷水鎮。詢問與上帝有關之人。一通電話，即可確認。

菲爾身為新聞導播，早就習慣收到胡說八道的信件，他大都不會看。但是阿皮納這個市場，不會讓菲爾拋下這條「全球要聞」不管，最起碼這條新聞有可能提升收視率，菲爾得靠它吃飯。

菲爾找出冷水鎮上所有教會的電話，打了幾通過去。前兩通是語音留言，但打到第三通，也就是打給望稼堂浸信會時，祕書接了電話。菲爾想起信上的字句——詢問與上帝有關之人，便要求跟負責教會的人士說話。結果……

「你是怎麼知道的？」華倫牧師很驚訝地問他。

在現代社會，不管身在何方，一通電話都找得到你。不管是坐在火車上或小客車上，都可以聽到鈴聲從長褲口袋傳出。城市、小鎮，甚至貝督因人的帳篷，都被手機綁住。就算是天涯海角的居民，都拿著電話湊在嘴邊講個不停。

要是有人不想被找到呢？

艾力亞斯．羅伊爬下梯子，抄起夾紙板。過一陣子天氣變冷，他就要轉做室內工程。現在這件改造工程是少數能讓他在冬天賺錢的工作。

「禮拜一可以上隔間。」他說道。

屋主是一名中年女子，叫喬西。她聽到艾力亞斯說的話，搖搖頭說：「我家人週末都會在這，禮拜一才走。」

「那改禮拜二？我再打給隔間工人。」

艾力亞斯拿起手機，發現喬西盯著他的手機看。

「艾力亞斯，你真的接到……」

「喬西，我不知道我接到的是什麼。」

就在那時，手機振動了。他倆互看一眼，他轉過身去接電話，身體前傾，聲音變小，「喂？你為什麼要打給我？閉嘴！不管你是誰！不准再打來了。」

語畢，他用力按著掛斷鍵，力道之大，連手機都被擠出去，摔到地上。喬西看著他那雙大手──

顫抖不已。

冷水鎮上有五間教會，分別是天主教會、衛理公會、浸信會、基督新教會、獨立教會。華倫牧師這一生中，這五間教會全都王不見王──

現在，他們卻聚集開會。

當初那個週日早晨，要是凱瑟琳沒起身呼喊，發生在冷水鎮的那起事件，可能就會像其他奇蹟一樣，祕而不宣，只靠知情者口耳相傳。

然而奇蹟一旦為人所知，就會開始改變事物。大家都在討論奇蹟，教會人士講得更多。於是鎮上五間教會的神職人員在華倫牧師的辦公室碰面，祕書波堤女士倒咖啡給大家喝。華倫牧師掃視其他四位，他最為資深，起碼比他們年長十五歲。

「華倫牧師，您可不可以告訴我們……」首先開口的是天主教會的威廉．卡羅神父，他身材矮壯，豎著羅馬領。「……那場禮拜，參加的人有多少？」

「大概一百人左右。」華倫牧師答道。

「那又有多少人聽到那名女子的奇蹟聲明？」

「大家都聽到了。」

「他們看起來相信她嗎？」

「相信。」

「有沒有可能是她的幻覺？」

「不可能。」

「那她有在用藥嗎？」

「我覺得沒有。」

「那這件事是真的嘍？她真的接到某種電話？」

華倫牧師搖搖頭，說：「我不知道。」

衛理公會牧師傾身說：「這禮拜有七個人跟我約見面，每個人都問我到底可不可以跟天堂那邊通話。」

新教牧師也說話了：「我的信徒還問我，為什麼這種事沒發生在我們的教會，而是華倫牧師那裡？」

「我的信徒也這樣問！」

華倫牧師環視全場，看到其他四位都舉手要發問。

「您是不是說，下禮拜電視台要派人來採訪？」卡羅神父問道。

「製作人是這樣講啦……」華倫牧師答道。

「好——」卡羅神父雙手交疊，說道：「問題來了，我們該怎麼處理呢？」

只有一件事比離開小鎮更可怕，那就是永遠不曾離開。

有一次，薩里用這句話跟吉賽兒解釋當初他為什麼要去別州讀大學。那時他以為他再也不會返鄉。

但現在他回到冷水鎮了。

週五晚上，他先把居勒帶到父母家（母親說「晚上我們來顧他，你去輕鬆一下」），再去一間叫「醃菜」的酒吧。以前他和高中死黨都想偷溜進去。現在他走進去，選了角落的凳子坐下。他點了威士忌和一些啤酒，一杯接一杯下肚。喝夠之後，他就付帳，走出酒吧。

最近三天他都在找工作，卻一無所獲。下禮拜他會改找冷水鎮附近的工作。他拉上夾克拉鍊，走了幾條街，一路上看到數不清的一袋袋乾枯落葉，等著人家來收。他又看到遠方有光，聽到群眾呼喊的回音。因為還不想回家，他便朝光的方向走去。走到那裡，發現原來是高中美式足球場。

正在比賽的是他以前待過的球隊「冷水之鷹」，隊員穿著紅白相間的制服。從種種跡象看來，現在不是打球的好時節。觀眾席坐不到四分之一，大部分是球員親屬，孩童在階梯上跑來跑去，家長用雙筒望遠鏡在人群中搜尋上場的孩子。

薩里青少年時期打過美式足球，但那時的冷水之鷹並不比現在厲害。和對手學校相較，冷水鎮高中很小，大多數時候，能湊滿上場人數就不錯了。

薩里走向觀眾席，看了一下分數板，球賽已來到第四節，冷水之鷹落後三分。他雙手插口袋，看了一次進攻。

「哈定！」有人大吼，叫他名字。

薩里瞬間僵住。酒精讓他感官麻木，他自己也忘了在母校被人認出的機率有多高，雖然過了二十年，還是不能掉以輕心。他微微轉頭，想偷偷觀察群眾的臉孔。可能是他幻聽吧。他又將目光轉回場上。

「加油！」又有人帶著笑意喊道。

薩里吞了吞口水，這次他沒回頭，默默站了大概一分鐘，便離開了。

第五週

消防車警鈴大作，駛過卡斯柏特路。車頂紅燈閃爍，映襯著十月夜空。五名冷水鎮消防車第一小隊的義消著手進行一貫的救火作業。火焰從瑞佛緹宅的樓上竄出。這棟奶油黃的美式殖民風三房建築，附有紅色木造百葉窗。等傑克在一旁停好鎮上唯一一輛警車時，一切早在控制之內。

除了一名不斷高聲喊叫的女子。

這名女子留著波浪般的金色長髮，穿淡綠色毛衣，被傑克的兩名同事戴森和雷伊壓在草坪上。她雙臂亂舞，他倆則左閃右躲，看來就快壓不住她了。在噴灑的水柱間，他倆對她大喊。

「危險啊，小姐！」

「我一定要回去！」

「不行！」

傑克走近。那名女子優雅動人，大約三十五歲，看起來怒火中燒。

「放開我！」

「小姐，我是警察局長，請問有什麼——」

「求你了！」她猛地轉向傑克，眼神狂亂。「快來不及了！可能已經燒起來了！」

她的聲音太過尖銳。傑克自認看過各種火災現場的狀況，還是嚇了一大跳。他看過有人癱在噴溼的草地上放聲大哭，有人像動物般嚎叫，有人咒罵消防員噴水弄壞他家，以為不用灑水灌救，火就會自己熄滅。

「一定要進去一定要進去……」她一邊歇斯底里地反覆念著，一邊試圖掙脫戴森的手臂。

「小姐，妳叫什麼名字？」傑克問道。

「泰絲。放開我！」

「泰絲，難道有什麼值得妳冒著——」

「沒錯！」

「到底是什麼？」

「說了你也不會信的！」

「說說看！」

她吐了一口大氣，垂下頭來，才說出口：「我的電話，我需要電話……有人會打給我……」

她愈講愈小聲。戴森和雷伊對望，互相翻了個白眼。傑克沒吭聲。有那麼一會兒，他動也不動。最後，他向兩位同事揮揮手，說：「我來處理吧。」他倆則是巴不得把這燙手山芋丟給傑克。

等他們一走，傑克伸出雙手搭住她的肩頭，直視她淡藍色的雙眼，想刻意忽略在這種情況下她依舊美麗動人的事實。他問她：「電話擺在哪裡？」

在此之前，傑克已和死去的兒子通過四次電話，都是星期五打到他的警局辦公室。講電話時，他總是拱著背、壓低身子，話筒緊貼耳朵。

一開始聽到羅比的聲音，傑克先是感到震驚，然後轉為欣喜，進而期待下次來電。每次通話，都讓他對羅比的現況及周遭環境感到更好奇。

「爸，這裡眞棒……」

「那邊看起來怎樣？」

「在這裡，不需要『看』。你身處其中……」

「什麼意思？」

「就像小時候那樣啊……我看到……好酷喔！」

兒子笑出聲來，傑克幾乎不能自已。那陣笑聲聽來恍若隔世。

「我還是不懂，羅比，你再多說點。」

「爸，是愛……包圍在我身旁……愛——」

上一通電話就這樣結束——每通來電對話都很簡短。之後，傑克坐在桌前等了一個小時，要是電話又響他就可以接起。最後，他帶著狂喜過後的疲累，開車回家。

他明白這件事應該告訴朵琳，或許也該讓其他人知道。但是別人會怎麼想？堂堂鎮上警長，說自己在跟那個世界通話，成何體統？更何況他難得窺見天堂，唯恐稍縱即逝，於是就像孩子將蝴蝶藏在手中般，緊緊抓牢這個祕密。那時，傑克認為只有他接到這種電話。

然而這個當下，傑克看著火場，思索這名尖叫的女子是多麼離不開手機，心裡猜想，也許接到電話的人，不是只有他而已。

悲傷歡樂，入水化合。

薩里將浴缸中的泡泡推向兒子，腦海裡浮現這句歌詞。

浴室跟公寓各處一樣老舊，鋪著圓形的小馬賽克磚，牆壁刷著酪梨綠。一面鏡子擱在浴室地上，等著薩里掛上。

「爸爸，我不想洗頭，」

「為什麼？」

「會流到眼睛裡。」

「但最後還是要洗啊。」

「媽咪說可以不洗。」

「每次都這樣說嗎？」

「也沒有啦。」

「那今天晚上不用洗了。」

「好耶！」

薩里輕推泡泡，再度想起吉賽兒，想起她替襁褓中的兒子洗澡的情形。她會用毛巾擦乾寶寶，再用毛茸茸的連帽浴袍包起他，緊緊抱住。記憶中，薩里感受到她每一條肌肉的牽動，讓他想起自己對她的深深思念。

「爸爸？」

「怎樣？」

「你有跟飛機說掰掰嗎？」

「跟飛機說掰掰？」

「你從飛機跳出來的時候啊。」

「那不是跳，是彈射。」

「哪裡不一樣？」

「只能說……就是不一樣。」

他在鏡中瞥見自己，頂著一頭亂髮，眼睛布滿血絲，下巴滿是鬍髭。他在冷水鎮附近的摩斯丘、登摩爾一帶找工作，找了一週，大家反應還是很冷淡，說景氣不好，貯木場又關了……

他得找到工作。他在海軍待了十一年，後備軍人當了一年，又坐了十個月的牢。每次求職都必須回答當初犯了什麼罪。這種事怎麼藏得住呢？而這裡又有多少人瞭解真相？

他想起那天在足球場大喊加油！的人，可能是自己在幻想吧，畢竟他那時喝醉了啊。

「爸爸，你會想念飛機嗎？」

「嗯？」

「你會不會想念飛機？」

「東西不會讓你想念啊，人才會。」

兒子盯著露出水面的膝蓋頭。「那你沒有說掰掰嘍？」

「沒辦法說。」

「為什麼？」

「事情發生得太快了，無可奈何啊。」他把手從浴缸邊緣抽回，彈了彈滑溜溜的手指，看著泡沫逐漸消失。

夫失妻，子喪母，

悲傷歡樂，入水化合。

無可奈何啊。

進入小鎮，都會看到歡迎標語，上頭的文字和故事標題一樣簡略，像是「歡迎來到黑伯威爾」、「您即將進入克勞森」等等。然而，只要跨過那道界線，你就進到故事之中。你所做的一切，都將成為故事的一部分。

艾咪．潘恩駛過「冷水村，建於一八九八年」的標語，絲毫不知往後數週，她將改變這座小鎮。她只知道，她外帶的咖啡早已喝光，收音機傳來雜音。她從阿皮納開過來，將近兩個小時，一路覺得四周逐漸消沉：馬路從四線道縮成一線，紅燈不亮，變成閃黃燈，大型廣告看板被空曠田野中的木牌取代。

艾咪心想，如果天堂的靈魂可以和活人溝通，為什麼要選在這麼偏遠的地方呢？接著她又想，鬼屋向來不會出現在大城市裡，不是嗎？多半出現在山丘上的陰森寂涼之處。

她拿起 iPhone，隨便拍了幾張照，看看哪裡可以架攝影機。她看到一座蓋著矮磚牆的墓園、只有一間車庫的消防站、圖書館。湖濱路上，有些店家封起，也有些店家還開著，勉強維持生活所需：有超市、手工藝品店、鎖匠行、書店、銀行，還有一間改造過的殖民地風建築，前廊釘著一塊牌子，寫著「律師事務所」。

她駛過的路上大部分是民宅，多半是鱈魚角或農場風格的老房子，有著狹窄的柏油車道，以及延伸到門前的矮灌木叢。她在找凱瑟琳．耶林的住處。艾咪之前打過電話給她（電話簿上找得到）。凱瑟琳聽起來有點興奮過度，一下子就給了自家地址。艾咪把地址輸入手機的ＧＰＳ系統，**格寧漢路二四七五五號**。她心想，奇蹟發生的地方耶，地址竟然這麼普通？但她又想，大概不是奇蹟吧，只會浪費大量時間而已。總之盡力，拿出專業態度！她開著側邊寫著「第九頻道」的車，轉了個彎。發現這條路上，不是每間房屋都有門牌號碼。

「現在可好了，」她碎碎念：「要怎麼找到她家？」

毋須擔心，等她接近目的地時，凱瑟琳就站在門廊上，朝她揮手示意。

有人說，信仰優於信念，因為信念要經過思考，信仰卻是自然湧現。

至於華倫牧師，他的信仰無懈可擊，信念卻岌岌可危。沒錯，望稼堂的出席率提升了，信眾之間也注入了新活力。他們低頭禱告，不再只是為了求職，愈來愈多人向神尋求寬恕，發誓以後會端正行為。凱瑟琳的天堂來電之言，促成此番改變。

反觀華倫牧師，他內心充滿疑惑。他跟阿皮納電視台的人談過話（消息未免傳得太快了！），但是電視台人員要求他解釋這個現象時，他無言了。爲什麼上帝會讓這兩位教友接到這麼神聖的電話，和那邊的世界聯絡呢？為什麼偏偏是那兩個人？為什麼是現在接到電話？

牧師取下老花眼鏡，揉揉太陽穴，用手梳梳他那花白的頭髮。他下巴鬆弛，看起來像條老獵犬，耳朵和鼻子好像每年都在變大。討論存在主義神學的日子已經離他很遠了。他以前在神學院學過那些，但現在他高齡八十二歲，每次替禱告書翻頁，手就顫抖，早已不能清晰思考了。

這週剛開始，他請凱瑟琳來辦公室，告訴她阿皮納電視台要來採訪，勸她講話謹慎一點。

「艾力亞斯．羅伊呢？」她問道。

「那天之後，我就沒再聽到他的消息。」

聽到這句話，凱瑟琳看起來很滿意。

「牧師，望稼堂能被選中，是有原因的。」她站起身，「如果教會被選中，就該帶領信仰前行，而不是阻擋行進，您同意嗎？」

牧師看著她戴上手套，覺得那句話聽起來不像問題，而是威脅。

當天晚上，艾力亞斯走進芙瑞達餐廳，晚上九點之後鎮上還沒關門的餐廳，只有那間。他揀了角落的位置坐下，點了小薏仁牛肉湯。餐廳裡幾乎沒人，他感到慶幸，因為他不想被問問題。

自從那天他在教堂起身，簡短表示「我也接到電話了」之後，他自覺像個逃犯。其實那時他不過是想告訴大家，凱瑟琳並不是瘋子，因為他也接到「另一邊」打來的電話，還接了五通。如果默不作聲，他會有罪惡感。

但是他接到電話，並不開心。打來的人不是告別人世的摯愛，而是讓他想起傷心往事的前任員工，尼克．喬瑟夫。他專門修葺屋頂，在艾力亞斯底下做了十年。他喜歡喝酒，而且是狂喝痛飲。每次遲到或工作表現不佳，便打給艾力亞斯，藉口編了一個又一個。他時常醉醺醺地跑去工地現場，艾力亞斯則會不發工資直接叫他回家。

有一天，尼克上工時又一臉醉樣，在屋頂上跟人激烈爭吵，一陣天旋地轉，摔了下來，一條手臂骨折，背也受傷。

艾力亞斯聽到消息，沒同情他，反而感到憤怒，要求他去做藥物檢測。雖然尼克向同事高聲喊叫，不准打電話叫人來，最後救護車還是來了，檢測也做了。尼克沒過，領不到勞保職災給付。尼克從此沒再工作，不斷進出醫院。因為他的保險給付額很少，常為了醫藥費焦頭爛額。事發一年後，尼克被人發現死在自家地下室，明顯是因為心臟衰竭，這已經是一年半前的事了。

突如其來地，艾力亞斯接到他的電話。

「你爲什麼要那樣做？」第一通電話劈頭就是這句。

「你是誰？」艾力亞斯問道。

「我是尼克。你忘了嗎？」

艾力亞斯掛斷電話，全身顫抖。他看了來電號碼，只顯示「不明來電」。

一週後，在客戶喬西的面前，電話又響了。

「我需要幫忙的時候，你爲什麼不幫我？上帝原諒了我，爲什麼你不原諒？」

「閉嘴！不管你是誰！不准再打來了。」艾力亞斯對著電話大喊，闔上手機，丟到地上。

為什麼會發生這種事？為什麼要打給他？為什麼要現在打給他？服務生端湯過來，他喝了幾口，雖然已經好幾週沒有胃口，還是逼自己吞下。明天他就要去改門號，並且不將門號登載於電話簿上。如果這幾通電話真是上帝旨意，那他在教會的發言已算是仁至義盡。

這種奇蹟，他一點都不想要。

第六週

在貝爾發明電話的兩年前，他曾對著死人的耳朵放聲大喊。那隻耳朵，連同內部的鼓膜、聽骨，都是貝爾的外科醫生夥伴從屍體上切下來的。這樣一來，年輕的貝爾（他那時還在教人演講）才能研究鼓膜如何傳遞聲音。他把稻草連到鼓膜上，又在稻草的另一端放上燻黑的玻璃，然後在裝置的外面放了一個漏斗。

貝爾對著漏斗喊叫，鼓膜振動，連帶牽動稻草，在玻璃上留下痕跡。貝爾原本以為這些痕跡可以幫助他的聽障學生學習說話。他未來的太太瑪貝兒．哈波（Mabel Hubbard），那時也是他的學生之一。但是貝爾很快就發現更偉大的用途。

如果把聲音振動稻草的方式改成振動電流，那麼語音就能像電力一樣傳播到遠方，只要想辦法在通、受話兩端裝上某種人工鼓膜就行了。

一顆死人頭骨，讓貝爾靈光一閃。也就是說，在電話發明的兩年前、還沒有人見過電話是什麼樣子時，死去的人早已是電話的一部分了。

在密西根北部，秋日的落葉總是掉得早，十月才過一半，樹枝就已光禿。這番景象，讓冷水鎮的街景看來空蕩而冷僻，好像有股強大的吸力掃過大街小巷，讓小鎮變得蕭瑟。

然而，這種景象不會持續太久。

在全世界得知冷水鎮奇蹟之前幾天，傑克．歐勒思坐在泰絲．瑞佛緹家中一塵不染的廚房裡。那天他鬍鬚刮得清潔溜溜，穿著筆挺的藍襯衫，一頭亂髮往後梳起。他看著她往已經很滿的杯子裡，又倒了一匙即溶咖啡。

「這樣可以多攝取咖啡因，我想要保持清醒，不然電話要是很晚打來，會接不到。」她向他解釋。

傑克點頭。他環顧四周，發現那場火災並未波及二樓以下，只是把褐色牆壁燻得像半焦的吐司。他看到流理台上，擺著從火場救出的老舊答錄機。當然，他也看到泰絲的寶貝電話，米白色科泰牌牆上型，已經裝回原處，釘在櫥櫃左邊。

「妳只有這支電話嗎？」

「對啊，這是我媽的房子，她喜歡那樣。」

「妳也都是在禮拜五接到電話？」

泰絲頓了一下，問道：「這應該不是什麼警方調查吧？」

「不，不是。我跟妳一樣一頭霧水。」

傑克小口喝著咖啡，盡量克制自己不要太常盯著她看。他跟她解釋，他來訪只是為了調查火災受損情形，在冷水鎮這種小地方，警消合作是很正常的。但傑克和泰絲都知道這番話只是幌子。傑克幫她從火場救出電話，若非他知道這件事有點不尋常，何必這麼拚命？

十五分鐘內，他們互相坦承，彷彿迫不及待地分享這個祕密。

「對，我都是在禮拜五接到電話。」泰絲說道。

「其他地方呢？從來沒在工作地點接到？」

「我沒去上班。我開了一間托兒所，手下員工會幫我看顧。我一直在編造各種理由搪塞。老實說，接到電話後，我就沒再離開房子。聽起來很蠢……但我不想漏接她的電話。」

「可以問妳一件事嗎？」

「嗯哼。」

「妳媽第一次打來時，說了什麼？」

泰絲笑了，「第一通進了答錄機。第二通，她想跟我聊聊天堂的事。第三通，我問她天堂是什麼樣子，她一直說那裡『很美』，還說我們承受的痛苦是一種方式，讓我們感謝身後發生的事。」

泰絲暫停一下。「她還說這情形不會持續太久。」

「什麼？」

「這種……通話的情形吧。」

「她有說會持續多久嗎？」

泰絲搖搖頭。

「妳有跟其他人說起嗎？」傑克問道。

「沒有，你呢？」

「沒有。」

「連太太也沒說？」

「我們離婚了。」

「但……她畢竟是你兒子的母親呀。」

「我知道。可我能跟她說什麼呢？」

泰絲垂下頭來，看著自己的腳丫子，她已經兩個月沒去做足部護理了。

「你兒子，他是什麼時候離開的？」

「兩年前。事情發生在阿富汗，那時他從調查的建築物走出來，一台車在他面前六英尺的地方爆炸。」

「真慘。」

「是啊。」

「但你有將他下葬……辦了葬禮吧？」

「我看到了他的遺體，妳是想問這個嗎？」

泰絲往後縮了一下。「對不起。」

傑克看著杯子。從小，每個人都知道死後或許會上天堂，但可從來不知道，天堂會自己找上門來。

「你覺得，只有我們兩個接到電話嗎？」泰絲問道。

傑克趕緊轉移目光，剛剛那番話讓他有點害羞，因為他突然感覺，眼前這個小他十歲的漂亮女子和自己有某種連結，尤其在她說「只有我們兩個」時。

「或許吧。」他答道，然後又不由自主地加了一句，「或許不只。」

艾咪駕著公務車開下交流道。她踩下油門踏板。道路變成三線道寬的時候，她吐了一大口氣。在冷水鎮待了三天，她覺得現在總算回到真實世界。攝影機擺在後車廂裡，旁邊是裝有採訪帶的帆布袋。她回想跟凱瑟琳的對話，凱瑟琳有一頭紅髮，搽藍色眼影，她人生最漂亮的時期應該是在高中吧。雖然凱瑟琳開著福特老爺車，還端上自家製咖啡蛋糕，艾咪卻覺得她有一點犀利。她倆的年齡差距沒想像中的多，凱瑟琳四十五歲左右，艾咪三十一，但是看到凱瑟琳對死後世界的狂熱，艾咪懷疑自己對事物能有和她一樣的熱情。

「天堂等著我們。」凱瑟琳說道。

「讓我先架好攝影機。」

「我姊說天堂光輝四射。」

「好驚人喔。」

「艾咪，妳信神嗎？」

「我信不信不是重點。」

「但是妳信吧，對不對，艾咪？」

「信。當然，我信啊。」

艾咪打了一下方向盤，她那時撒了個小謊，那又怎樣？訪談錄好了，她也不打算再回來。她會把手上的帶子剪一剪，看看菲爾要不要播，然後繼續尋找更好的工作。

她拿起 iPhone 檢視新訊息，對她來說，冷水鎮儼然成為後照鏡上的一小點了。

話說回來，會改變小鎮的，莫過於局外人。

她後車廂裡的帶子，將印證這個事實。

四天後

新聞報導

阿皮納第九頻道

（冷水鎮電線杆）

艾咪：一開始，這裡就像尋常小鎮，架設電線杆、電話纜線。然而根據一位鎮民的說法，電話纜線連結的另一端，可不只是電話公司！

（凱瑟琳入鏡，手中拿著手機）

凱瑟琳：我接到我姊姊黛安打來的電話。

（黛安的照片）

艾咪：奇怪的是，黛安兩年前就死於動脈瘤。但是凱瑟琳．耶林說她上個月接到第一通來電之後，每週五都接到電話。

（凱瑟琳入鏡）

凱瑟琳：喔，對，我很確定就是姊姊。她說她在天堂很快樂，還說她……（攝影機拉近，凱瑟琳哭泣）……說她在等我。說他們都在等我們所有人。

艾咪：您相信這是奇蹟嗎？

凱瑟琳：當然。

（艾咪站在望稼堂前）

艾咪：上週日，凱瑟琳在這間教會表示接到天堂來電，有人反應驚訝，有人充滿希望。當然並非人人都信。

（卡羅神父的畫面）

卡羅神父：提到永生，發言就要謹慎。這些事情最好留給——抱歉這聽起來可能不太順耳——高層來處理。

（艾咪在電話纜線下走動）

艾咪：另外還有一人宣稱，也接到了「另一邊」的電話，但他不願受訪。現在冷水鎮的居民都在想，下一個接到天堂來電的，會不會就是自己？

（艾咪止步）

我是第九頻道的艾咪‧潘恩，謝謝收看。

華倫牧師輕撫電視，因沉思而拉下臉來。他告訴自己，應該不會有很多人看到報導吧，新聞那麼短，不是嗎？大家很快看過，也很快就忘。

雖然說那名記者偷偷尾隨過他幾次，但他覺得還好自己沒跟她談話。他很有耐心地跟她解釋，牧師對此發表意見不太好，畢竟教會還未正式發表意見。他很慶幸卡羅神父發言很籠統，這是他們五個之間事先說好的。

他鎖上辦公室，走進空蕩蕩的教堂跪下。他膝蓋疼痛，閉上雙眼，念了一段禱文。這種時候，他覺得離上帝最近。獨自在上帝的家裡，他會一直想著萬能的上帝已經控制局面，不會再旁生枝節。在教友突然失控、電視台記者好奇探訪後，不會再出其他亂子了。

他走出去，從掛鉤上取下圍巾，緊緊繞在脖子上。已經過了五點，電話鈴聲都關掉了。華倫牧師離開前，沒注意到祕書波堤女士的桌上，每條電話線都在閃爍。

薩里一個禮拜要做好幾次夢。在夢中，他又回到戰鬥機駕駛艙裡，戴著頭盔、面罩、氧氣罩。他感到機身猛地下降，劇烈搖晃，指針也不動了。他拉下把手，駕駛艙上蓋瞬間飛走。下方有火箭爆炸，他因為太過痛苦而放聲尖叫。接著一切安靜下來。他看到底下離他很遠很遠的地方，有一團小小的火球，是他的飛機殘骸，還看到另一團火，更小一團。

等他慢慢飄近地面時，有人低聲說道：不要下去，繼續飛，上面比較安全。

是吉賽兒。

薩里整個人嚇醒，大汗直流，雙眼直瞪。他發現自己躺在自家公寓的沙發上，剛喝了兩杯伏特加兌蔓越莓汁，所以睡著了。電視開著，是第九頻道、阿皮納電視台。他眨眨眼，看著女記者站在很眼熟的教堂前。是望稼堂，離薩里家只有一英里。

「但是現在冷水鎮的居民都在想，下一個接到天堂來電的，會不會就是自己？」

「這一定是在開玩笑吧。」薩里咕噥著。

「爸爸，可以吃飯了嗎？」

他抬起頭來，發現居勒靠在沙發邊緣。

「當然可以啊，我剛剛只是睡著了。」

「你都在睡覺。」

薩里找到酒杯，搖搖變溫的酒，咕噥著坐起身。「我來煮義大利麵。」

居勒拉拉球鞋上一條鬆脫的膠條，薩里這才想到該給孩子買新鞋了。

「爸爸？」

「怎樣？」

「媽咪什麼時候會打給我們？」

真是夠了。

泰絲已經寫電子郵件給托兒所，說需要時間獨處，請不要打給她，家中失火的消息傳到同事那裡，兩位同事（露露和莎曼莎）隨即開車來找她。她們砰砰砰敲門。泰絲一邊開門，一邊遮擋刺眼的陽光。

「唉呦，天啊。」露露倒抽一口氣。泰絲比上次她倆見到她時，來得更消瘦、更蒼白。她那頭長長的金髮往後梳，綁成一條粗馬尾，讓她更顯憔悴。

「泰絲，妳還好嗎？」

「還好啦。」

「可以進去嗎？」

「當然可以啊。」她後退一步。「抱歉，快請進。」

她倆一進去，就四處看看，一樓除了牆上幾點煙燻痕跡之外，就跟以往一樣乾淨。但是樓上布滿燒焦的印子，黑漆漆的，臥室門也燒黑了。樓梯封住，兩根木頭交叉釘成木框，擋住去路。

「這是妳弄的嗎？」莎曼莎問道。

「不是，是那個人弄的。」

「哪個人？」

「警察局那個。」

莎曼莎拋給泰絲一個眼神，她倆相識多年，合開了托兒所，還一起吃飯，幫對方代班，有福同享、有難同當。但現在呢？什麼那個人？什麼火災？她怎麼什麼都不知道？莎曼莎走向前，抓住泰絲的手，說：「欸，我不是別人耶。到底發生了什麼事？」

接下來兩小時，泰絲告訴同事幾週前發生的不可思議之事。她仔細描述每通電話的內容，還有母親的聲音。還解釋火災之所以發生，是因為地下室的暖氣用完了，她在房子裡到處擺電暖器，結果其中一台在她睡覺時短路，一個小火花呼的一聲，二樓就燒起來了。

她也說了傑克從火場中救出電話和答錄機，並坦承她有多害怕再度失去母親，她是多麼努力祈禱、齋戒，終於在三天後又聽到母親的聲音。「泰絲，是我。」她聽到後跪倒在地。

她講完之後，三個人都哭了。

「真不知道該怎麼辦。」泰絲低聲說道。

「妳真的百分之百確定……」

「我發誓，露露，就是她。」

莎曼莎搖搖頭，表示驚訝，「整個鎮上都在討論望稼堂那兩個人，現在連妳也接到電話！」

「等一下──」泰絲吞了吞口水，問道：「還有別人？」

「真讓人好奇，還會有多少人接到電話？」她們三人面面相覷，莎曼莎說道：

「電視有報啊。」露露也附和道。

電視新聞播出兩天後，凱瑟琳早上六點就被門廊上的聲響吵醒。

那時她在做夢，夢到黛安死去的那晚。她們原本約好要去聽古典音樂會。但是凱瑟琳發現黛安倒在客廳地上，就在玻璃咖啡桌和皮革凳子之間。她撥了九一一，大聲喊出地址，接著將姊姊摟在懷中，握著她逐漸冰冷的雙手，直到救護車抵達。黛安死於動脈瘤，一旦破裂就瞬間致命。之後凱瑟琳才瞭解到，她那美麗、風趣、珍貴的姊姊，如果真有什麼東西會帶走她的生命，就只有她自己那顆心了。她的心太大，最後爆炸。

在夢中，黛安奇蹟似地張開雙眼，說她想打電話。

凱西，電話在哪？

接著，凱瑟琳被一陣聲響驚醒……什麼聲音？好像是嗡嗡聲？

她披上睡袍，緊張兮兮地走下樓，拉開客廳窗簾，接著手摀心口。

在她家草地上，晨光照耀之下，有五個人穿著厚重大衣，跪在地上，雙手交握，雙眼緊閉。

剛剛吵醒凱瑟琳的聲音，現在來源非常清楚了——

就是他們的禱告聲。

這次和菲爾見面，艾咪又精心挑選漂亮套裝，仔細化妝，但她和菲爾一同坐下時，心裡沒什麼期待。她知道，他對她的才能評價不高。然而從對話一開始，她就察覺到不同於以往的語氣。

「妳覺得冷水鎮怎麼樣？」

「嗯……小鎮嘛，很普通的小鎮。」

「那邊的人怎樣？」

「人很好啊。」

「妳跟這個——」他瞄一眼記事本，「——凱瑟琳．耶林關係如何？」

「還好。我是說，整件事她都告訴我了。事發經過，還有她的感覺。」

「她相信妳嗎？」

「應該吧。」

「妳去過她家？」

「去過。」

「妳在那邊的時候，電話有響嗎？」

「沒有。」

「但妳有看到電話？」

「是手機，粉紅色的。她隨身攜帶。」

「那另一個接到電話的人呢？」

「我問過，他不想受訪，我還去過他工作的地方——」

菲爾伸出手，好像在表示別擔心，常有的事。艾咪很驚訝，他怎麼變得這麼善解人意？還是說他對這條無聊的新聞這麼有興趣？宣稱看到「另一邊」聖蹟的人不是很多嗎？他們說在花園牆上看到聖母瑪利亞啦，或是在馬芬糕上看到耶穌的臉之類的，結果什麼也不是。

「如果派妳回去，妳覺得怎樣？」

「回冷水鎮？」

「對啊。」

「採訪其他新聞嗎？」

「繼續跟這條。」

艾咪挑眉。「你是說，要我等他們再度接到死人電話？把這當成真的新聞一樣報導？」

菲爾的手指在桌上來回敲動。「我給妳看樣東西。」接著滑動椅子到電腦前，敲幾個鍵，再把螢幕轉過來。

「妳有沒有上網看過自己的報導？」

「還沒。」她回道，但沒說出背後真正的原因：她昨晚一踏進家門，未婚夫瑞克就找她吵架，兩人又在爭執他和工作哪個比較重要。

「看一下底下的留言。」菲爾說道，露出一抹很淡的微笑。

艾咪單手把頭髮往後撥，傾身向前。在新聞標題「冷水鎮居民宣稱接到天堂來電」下面，是一列透過電郵發送的留言，幾乎占滿整個螢幕。真奇怪，通常她的報導一條留言都沒有。

艾咪問：「還不錯啊，對不對？我看看……五、六、八條留言？」

「看仔細一點。」菲爾說道。

她仔細看，留言欄最上方有一行她剛剛漏看了，這一看讓她背脊發涼：

留言：一四七〇六條之中的八條。

薩里挖了薯泥放到兒子盤裡。今天是星期四晚上，他和爸媽吃晚餐。爸媽想幫他省錢，常邀他過來。他還沒找到工作，搬家的箱子也還沒拆。他提不起勁做任何事，只會抽菸喝酒，帶小孩去上學，還有回想往事。

他真希望可以不要再想了。

「我可以再吃一點嗎？」居勒問道。

「你已經吃很多了。」薩里說。

「就讓他再多吃一點嘛。」

「媽——」

「怎樣？」

「我在教他不可以浪費食物。」

「反正買得起啊。」

「不是每個人都買得起。」

薩里的父親輕咳，對話因此中止。父親放下叉子。

「我今天看到阿皮納電視台的新聞車。就停在銀行外面。」他說。

「大家都在討論那件事情，好可怕喔，死人打電話。」母親說道。

「拜託——」薩里咕噥道。

「你覺得這件事是編的嗎？」

「妳覺得是真的嗎？」

「嗯，我不知道。」母親切了一塊雞肉。「米拉認識在教堂發言的那個男的，他是艾力亞斯·羅伊，她家是他蓋的。」

「然後呢？」

「她說有一次他發現帳單出錯，拿了新的支票退錢給她。特地大老遠開車拿去喔，還是晚上呢。」

「意思是……」

「他很誠實。」

薩里用叉子戳戳薯泥。「這是兩碼子事。」

「佛瑞德，那你覺得怎樣？」

薩里父親嘆了一口氣。「我覺得，人都相信自己想要相信的事情。」

薩里默默想著這句話對他來說適不適用。

「如果這樣講，可以讓那個姊姊去世的可憐女人好過一點，又有什麼不好？我阿姨也說她可以跟鬼交談啊。」母親說道。

「媽！」薩里打斷她的話，朝居勒的方向點頭示意，小聲說：「拜託妳……」

「噢！」她小聲回道。

「拜託！聖經都說上帝透過燃燒的樹叢說話，用電話說話又有什麼奇怪？」父親說道。

「不要再說了好嗎？」薩里問道。

接下來只剩餐具的碰撞聲，他們全都默默進食。

「我可不可以再吃一點薯泥？」居勒問道。

「先把盤子裡的吃完。」薩里回他。

「他很餓嘛。」母親說道。

「他跟我住，我可沒讓他餓著。」

「我不是那個意思——」

「我養小孩，不需要接濟！」

「好了啦。」父親說道

場面變得更凝滯了，安靜的空氣在桌上沉澱下來。最後居勒放下叉子，問道：「『接濟』是什麼意思？」

薩里盯著盤子，「就是給人東西。」

「奶奶？」

「什麼事啊？小乖乖？」

「妳可以『接濟』我一支電話嗎？」

「你要電話做什麼？」

「打去天堂找媽咪。」

「傑克，你要來『醃菜』嗎？」

警局的日班結束了，大家要去喝啤酒。冷水鎮晚間沒有警察值勤，遇到緊急事件就交由九一一處理。

「要，待會見。」傑克說道。辦公室所有人都離開之後，他還留在原地。現在只剩戴森還在局裡，正在休息室裡用微波爐。傑克聞到爆米花的味道，他關上辦公室的門。

「爸，是我……」

「羅比！你在哪？」

「你知道我在哪。不要再保密了。現在，你可以跟大家說出眞相。」

「什麼真相？」

「終點不是終點。」

不到一小時之前，傑克才接到這通電話。加上這通，就是連續六個禮拜五都接到電話了。他親手埋葬的男孩，打給他六通電話。傑克按著電話查看來電，最近的來電，也就是羅比打來的那通，顯示為「不明來電」。接著他又做了之前已做過無數次的動作：按下重撥鍵，聽到幾聲短促的高頻嗶嗶聲，然後一片靜默。無法通話。無法留言，連播放錄音都沒有。完全的靜默。他又開始在想，既然新聞說除了泰絲和他，還有其他人接到電話，他是不是該展開調查什麼的？但如果他不承認自己也接到電話，要如何展開行動？這件事他連前妻都還沒說呢！更何況這裡是冷水鎮，局裡只有一輛警車、幾台電腦、幾個老舊的金屬檔案櫃，和一筆微薄的預算，讓警員一週工作六天。

他抓起外套披上，在地圖的玻璃裱框上瞥見自己的倒影。他的下巴看起來性格堅毅，跟兒子一樣。他們父子倆都很高，聲音宏亮，笑容開朗。「真是大小樵夫。」朵琳以前都這麼形容他們。傑克回想起羅比曾經問他關於加入海軍的事。

「兒子，你是認真的嗎？」

「你也從軍啊。」

「不是每個人都適合。」

「但我想要有所不同。」

「你可不可以打消這個念頭？」

「不行。」

「那我想答案已經很明顯了。」

朵琳氣壞了。她一直覺得傑克明明可以打消羅比的念頭，卻無所作為，還愚蠢地以兒子的勇氣為榮。最後，羅比還是入伍了，傑克和朵琳因而離異。四年後，兩名軍人來鎮上通知噩耗時，得選擇先去誰家敲門。他們決定先去傑克家。朵琳不曾原諒他，彷彿兒子死在萬里之外，加上她不是最先得知死訊的人，都是傑克的錯。

終點不是終點。

傑克身體前傾，身上穿著外套，又按了重撥鍵，電話那頭傳來同樣的嗶嗶聲，同樣的靜默。他改打另一支號碼。

「喂？」他聽到泰絲回應。

「我是傑克。妳今天接到電話了嗎？」

「接到了。」

「我可以去妳家一趟嗎？」

「可以。」

她掛斷電話。

一八七〇年代早期，貝爾給瑪貝兒的父親——他的準丈人，看了一張清單，上頭寫著他打算推出的發明。準丈人加德納對其中幾項印象深刻。但在貝爾提到，有一項發明是透過纜線傳送人聲時，加德納笑他說：「看看你說這什麼話。」

禮拜六早上，薩里再也受不了天堂來電的胡說八道，決定出門。他把父親的車停在「羅伊工程」的拖車旁。出發前他已經查過，工程行位於鎮外郊區。

他得直接面對這件事情，這件事很重要，需要快刀斬亂麻。喪妻之痛已經夠折騰人了，為什麼他還要花力氣編謊話騙小孩呢？打去天堂找媽咪。想到這句話，他就感到憤怒，全身緊繃。

除了哀悼妻子之死，薩里已經很久沒做其他事了，來這裡調查，就像有了一個行動目標。以前在海軍，他和中隊夥伴會外出調查意外、設備故障等，他很擅長此類工作。指揮官還說他可以考慮調到軍法局，當個全職的執法人員。但是薩里還是比較喜歡開飛機。

找出艾力亞斯．羅伊的辦公地點，對他來說依舊不是問題。他靠近停在泥地前端的拖車，車後還停著兩艘小艇、一輛挖土車、一輛福特小貨車。

薩里踏進車內。

「嗨……羅伊先生在嗎？」

有個體態壯碩的女子坐在桌前，頭髮用花絲巾綁起。她仔細打量薩里，然後才回話。

「抱歉，他不在。」

「他什麼時候會回來？」

「他去工地了。你是來談工程的嗎？」

「也不是……」

薩里環顧四周，室內很擠，擺滿藍圖和檔案櫃。

「你要留個姓名、電話嗎？」

「我之後再過來。」

他走回停車處，上車亂罵一通。要開走時，他聽到引擎啟動的聲音。他從後照鏡看到福特小貨車的駕駛座上有個人。他一直在那裡嗎？薩里跳下車，衝向小貨車，用力揮手直到對方停車為止。他走向駕駛座窗戶。

「不好意思。」薩里邊說邊喘。「你是艾力亞斯．羅伊嗎？」

「我們認識嗎？」艾力亞斯問他。

「你認識一個人，剛好我媽也認識。」他噓了一口氣，這話該怎麼說呢？「我是個當爸爸的，單親爸爸，我太太過世了。」

「抱歉，我要……」艾力亞斯說道。

「我兒子，他還沒走出來。可是那個天堂來電……你也有……你說你也接到電話了？」

艾力亞斯咬緊下唇，說道：「我不曉得我到底接到什麼。」

「這就對了，你也不知道嘛。但你想想看，你也不相信死人會打電話來，對不對？」

艾力亞斯盯著儀表板。

「我兒子覺得……」薩里心跳加速。「覺得他媽媽會打給他，因為你接過那樣的電話。」

艾力亞斯面容嚴肅。「很抱歉，我不知道該怎麼幫你。」

「如果你跟大家說這整件事不是真的，就可以幫我，也可以幫他。」

艾力亞斯緊握方向盤，又說了一次「很抱歉」，便踩下油門。貨車猛衝，在路口轉了個彎開走。薩里留在原地，雙手手心仍舊朝上，孤零零地站在停車場裡。

當天晚上，艾力亞斯開到密西根湖一處公共碼頭，等待天空中最後一絲光線消失。他想著剛剛攔車的男人，想著那個男人的兒子，想著尼克、凱瑟琳、華倫牧師，還有教會。最後終於變得完全黑暗，他踏出車外，走到岸邊，從外套口袋掏出手機。他想起小時候，母親總會把剩菜送到救濟貧民的地方。有一次他問她，為什麼不像其他人一樣把剩菜丟掉就好？

「上帝給的，不能浪費。」母親說道。

艾力亞斯看著手機，小聲念道：「如果我浪費了您的恩賜，神啊，請原諒我。」接著他將手機拋進湖裡，拋得又高又遠。黑暗中他看不見手機，但是聽到它撞擊湖面發出的微弱撲通聲。

他站了一分鐘左右，才回到車上。他決定暫時離開冷水鎮，工作就讓工頭去顧。他不想再碰到陌生人來跟他求援。他取消了門號、帳戶，也擺脫了手機。駛離小鎮時，他如釋重負又精疲力竭，好像剛剛逆著風雨，關上了一扇門。

第七週

在冷水鎮，隨著日子一天天過去，凱瑟琳發現旁人的目光都聚焦在她身上。去做禮拜時是這樣，就連前往多年來光顧的市場，也是這樣。管存貨的丹尼爾偷瞄她，一被發現就移開目光。還有肉品區的鬍鬚男泰迪，一察覺她的目光，就問她：「嗨，凱瑟琳，最近過得怎麼樣啊？」貨物走道盡頭還有兩位年長女士，穿著長大衣，毫不掩飾地對她指指點點。

「妳就是那個人，對不對？」她倆問她。

凱瑟琳點點頭，不確定該回應什麼，很快就推著推車走了。

「上帝保佑妳。」她們其中一人說道。

凱瑟琳回頭。「妳也是。」

凱瑟琳內心天人交戰，她想要表現謙卑，因為聖經說人要謙卑。但是聖經也說要在榮耀中大聲呼喊，所以每次遇到這些人，都讓她很掙扎。看看這些人的眼神！真沒想到區區一則電視新聞採訪會讓人……這麼受到矚目。

結帳時，她前面排著一個頭髮稀疏的大胖子，穿著底特律獅子隊的長袖厚T。他把籃子裡的東西拿出來，看到凱瑟琳，他表情大變。

「我知道妳是誰。」他說。

她硬擠出一個笑臉。

「妳帶我們看過房子，帶我和我太太。」

「有嗎？」

「房子太貴了。」

「喔。」

「我沒在工作。」

「真是遺憾。」

「沒辦法啊。」

收銀台的女人盯著他倆，一邊拿起禿頭男的貨物刷條碼：他買了一大袋洋芋片、奶油、兩只鮪魚罐頭、半打啤酒。

「他們會讓妳跟其他人講話嗎？」那男人又問她。

「什麼？」

「天堂那些靈魂啊，他們打來的時候，如果妳想跟其他人講話就可以講嗎？」

「我不懂你在說什麼。」

「我爸爸去年過世了，不知道妳……」

凱瑟琳咬咬下唇，男子低下頭來。「沒關係……」他說道。他拿了一疊一元鈔票給收銀員，拎起袋子離開。

三天後

新聞報導

阿皮納第九頻道

（艾咪站在望稼堂前）

艾咪：之前本台報導，事件一開始就是發生在這座小鎮。凱瑟琳．耶林在教會中宣布接到一通電話，非常不可思議的是，打來的人是她過世兩年的姊姊黛安。

（攝影機拉近拍攝凱瑟琳和艾咪）

凱瑟琳：她打給我六次了。

艾咪：六次？

凱瑟琳：對，都是禮拜五打來。

艾咪：為什麼是禮拜五？

凱瑟琳：我不知道。

艾咪：她有解釋為什麼要打來嗎？

凱瑟琳：沒有。她只跟我說她愛我，還跟我講天堂的事。

艾咪：她怎麼說？

凱瑟琳：她說，我們失去的人都在那裡。在天堂又可以重逢了。我的家人都在那裡，她和爸媽都在。

（一群人站在凱瑟琳家門前的草坪上）

艾咪：自從本台第一次報導神祕來電之後，數十位民眾前往冷水鎮要見凱瑟琳。他們等待數小時，為的就是和她說話。

（凱瑟琳和圍成一圈的人說話）

年長女士：我相信是神選中她。我姊姊也過世了。

艾咪：您也希望同樣的奇蹟降臨嗎？

年長女士：是啊（開始哭泣）。能和我姊姊說到話，什麼我都願意給。

（艾咪站在屋前）

艾咪：值得注意的是，至今沒有人能確認電話來源。不過，有一件事卻是千真萬確（她指向群眾）。許多人相信神蹟一定會發生。

（她望向攝影機）

第九頻道記者艾咪·潘恩在冷水鎮的報導。謝謝收看。

華倫牧師戴上帽子準備離開，於是向波堤女士揮揮手。她忙著接電話，所以壓住話筒小聲問他：「您什麼時候會回——」但另一通來電打斷她，「望稼堂，您好……是……稍等好嗎？」

華倫牧師一邊搖頭，一邊走出門。過去幾年，可以整個早上都沒有來電，可現在呢，波堤女士幾乎沒空去上洗手間。全國各地都有人打電話來問問題，問週日禮拜有沒有網路轉播？信眾有沒有特別使用的禱告書？尤其是那些接到「上面」電話的人，都用什麼書禱告？

華倫牧師踉蹌地走在路上，身體迎著秋風。他發現教會停車場停著三輛沒看過的車輛，車窗內陌生的臉孔盯著他瞧。在冷水鎮，外來者是藏不住的。許多家族在這裡代代居住，房宅和事業都傳給子孫。居民死後埋在當地的墓園，最早可以追溯到二十世紀初。有些墓碑嚴重磨損風化，碑文都模糊了。

華倫牧師想起過往，他認得鎮上所有的信眾。那時候他還很健康，可以走路去看他們，偶爾還會聽到某戶門廊傳出「牧師早安！」的招呼聲。這股熟悉感讓他感到安慰，就像一首持續播放的低聲小調。但是最近這首小調變成尖銳的刮擦聲。令他感到不安的，不只是停車場那些沒看過的車輛，也不是記者來教會，而是——

在牧師人生中，他第一次感到自己比旁人更欠缺信念。

「牧師請坐。」

鎮長傑夫・雅克比指著一張椅子，華倫坐下。鎮長辦公室離教會只有兩條街，就在國家第一銀行裡頭，鎮長身兼銀行行長。

「牧師啊，最近新聞真是精采。」

「咦？」華倫說。

「您的教會上了兩次電視耶！上次冷水鎮有這種情形，是多久前的事了？」

「嗯……」

「我透過貸款界認識凱瑟琳。她姊姊的死對她打擊很大，要讓她走出來，真是……」

「你覺得她真的恢復了嗎？」

傑夫笑了一下。「嘿，您才是專家啊。」

華倫牧師盯著鎮長的臉，他有著粗眉毛、蒜頭鼻。一閃而過的微笑，露出裝了牙套的牙齒。

「喏，牧師啊，我們接到好多電話。」說到這，鎮長想到手機，拿出來檢視訊息。「聽說接到天堂來電的，不是只有凱瑟琳和那個誰……他叫什麼名字？」

「艾力亞斯。」

「對啦。他跑去哪兒啦？」

「我不知道。」

「噢，隨便啦。我覺得來開個鎮民大會，應該會有幫助。僅限鎮民參加，回答他們幾個問題，再看看接下來怎麼做。我想這件事會愈滾愈大。聽說摩斯丘的飯店已經客滿了。」

華倫牧師搖搖頭，飯店客滿？十月會客滿？這些人到底想怎樣啊？傑夫在手機上不知道打些什麼。牧師看了傑夫的鞋子一眼，他穿著棕色軟皮鞋，鞋帶綁得好好的。

「牧師，我覺得您應該主持鎮民大會。」

「我？」

「因為事情在您的教會發生啊。」

「那與我無關。」

傑夫放下電話，拿起一枝筆，壓了筆心兩次。

「我發現您都沒上電視新聞，是不是不打算跟媒體對話？」

「凱瑟琳說的夠多了。」

傑夫又笑了。

「她的確很會說。但無論如何，我們需要擬定計畫。牧師，不需要我說，您也知道鎮上景氣不好，這小小的奇蹟可能是大大的契機啊。」

「契機？」

「對啊，或許可以發展觀光什麼的？而且觀光客也要吃飯啊。」

華倫牧師雙手交疊，放在膝上。

「傑夫，你相信這是奇蹟嗎？」

「哈，您問我？」

華倫牧師沒有說話，傑夫把筆放下，假牙又閃現出來。

「好吧，我老實說，牧師，我不知道凱瑟琳究竟發生了什麼事，也不知道那是真的還是假的。但您看到鎮上的交通狀況嗎？我畢竟是做生意的啊。我只能這麼說——」

鎮長又指向窗戶。

「那大有賺頭。」

泰絲和母親最近對話長度只有一分鐘，她卻一直忘不了。

「妳在天堂，還會感覺到什麼嗎？」

「感覺到愛。」

「還有其他的嗎？」

「泰絲，都是浪費時間……」

「什麼？」

「其他的……」

「我聽不懂。」

「憤怒、後悔、擔憂，只要來到天堂，這些情感都會消失……不要迷失自我……在自己心中……」

「媽，對不起。」

「爲什麼要道歉？」

「所有的事我都想道歉。對不起，我們吵過的架。對不起，我懷疑妳……」

「泰絲……這些事情都已經得到原諒……好了，現在……」

「什麼？」

「妳要原諒妳自己……」

「噢，媽……」

「泰絲……」

「我真的好想妳。」

一陣良久的靜默。

「妳記得我們做餅乾的事嗎？」

突然，電話斷了，泰絲崩潰大哭。

餅乾和點心，讓泰絲和茹絲和平相處。茹絲經營外燴生意，規模不大，請不了人手，所以泰絲就充當小幫手。茹絲跟先生艾德溫離婚後，自力更生，那時泰絲才五歲。之後艾德溫火速搬到愛荷華州，隻字不提監護權，從此沒再出現在冷水鎮。小鎮居民為此大翻白眼，低聲討論：「現在可好了，媽媽帶著拖油瓶。」接下來幾年，泰絲問到父親的事時，茹絲都會說：「不開心的事，幹嘛問？」過了一陣子，泰絲也不再問了。

但是泰絲並無異於其他來自破碎家庭的孩子，她既渴望失去的相聚之樂，也跟僅剩的親人爭執不斷。在冷水鎮，單親媽媽並不常見，而困擾泰絲的是，不管她走到哪裡都會被問：「妳媽好嗎？」好像離婚是種長期疾病，需要定期關心。泰絲覺得母親的孤獨似乎得由她來照料。在婚禮上，她們在廚房裡默默規畫要出的點心。音樂在外面響起時，她倆互看，宛如一對壁花。在這種場合，大家幾乎都有伴，茹絲和泰絲也算是某種組合；想到茹絲有人陪，大家也比較舒坦。

但是天主教會就不是這樣了。那邊的人聽到離婚還是會皺眉，茹絲也看夠了其他女人排擠的眼神。等到泰絲長成如花一般美麗的少女，排擠變得更嚴重。男人跟她打招呼時，硬是要拍一下肩。泰絲厭倦了教會的偽善，高中畢業後，再也不上教會。茹絲苦苦哀求她回去，她只說：「媽，真的很好笑耶，他們根本就不喜歡妳啊。」

後來，茹絲晚年坐了輪椅，泰絲拒絕帶她去望彌撒。可現在泰絲坐在客廳裡，對面坐著莎曼莎。她在想，不知該不該打電話給以前教會的卡羅神父。

她一方面希望母女對話可以像夢一樣，繼續保持在這種微小而私密的狀態；如果不說出去，就可以一直維持。另一方面，鎮上又發生了超自然現象，傑克、上電視的女人，還有另一名望稼堂的信徒都接到電話了，不是只有她一人而已。或許教會可以解開她的疑惑。

這些事情，都已經得到原諒。母親是這麼說的。

她看著莎曼莎。

「打給神父吧。」她說。

傑克駛進車道，心撲通撲通跳。

他下定決心，要告訴朵琳電話的事，就是今天，不再拖延。他已經打過電話，告訴她有要事商談，而且他打算一進門就談，不要讓其他事分了心，或是害他失去勇氣。他不在乎朵琳現在的先生梅爾在不在家，他要談的是他和她兒子的事，她有權利知道。傑克猜想他沒有早點告訴她電話的事，一定會讓她抓狂，但他已經習慣了。而他每每放任不理，只會讓情況變得更糟。

冷水鎮變了，陌生人一直湧進，竟然還有人在凱瑟琳家的草坪上禱告。傑克和雷伊每天都要開警車出去處理民眾申訴，像是停車問題、擾亂安寧等。每個人都有手機，每次鈴聲一響，大家都很緊張。聽說鎮上將召開大會，討論這些亂象。傑克能做的，也只有告訴朵琳，這件事他倆也有份兒。

他踏上門廊，深呼吸，握住門把。門沒鎖，他擅自走了進去。

「哈囉，我來了。」他大聲說。

沒人回他，他走到廚房，又走到走廊上。

「朵琳？」

他聽到有人抽噎哭泣，就走進客廳。

「朵琳？」

她坐在沙發上，捧著羅比的照片，雙頰淚珠滾滾。傑克吞了吞口水，這種時候，他得在一旁等待。

「妳還好嗎？」他輕聲問道。

她眨眨眼止住淚水，又抿了一下嘴唇。

「傑克，我剛剛跟羅比說話了。」她說道。

「哈定先生來見榮恩．簡尼斯。」

接見人員拿起電話傳話，薩里快速選了一個位置坐下，希望沒人看到他。

《北密西根週報》規模中等，樓層平面圖顯示出壁壘分明的新聞界線：編輯區在這一邊，業務部在另一邊。左邊那區的桌子亂七八糟，紙張胡亂堆疊在角落，一名白髮記者正在聽電話。右邊的桌子較為整潔，員工領帶也繫得較緊，還有一間明顯較大的辦公室。從辦公室走出來的是報紙發行人榮恩．簡尼斯，梨形身材，頭髮稀疏，戴著有色鏡片。他向薩里揮揮手，示意請他進來。

薩里起身，一步一步走過去，像當初出獄時的那種走法。

「馬克跟我說，你會過來。」簡尼斯說道，伸出手來。「以前我們上過同一所大學。」

「是。謝謝您願意見……」薩里的聲音突然變得乾澀，他嚥了嚥口水，「我。」

簡尼斯盯著他，目光凌厲。薩里一想到對方眼中的自己，一定是一副巴不得要得到這份工作的樣子，就覺得很討厭。但他又有什麼選擇？他需要工作，其他地方也沒有機會。他硬擠出一個笑臉，然後走進辦公室，心想自己離戰鬥機駕駛員實在太遠了。

業務，他陰暗地想著，還是報社的業務。

不知道這家報社以前有沒有報過他的新聞？

「你也看得出來，這裡挺忙的。」簡尼斯說道，坐在桌旁，露出淺笑。「那個『天堂來電』把我們搞得雞飛狗跳。」

他拿出上一期週報，念出頭條：「『另一個世界的鬼魂』。誰知道到底是怎樣？但銷路不錯，最近兩期都再刷呢。」

「哇。」薩里禮貌性回應。

「你有看到那個人嗎？」他朝剛才那個穿襯衫打領帶、講電話的白髮記者點個頭。「他是艾伍德・居皮斯，這裡的記者只有他待了三十四年，大都寫些暴風雪、萬聖節遊行、高中美式足球賽之類的新聞。這會突然間就遇上史無前例的大新聞。」

「剛才他訪問了一些研究超自然現象的專家。他們說，多年以來，一直有人想要截錄死人的聲音——用無線電截錄！我都不知道，你知道嗎？用無線電耶！你信嗎？」

薩里搖搖頭，他好討厭這種對話。

「不管怎樣……」

簡尼斯拉開抽屜，取出資料夾。

「馬克說你對收帳有興趣？」

「對。」

「有點驚訝呢。」

薩里沒有回話。

「這不是什麼厲害的工作。」

「我知道。」

「只是拉廣告跟抽佣金。」

「馬克也這樣說。」

「我們規模很小，一週發行一次。」

「我知道。」

「這跟開飛機什麼的不一樣。」

「我不是來找——」

「我知道你不想提這件事，我懂。人都該有第二次機會。我是那樣跟馬克講的。」

「謝謝你。」

「你太太的事，我很遺憾。」

「喔……」

「真的很可怕。」

「喔……」

「他們有沒有找到飛行紀錄器？」

剛剛不是才說不要提了嗎？薩里這麼想著，說道：「沒有，一直沒找到。」

簡尼斯點點頭，盯著抽屜看。

「反正，這不是什麼威風的工作。」

「已經夠好了。」

「薪水也不怎麼——」

「沒關係，真的。」

兩人互看，心裡都覺得不怎麼舒坦。

「我需要工作。我有兒子要養，您知道嗎？」薩里說道。

他還想擠出別的話，吉賽兒的臉浮現在他面前。

「我有兒子要養。」他又說了一遍。

居勒是他們婚後幾年出生的，薩里以歌手居勒．席爾（Jules Shear）的名字替兒子命名。這名歌手寫了吉賽兒最喜歡的一首歌〈如果她知道她要的是什麼〉。

兒子出生後，薩里就知道這是妻子一直想要的：家庭。吉賽兒和居勒就像同一個靈魂分裂出的兩個人。從居勒玩玩具的模樣，看得出他遺傳到母親與生俱來的好奇心；他擁抱其他孩子或是摸小狗的動作，也有母親溫柔性格的影子。

「妳開心嗎？」有一天晚上，薩里問吉賽兒。那時他們三個在沙發上互相依偎，小居勒在她懷中睡著了。

「天啊，當然開心啊。」她回答。

他們說過要生更多小孩，但如今他成了撫養孤兒的鰥夫，剛接下一份他不想做的工作。他離開報社，點了根菸，上車疾駛到販酒處。以前他太太還在時，他都在為未來打算；如今她走了，他只能回憶過去。

宗教歷史有多長，護身符的淵源就有多長：不管是墜飾、戒指、硬幣、十字架，都被視為具有神聖力量。古人隨身佩帶護身符，現在凱瑟琳也離不開姊姊的遺物——鮭魚粉色的手機。

白天她緊握手機，晚上就寢也帶著手機。去上班時，鈴聲調到最大，放到包包裡，牢牢地掛在肩上，像顆足球那樣抱在胸前。她一直幫手機充電，還買了行動電源，怕這顆沒電又再買一顆備用。她叫大家不要再打那支舊號碼，改打她跟別的電信業者辦的第二支號碼。她的舊手機，也就是黛安以前用的那支，是黛安專屬的。

她走到哪裡，手機也帶到哪裡。現在不管她去哪裡，第九頻道的艾咪也跟到哪裡。艾咪帶她去吃了一頓大餐（菲爾建議的，帳算在他頭上），聽她滔滔不絕講述摯愛姊姊的故事。艾咪還保證，自己和電視台的所有員工只想報導奇蹟的新聞，絕無他想。凱瑟琳也覺得這麼神聖的事情，不應該侷限在小小的冷水鎮。艾咪把攝影機當行李隨身攜帶，在這個現代社會，攝影機真的就像上帝的傳聲工具。

於是，她們一同來到冷水鎮稅捐處的不動產部門，該處位於郵局旁邊、冷水鎮市集對面。星期二的早晨，她們穿過門口，看到那裡有四個人在等待區，每個都跟年輕的接待人員說：「我們想見凱瑟琳．耶林。」問他們需不需要換其他人服務，都說不用。

辦公室裡的三名仲介：路、傑瑞、潔洛汀，對此大為不滿。現在既沒有新客戶，也幾乎沒生

意。那天，凱瑟琳還沒到辦公室之前，他們三個圍在辦公桌前大吐苦水，抱怨她的發言所引起的騷動。

「怎麼知道這是真的還假的啊？」路說。

「她還沒走出來吧。」潔洛汀說。

「大家都產生幻覺了。」傑瑞說。

「他們還在她家草坪上禱告咧，天啊！」

「她拉了很多客源呢，前所未有！」

「那又怎樣？如果他們都是為了她來，有什麼用？」

諸如此類的對話持續不斷，時而穿插抱怨：路必須照顧與他同住的孫子；潔洛汀從不喜歡凱瑟琳愛說教的態度；傑瑞在想，三十八歲再換跑道，會不會太晚了……

接著凱瑟琳進辦公室，艾咪跟在後面。談話中斷，同事掛上假笑相迎。

或許你以為，如果有人證明天堂存在，他就會大受歡迎。可是即便奇蹟就在眼前，其他人還是會質疑：爲什麼奇蹟沒降臨在我身上？

「凱瑟琳早安。」潔洛汀說。

「早安。」

「還有接到電話嗎？」

凱瑟琳笑道：「今天沒有。」

「上一通是什麼時候？」

「禮拜五。」

「那是四天前了。」

「嗯哼。」

「有意思。」

潔洛汀看著艾咪，像是在說：「這裡應該挖不到什麼新聞吧。」凱瑟琳掃視同事，噓一口氣，然後從包包裡拿出聖經。

當然，也拿出手機。

「我應該先來處理客戶。」她說道。

第一位客戶是中年男子，想買凱瑟琳家附近的房子，他覺得在那裡可能也會接到電話。接著是一對從密西根州夫林特過來的退休夫妻，說六年前女兒死於車禍，非常希望能在冷水鎮再度和她「聯繫」。第三位客戶是名希臘女子，披著深藍色披肩，她連買房的事提都沒提，只問凱瑟琳可不可以和她一起禱告。

「當然可以啊。」凱瑟琳幾乎帶著歉意回答。艾咪退到後方讓她倆獨處，不忘隨身帶著攝影機。攝影機重得要命，真可笑，她向來覺得自己根本是帶著鉛製行李箱在行動。她發誓，總有一天，她要跳槽到會派攝影師給她的電視台工作。總有一天。她說要換工作，也是總有一天。

「很重吧？」路看到艾咪把攝影機重重放在桌上。

「對啊。」

「我還以為現在攝影機做得比較小了。」

「是有比較小啊，但是我們沒有那種攝影機。」

「只有紐約或洛杉磯才有吧？」

「差不多——」

她停住話頭，路臉色一變，轉過頭去，潔洛汀和傑瑞也一樣。艾咪明白發生什麼事之後，腎上腺素立刻在血管中流竄——

凱瑟琳的手機響了。

每個故事都有轉捩點。接下來，發生在冷水鎮稅捐處不動產部門的事件，既快速又混亂，艾咪的攝影偶爾中斷，鏡頭晃個不停，但是事發經過都拍到了。影片長度不到一分鐘，但是不久之後，全球會有數百萬人觀看。

凱瑟琳一把抓起鈴聲大作的電話，每個人都轉頭看她。希臘女人開始用希臘語禱告，前後晃動，雙手罩住口鼻。

「我們在天上的父——」

凱瑟琳深吸一口氣，退回座位上。路吞了吞口水，潔洛汀小聲問道：「現在是怎樣？」艾咪一邊狂亂抄起攝影機啪的一聲開機，一邊把攝影機架到肩上保持平衡。她透過取景窗看出去，鏡頭拉近——砰！她撞到了桌子，攝影機也倒了，膠捲還在轉。艾咪倒在一張椅子上，下巴被攝影機撞上。

手機又響了。

「願祢的名被尊爲聖，」希臘女人喃喃念道。

「等一下，還不能接！」艾咪大吼，但凱瑟琳已經按下接聽鍵，小聲說：「喂？天啊……黛安……」

「願祢的國來臨——」

凱瑟琳整張臉亮了起來。

「是她嗎？」路問道。

「天啊。」潔洛汀喃喃說道。

艾咪努力爬起站直，大腿因撞擊力道發痛，下巴也開始流血。她開始拍攝凱瑟琳時，她正說著：「好，喔，好，黛安，好，我會……」

「願祢的旨意承行於地，如於天——」

「真的是她嗎？」

「我們的日用糧，求祢今天賜給我們——」

「黛安，妳什麼時候會再打來？黛安？喂？」

凱瑟琳放下電話，慢慢退到後面，好像被隱形枕頭推著。她眼神發亮。

「寬免我們的罪債，猶如我們寬免虧負我們的人——」

「發生什麼事了？」艾咪問她，擺出記者姿態，肩上架著攝影機。「凱瑟琳，她跟妳說了什麼？」

凱瑟琳直視前方，雙手放在桌上。

「她說：『時機已經到來，別再保守祕密。告訴大家，天堂歡迎善良之人。』」

希臘女人將臉埋在雙手中哭泣，艾咪將鏡頭拉近拍她，接著又拍凱瑟琳放在桌上的手機。

「告訴大家——」凱瑟琳又說了一遍，像在說夢話。她不知道，閃爍著紅燈、錄製中的攝影機，已經達成「告訴大家」的任務了。

第八週

歷史資料顯示，貝爾靠著電話，名副其實「一夕」成名。

然而只差一點，事情就不是這樣發展了。

一八七六年，美國為了慶祝百年國慶，於費城舉辦世紀特展。參展的新發明，將在下個百年成為要角，其中包括原型打字機，以及四十英尺高的蒸汽引擎。

趕上最後一刻參展的貝爾，只得到一張小桌展示他發明的原始電話。那張桌子擠在樓梯和牆壁之間，於教育部門展場展示。好幾個禮拜過去，沒人真正注意到。

貝爾當時住在波士頓，沒有計畫——或是沒錢——參加發明展。週五下午，他去火車站替未婚妻瑪貝兒送行，她來波士頓看爸爸。瑪貝兒想到要離開貝爾，便開始哭泣，並且堅持貝爾得跟她一起離開。眼看火車即將駛離，貝爾為了安慰瑪貝兒，便跳了上去——當然是沒買票。

因為衝動行事，貝爾過了兩天後參展。炎熱的週日下午，疲累而汗流浹背的評審團經過貝爾的攤位。大部分人只想回家，但其中一位評審是受人景仰的巴西帝國皇帝：唐佩德羅・德・阿拉坎塔拉（Dom Pedro de Alcantara, 1822-1889），他之前參觀過貝爾的啟聰課程，認出眼前那位黑髮發明家就是貝爾。

「貝爾教授！」皇帝喊道，張開雙臂迎向他。「你在這裡做什麼？」

聽完貝爾的解釋之後，唐佩德羅願意體驗一下他的發明。疲憊的評審團只好再多等幾分鐘。橫跨展場兩端的纜線架設起來，貝爾走到發話端，皇帝走到受話端。貝爾就像幾個月前跟助手通話一樣（過來，我想見你），對著裝置說話，皇帝將聽筒湊到耳邊，突然表情一亮。

大家看著皇帝，他詫異地喊道：「天啊！它在說話耶！」

隔天，貝爾的發明就移到主題特區，數千人爭先恐後搶著參觀。這項發明還贏得首獎，得到一面金牌。前所未有的觀念「見不到面，說得上話」引起全世界的騷動。

若非是男女之間的深情摯愛，讓貝爾跳上火車，他的電話或許永遠找不到「知音」。然而一旦給他找著了，全人類的生活也永遠為之改觀。

蛋！蛋不夠用了！芙瑞達．帕達普拉斯將五十美元塞進姪子手裡，說：「市場上蛋有多少就買多少。快去！」

奇蹟什麼的，芙瑞達從來沒信過。可是眼看客人突然暴增，她可不會放過機會。禮拜一很忙，禮拜二更忙。到了今天，餐廳變得嘈雜不堪，講話要用吼的才聽得見。停車場客滿，店裡淨是一些陌生臉孔。到了星期三早上，還有人在餐廳外面排隊，這可是她開店以來頭一遭，那時都還沒八點哩！

「傑克，咖啡要續杯嗎？」芙瑞達問道，沒等傑克回話，咖啡就倒了下去，隨即迅速走到別桌去。

傑克小口喝著咖啡，頭低低的，像是心底藏著祕密。他今天特意不穿制服，想好好觀察這些朝聖者，他們的人數一直增加。一支網路影片，把小鎮搞得天翻地覆。他看到三人扛著攝影機，另外起碼有四人估計是記者。此外還有一群新的陌生臉孔，老少皆有，一直問著凱瑟琳在哪？教會在哪？不動產部門在哪？他又看到兩對印度夫妻及一桌年輕人，他們穿著某種他不認得的宗教服裝。

「嗨，不好意思，你是本地人嗎？」穿著藍色滑雪外套的人溜到傑克身旁，這樣問他。

「怎麼樣？」

「我是底特律的第四頻道，想聽聽大家對奇蹟的看法。你知道嘛，電話的事。可以訪問你嗎？一分鐘就好，不會很久。」

傑克看了一下門邊，愈來愈多人湧進。長久以來，早上來這裡喝咖啡成了他的每日慣例。閉著眼睛，他都能從家裡走到餐廳櫃台，可是現在這情形真教人不舒服。

羅比打電話來這件事，他還沒跟朵琳說，尤其是在她先一步告訴他，她也接到電話之後。出於某種原因，傑克認為還是先聽她說、再收集訊息比較好。朵琳說羅比告訴她，他在天堂，人很平安，還說「終點不是終點」。她問傑克怎麼看這件事，他說：「朵琳，妳這樣開心嗎？」結果她哭了，說：「不知道……我開心，唉，天啊……我真的不懂。」

他不想讓這些記者知道前妻的事，也不想透露自己的事。他想起泰絲，更不想讓他們知道她的事。

「會上電視喔。」穿藍色滑雪外套的人催促他，一副「不要拉倒」的樣子。

「我只是路過罷了。」傑克說道。他丟了兩美元在櫃台，轉身走向門口。

傑森．圖克大聲打著呵欠，打開「一撥就通」通訊行的員工入口。他二十七歲，身型修長，二頭肌上有菲力貓刺青。他昨晚又熬夜打線上遊戲，現在累得要命。他從小冰箱裡拿出可樂，咕嚕咕嚕喝了幾口，便打起嗝來。他想起女友常說的：「傑森，你這習慣真的很噁心。」

他走進辦公室，脫下毛衣，換上銀藍相間的短袖襯衫，上頭寫著「一撥就通」。他翻翻昨天收到的信件，一封是公司總部寄來的，另一封也是，還有一本小冊子，是清潔廣告。

外面鈴聲響起，他瞄一下手錶，才八點十分。他本來以為是卡車司機來送貨，等他打開後門一看，卻是個穿著絨面舊外套的高大男子。

「嗨，我是薩里，週報的人。」

「喔，好。我是傑森。」

「你好。」

「你是新來的。」

「對啊，上週剛開始。」

看起來不是很開心嘛，傑森心想。

「進來吧。」

「我在想，你們是否需要續約，再買三個月……」

「拉廣告的話省省吧。」傑森說道，還揮揮手。「老闆已經給我支票了。」他在抽屜裡找來找去，亂摸一通。「前幾次來的那個女生，維多莉亞，怎麼沒來？」

「不知咧。」薩里說道。

真可惜，她滿可愛的，傑森心想。

「找到啦。拿去。」他遞給薩里一個信封，上面寫著「週報：十月到十二月」。

「謝啦。」薩里說道。

「小事一件。」傑森搖搖可樂罐，向他伸去。「你要喝嗎？」

「不用。我走了——」

砰砰砰砰！

他倆一起轉頭。

「那是什麼？」傑森問道。

「不知道。」薩里說道。

砰砰砰砰！

聽起來好像鳥撞到了玻璃。但過了一會兒，又是砰砰砰砰，接著還是砰砰砰砰。愈來愈大聲，像打鼓一樣。

砰砰砰砰！砰砰砰砰！砰砰砰砰！砰砰砰砰！

「搞什麼啦！」傑森咕噥著。薩里跟在他後面，走到展示區，眼前的景象讓他們僵立原地：店外起碼有二十人以上，裹著厚外套，貼在窗戶上。他們一看到傑森和薩里便急湧向前，像是浮到水面爭吃飼料的魚群。

砰砰砰砰！砰砰砰砰！砰砰砰砰！砰砰砰砰！

兩人趕緊躲回後面的辦公室。

「他們想幹嘛？」薩里大聲問道。

「誰知道啊！」傑森邊說邊找鑰匙。離預定開門營業的時間還有一小時，而且他們也沒有促銷之類的活動。

「要讓他們進來嗎？」

「我想……要吧？」

「要我待在這兒嗎？」

「不用！我是說，可能……要吧……好，你待在這兒好不好？真是有夠怪！」

傑森變得毛毛躁躁，抓起鑰匙走到前門，猶豫了一下，群眾又推得更近了。

他把門打開，說道：「抱歉，營業時間是——」

大家都衝了進來，跑過傑森身旁，往他身後的展示機跑去。

「喂，等一下！」傑森大吼。

「這邊有沒有這種手機？」穿皮外套、灰色運動衫的男子喊著問他，把一張列印出來的圖湊到他臉上。傑森看到紙上有個女的拿著粉紅色手機。

「那支應該是三星的吧。」他說道。

「這邊有嗎？要一模一樣的。」

「可能有——」

「有多少我都要！」

「不可以！」

「要公平分配！」

「我要一支！」

「我要三支！」

傑森瞬間被包圍，一下子有人摸他的背，有人拍他的肩，有人抓他手臂，還有人在他面前揮動紙張。人潮洶湧，他被推來擠去，在人海起伏中載浮載沉。

有人大喊：「等一下！」有人大叫：「給他一點空間。」突然有人大吼——

「全部後退！」

喊話的是薩里，他站在傑森面前，雙臂張開像面盾牌，擺出防護的姿態。他一喊，所有人都安靜下來，後退好幾吋，讓傑森喘口氣。

「你們到底是怎樣？」薩里喊問。

「對啊，到底是什麼情形？」傑森喘過氣來，有薩里在他旁邊，他覺得膽氣較足。「店都還沒開咧！你們想幹嘛？」

一名瘦弱的年長女士走向前，她眼下有著深深的黑眼圈，頭上裹著圍巾，看起來病容重重。

「電話，給我可以打到天堂的電話。」她尖聲說道。

艾咪的影片，就像現代社會上許多新聞短片一樣：被丟到網路上，在網路空間炒了又炒。沒人過濾、編輯、審查或是認證，看過就分享出去。可是這個過程不是只有一、兩次，而是好幾萬次——水都還沒煮滾，影片就被轉發出去。影片的標記「天堂來電」更是加速轉發的速度。搖晃的拍攝方式，加上艾咪跌倒時鏡頭變模糊的片段，更讓這支影片產生某種奇異的可信度。

一開始，影片是在阿皮納電視台播放，接著馬上變成該電視台網站開站以來，點閱率最高的影片。菲爾打電話恭喜艾咪：「繼續加油喔。」他這樣說。宗教團體幫影片加上標記，很快地，凱瑟琳、禱告的希臘女子及桌上的手機，在全世界重播了無數遍。這是現代版的一夕成名，和當初貝爾以電話發明席捲百年特展一樣，只是現在事情變化的速度超乎我們的想像。一週之內，密西根的冷水鎮成了網路上最多人搜尋的地名。

華倫牧師偷看教會內部，幾乎坐滿了禱告者，現在還只是禮拜三下午呢。有人用手埋著臉，有人跪著。華倫牧師還看到兩個戴著漁夫帽的男人念著禱詞，身體前後搖晃，只是他們伸出的雙手上，拿的不是聖經，也不是讚美詩，而是手機。

華倫牧師悄悄關上門，溜回辦公室，其他四位鎮上的神職人員在那裡等他。

「抱歉。」牧師邊說邊坐下。「我剛剛在看那些信徒。」

「是在看你的信徒。」卡羅神父說。

「他們不是我的信徒。他們會來，是因為聽了教友的故事。」

「是因為神。」卡羅神父說道。

對啊，對啊，其他人也附和道。

「總算是信徒來找我們，而不是我們去找他們。」

「對，但是——」

「下禮拜開鎮民大會，應該要強調這點，鼓勵其他人過來。一直以來，為了鼓勵大家，我們都累翻了，不是嗎？」

其他神職人員點頭附和，說道：「沒錯。」「他說得對。」「阿門。」

「華倫，這一波人潮再現，是種恩賜，比那個什麼天堂來電更好——」

「也有可能不是從天堂打來的。」華倫牧師打岔。

「也有可能是。」神父回話。

華倫牧師看著卡羅神父的表情，好像跟之前有所不同。他現在更為冷靜，面帶淡淡微笑。

「神父，您相信這個奇蹟嗎？」

其他人傾身向前。聖文森是鎮上最大的教堂，卡羅神父的想法具有決定性的影響力。

「我還是……抱持懷疑。」他邊說邊斟酌用字。「但我已經打給我們教區的主教，安排會面。」

大家左盯右看，這可真是個大消息。

「基於尊重……我想，那兩位教友在我們教會已經待很久了。我們是浸信會，您也知道。」華倫牧師說道。

「我知道啊。」

「所以您的主教來這裡，不會跟他們談話吧？他們不是天主教徒。」

「當然。」

卡羅神父略收下顎，雙手交叉放在大腿上。眾人恍然大悟——

還有其他人接到電話。

卡羅神父沒說出口的是，兩天前他收到一則訊息，發訊者替前教友泰絲・瑞佛緹發問——神父可否到她家中一趟，有要事商談。

那時候，對所謂「另一個世界」的宣言，卡羅神父都嗤之以鼻，不屑一顧。如果這些人說的是真的，事實會讓人難以承受；也就是說，智慧無邊的天主，對世人展示永生的天堂時，竟然棄天主教會於不顧，反而選上了行動遲緩的華倫牧師，而非他這位神父。

但是泰絲的發言改變了局面。在剛經歷火災的廚房裡，瘦弱的泰絲雖然之前背棄天主教，現在卻表示她也接到「另一邊」的電話，來電者是她已故的母親茹絲。卡羅神父還記得這位教友。更重要的是，經過推算，泰絲第一次接到電話是上午八點二十左右，比凱瑟琳還要早好幾小時。

這個消息的確讓卡羅神父得意洋洋，他打算告訴心焦的世人——

如果天堂的靈魂真會與凡夫俗子通話，那麼身為天主教徒的泰絲，可是第一個接到天堂來電的人呢。

週四下午，薩里去接居勒放學。兒子一出校門就看到他。

「嗨，小兄弟。」

「嗨。」

「今天過得怎樣啊？」

「還好啦，彼得有跟我玩。」

「彼得？沒有門牙的彼得？」

「對啊。」

他們一同走向車子，薩里往下看，看到居勒口袋裡插著一個淺藍色的玩意。

「口袋裡裝什麼？」

兒子沒有回話。

「居勒，你口袋裡裝什麼？」

「沒有啊。」

薩里打開車門。「才怪！」

「老師給我的啦，可以回家了嗎？」

居勒爬進後座，用手臂遮住口袋。薩里嘆了口氣，把他的手撥開。

口袋裡，是一支塑膠電話筒。

「唉呀！居勒！」

孩子搶走話筒，薩里又搶回來。

「這又不是你的！」居勒大吼一聲，音量大到附近的家長都回頭看他。

「好啦好啦。」薩里邊說邊把話筒還給兒子。居勒把話筒插回口袋。

「這跟媽咪有關係嗎？」

「沒有。」

「那你幹嘛跟老師要？」

「我才沒要咧。」

「你們老師怎麼說？」

「她說如果我想跟媽咪講話，就講吧。」

「怎麼講？」

「眼睛閉起來，再用那支電話講話。」

「然後呢？」

「然後媽咪可能就會跟其他人一樣，打給我。」

薩里吃了一驚，老師怎麼可以這樣說呢？小孩還沒走出傷痛已經夠糟了，幹嘛還要說謊哄他？難道整個鎮上都瘋了不成？先是一群狂徒出現在通訊行，接著又有那支網路影片，還有神經病在凱瑟琳的草坪上禱告，好像她是先知。現在又是什麼情形？

「居勒，你不要留那支電話，好不好？」

「為什麼？」

「那只是玩具。」

「所以呢？」

「所以沒辦法真的打電話。」

「你怎麼知道？」

「我就是知道。」

「才怪，你才不知道！」

薩里開動車子，深深嘆了一口氣，深到胸口都要凹陷了。他們抵達爺爺奶奶家時，居勒一拉車門把手，就頭也不回地衝出車外。

十五分鐘過後，薩里沿著八號幹道行駛，那條雙線道是冷水鎮通往外界的道路。他的氣還沒消，想立刻加速衝回學校，抓住那位老師大聲質問她：「妳到底知不知道妳在幹嘛？」明天，他明天就去問。現在他得工作，去摩斯丘的家具行收支票。下過一場雨夾雪後，路面溼滑，他開動雨刷，刷去其他過往車輛濺起的雪泥。過了個彎，來到一處空地「蘭克平原」，他看到那塊老舊的告示牌：**您即將離開冷水鎮，謝謝光臨**。

他眨一下眼睛，定睛一看。

告示牌底下，有張橫跨整面牌子的貼紙：「你得救了嗎？」後面空地上，起碼有十台以上的休旅車、拖車，還搭了巨大的白色帳篷，約有三、四十人穿著冬天外套，晃來晃去。有人在朗讀書中文字，有人在挖洞生火，還有一人在彈吉他。這幅景象對薩里而言，簡直是宗教朝聖，只是這裡不是印度恆河，也不是墨西哥市在慶祝瓜達露貝聖母節。這裡是蘭克平原，他以前都和同學來這裡騎腳踏車、放煙火。

戲唱夠了吧？薩里一邊減緩車速，一邊告訴自己。異教崇拜？超自然現象專家？接下來又是什麼？

他停好車，搖下車窗。銀髮綁成馬尾的鷹勾鼻中年男子朝他走了幾步。

「現在是怎樣？」薩里大聲問他。

「兄弟你好。」男子說道。

「你們在幹嘛？」

「這裡是聖地。神在跟祂的子民說話。」

薩里一聽到子民，火就上來了。

「誰說的？」

中年男子仔細端詳薩里的表情，然後淺淺一笑。「不用誰說，我們可以感覺得到。兄弟，要不要一起禱告？你可能也會有感覺喔。」

「我就是這邊的居民。而且你整個搞錯了，根本沒有誰要跟誰說話。」

男子雙手交疊，好像在禱告，然後又笑了。

「天啊！」薩里咕噥。

「你現在倒是說話嘍，兄弟。」男子調侃著。

薩里猛踩油門，咻的一聲開走了。他想要對所有愚蠢的信徒大吼，吼挖洞生火的人，吼彈吉他的人，吼兒子的老師，吼搶購手機的人。

他想對他們說：醒醒吧！活人不能跟死人說話！如果可以，你以爲我不想說嗎？只要能夠再聽我太太說一個字，我難道不願意用一百次呼吸交換嗎？這整件事就是不可能！神不會做這種事，冷水鎮也沒有奇蹟。這全是在捉弄人，只是造假、騙局，唱一齣大戲罷了！

薩里真是受夠了，他會去當面質問居勒的老師，如果有必要，也可以直接面對整個該死的校委會。還有，他要跟「天堂鬼來電」宣戰，揭開其虛假的面貌。他是蹲過苦牢，顏面盡失，勉強過著令人生厭的新生活，可是他依舊理智，還能分辨什麼是事實、什麼是謊言。為了兒子，為了那些真正失去什麼的人，他會做到之前沒人為他做過的事。

從根本查起。

第九週

「你再說一次。」

「三千零一十四支。」

「一間就賣這麼多？」

「對。」

「通常他們進多少支？」

「四支。」

三星的地區副主管泰瑞·歐里奇掛上電話，匆匆寫下一些數字。密西根冷水鎮的「一撥就通」通訊行，剛剛瘋也似地下單進一款手機「三星5GH」。這款手機並不特別，是摺疊機，搭配適合方案可以上網，但頂多這樣。現在手機功能更多，可以錄影、玩遊戲。為何這種功能不完備的舊式手機，能在一間店賣出數千支？

直到剛才，泰瑞才明白，原來是因為三星5GH的某位女性使用者宣稱可以和天堂通話。

她是跟冷水鎮那間通訊行買的。

泰瑞伸出兩根手指，摸摸下巴，眺望著窗外芝加哥的天際線，光是這張訂單的利潤，就接近六位數。他轉身回到電腦前上網搜尋，找到冷水鎮現象的一系列報導。他看了阿皮納第九頻道拍的影片，覺得很假。

可是看到影片的點擊次數之後，他立刻抓起電話。

「叫銷售部的人過來，快！」

貝爾的母親失聰，要跟她講話，得透過一根橡膠耳管，貝爾卻不這樣跟她說話。他發現只要把嘴巴湊近她額頭，用洪亮、低沉的音量發聲，她就聽得比較清楚，因為這樣比較容易感受到聲音的振動。這將成為他研究電話時仰賴的原理。

吉賽兒躺在醫院時，薩里也是透過同樣的方式跟她說話。他將嘴唇靠近她的額頭，用低沉的聲音振動所有他能想起的回憶。

妳記得我們的第一間公寓嗎？記得那個黃色水槽嗎？記得義大利嗎？記得我們吃開心果冰淇淋嗎？記得兒子出生的時候嗎？

他一直講下去，有時能講上一小時，希望聲音的振動能傳到她那裡。以前，他總有辦法把她逗笑。他好希望擠出一個回憶，讓人失控大笑的回憶，好讓她從昏迷中甦醒，說道：「唉呀，哈哈哈，那件事我記得耶。」

但她終究沒能醒來，可是薩里從沒放棄希望。即使是在獄中，他也會獨自坐著，閉上雙眼描述以往的回憶，彷彿那些片段能夠飛到醫院的病床邊。從飛機失事那天直到她過世，他最想聽到的，其實是她的聲音。

聽到她的聲音。

但他再也沒聽過。

因此之故，當那些鎮民說自己接到天堂來電，他才會這麼生氣。週一早上，他從報社文具櫃拿了夾紙簿和資料夾，又買了一台小錄音機，準備自行展開調查。

那些人說的，他都試過。他撥了吉賽兒的號碼，什麼聲音也沒有。

才沒有天堂呢，人死了就是死了。

該讓大家面對現實了。

冷水鎮上最大的室內集會地點是高中體育館。立體座位撤走，再排好摺疊椅之後，大概可以容納兩千人。

週二下午六點，幾乎每個位子都有人坐，擠得滿滿滿。

後牆邊搭了一張小講台，講台上方是美國國旗和紅白相間的橫布條，寫著「冷水鎮籃球隊，地方賽冠軍：一九七三、一九九八、二〇〇四」。站在講台上的是卡羅神父、華倫牧師，還有一個地區議員，他的肚肉被繫緊的皮帶勒得蹦出來，時不時用手帕擦額頭。傑克也站在講台上，穿著藍色警察制服。看到警察，大家就記得要守秩序。

鎮長傑夫的襯衫領口敞開，還搭了海軍藍西裝外套。他走上講台，手放到麥克風上。他說的第一句話「大家晚安」，讓麥克風發出尖銳回音，大家都摀住了耳朵。

「你好？麥克風測試……麥克風測試……有比較好了嗎？」

只有鎮民才能去開會，門口有專人查駕照驗身分。雖然媒體不得入場，記者們還是坐在車上，發動引擎，等在體育館外頭。紮營的外地人也在那裡，聚在停車場的路燈下，用金屬垃圾桶生火，烤手取暖。雷伊和戴森輪流巡視場外，心想要是大家暴動該怎麼辦？他們才兩個人，要怎麼對付這些人？

在場內，麥克風已經修好了，鎮長開口說話：「大家都知道今天為什麼要開會。發生在鎮上的事，發生在凱瑟琳身上的事，非常驚人——」

凱瑟琳坐在前排，誠懇地點頭。群眾也跟著小聲附和。

「——也很棘手。」

更多人竊竊私語。

「現在要處理的問題有外地遊客、交通阻塞、公共安全、媒體記者等等。」

群眾的私語變得更大聲了，傑克坐回椅子上。

「今天晚上要講的，不只有這些。現在呢，卡羅神父，您要不要來起個頭？」

卡羅神父走到麥克風前，調整高度，華倫牧師看著他，在一旁等著。牧師之前告訴鎮長，不是布道的場子，他講起來不舒坦。華倫牧師心想，卡羅神父比較會處理這種場面，連他移動的樣子都很有派頭。

「先來禱告吧。」神父起了個頭，「希望今晚天主賜給我們力量……」大家低下頭時，坐在走道旁的薩里將手伸進夾克口袋，摸到筆記本的線圈，又探探另一個口袋，按下小錄音機的按鈕。

卡羅神父接著說道：「各位，神的計畫，我們不一定能懂。聖經裡有許多英雄都沒有英雄的樣子，他們一開始也不願意回應神的呼喚。

「摩西不願和法老對話，約拿躲避神，約翰．馬可曾經拋棄保羅和巴拿巴。恐懼，是一種偽裝。神是知道的……」

眾人點頭附和，有人大喊「阿門」。

「我在這邊要求大家：不要害怕。因為你有朋友，也有鄰居。聖經教導我們，一定要散播福音。這件事，就是福音。」

華倫牧師看著神父，覺得很奇怪。他不是只要帶領大家禱告就好了嗎？

「好，那就開始吧……我先問大家，有誰聽到天堂的聲音？或是覺得自己聽到了？告訴大家你的名字，還有發生經過。」

整場充滿嗡嗡嗡的討論聲。沒人料到，現在竟然會直接點名奇蹟見證者。大家左顧右盼，坐在第一排的凱瑟琳傲然起身，雙手交握。

「我姊姊黛安・耶林打給我！讚美上帝！」她如此宣布。

眾人點點頭，他們知道，凱瑟琳曾接到電話。大家頭轉來轉去，看看是否還有其他人。他們心想，艾力亞斯人呢？

坐在五排之後的泰絲望向講台，卡羅神父點點頭。她閉上雙眼，想起母親的臉，深吸一口氣，接著起身。

「還有我媽媽，茹絲・瑞佛緹。」她宣告著。

眾人倒抽一口氣，凱瑟琳的下巴也掉了下來。

從左邊又傳來一個聲音。

「我的兒子！」

大家轉過頭望去，傑克也看到說話的人，雙眼圓瞪。

「還有我兒子羅比・歐勒思。他死在阿富汗。」朵琳說道。

她站著，雙手交握，望向台上的傑克。他突然覺得體育館裡所有人都在看他。他望向泰絲，但她一迎上他的視線，馬上把頭撇開。鎮民紛紛耳語，三個人？現在有三個啦？

一名印度裔男子從前排起身。

「我女兒打給我了，讚美上帝！」

在他身後幾排，有位老先生接著喊道：

「還有我前妻！」

接著又有一名少女。

「我最好的朋友！」

有一名穿著西裝的男子說：「還有我以前的生意夥伴。」

每次有人發言，群眾回應都變得更加激烈。彷彿老電影院的管風琴隨著電影劇情堆疊，嗚嗚作響。薩里拿出記事本，迅速寫下筆記，要在心裡記下這些人的容貌。

等大家停止驚呼之後，數一數，共有七人接到電話。七位鎮民站著，就像是高高的雜草立在低低的草原中。每個人都說自己遭遇了超乎常理的事：和天堂通話。

整間體育館安靜下來，鎮長把神父拉到一旁，小聲問：

「天啊，神父！現在該怎麼辦？」

四天後

新聞報導

ABC新聞

主播：今晚，本台終於前進密西根冷水鎮。當地居民宣稱，他們透過某種非比尋常的方式見到已故的親友。以下是記者艾倫·傑若米的報導。

（冷水鎮的畫面）

艾倫：冷水鎮人口不到四千，最顯眼的地標也只是蘋果汁工廠。這裡和美國其他小鎮沒什麼兩樣。但是，就在鎮民開始接到「天堂來電」之後，小鎮再也不一樣了。

（幾個精華片段）

泰絲：我媽打電話來，打了好多次。

朵琳：我兒子會固定打電話給我。

少女：去年我朋友出車禍死了。三週前她打來，叫我不要再哭了。

（上述已逝者的畫面）

艾倫：整起事件的共通點，就是打電話的人其實都已經過世，甚至已離開數年之久。這起看似不可能的事件，讓當地神職人員想破頭都想不通。

卡羅神父：對於神的奇蹟，要抱持開放態度。很多人聽到「天堂來電」的故事之後，就回到了教會，也許這就是神的旨意。

（群眾禱告的場景）

艾倫：很快地，冷水鎮成了信徒的麥加。停車場和空地上都有臨時舉辦的禱告儀式。當地警方疲於奔命。

（警長傑克．歐勒思入鏡）

傑克：我們只是一間小警察局，沒辦法什麼地方都去。只要求大家互相尊重隱私。還有，只能在適當的時間禱告。午夜禱告什麼的，是不允許的。

（資料畫面）

艾倫：長久以來，總有人號稱可以透過靈媒、碟仙等跟鬼交流。現在，研究聲音電子現象的專家認為，冷水鎮並不是第一個聽得到「另一邊」的地方。

（超自然現象專家李奧納德．卡普雷特的臉部特寫）

李奧納德：我們之前就聽過錄音帶錄到死去的人的聲音，或是機器捕捉無線電訊號時，接收到奇怪的信號。但是在這起事件中，用電話溝通用得這麼規律，倒是第一次。不過，這只是我們跟另一邊聯繫的另一步罷了。

（三星廣告看板的畫面）

艾倫：就連三星也搭上順風車。這面廣告看板上，畫著栩栩如生的雲朵，以及幸運接到來電者所使用的手機。看板上還有「神聖」兩字，就掛在八號幹道上。

（三星地區副主管泰瑞．歐里奇入鏡）

泰瑞：當初我們不是為了這個目的而研發這款手機，但很高興這支手機能被「選上」。我們覺得榮幸，也感到自己很渺小。還有，我們已經盡量鋪貨了。

（科學家坐在桌前的畫面）

艾倫：然而，可以想見反面意見馬上出現，認為冷水鎮現象不值一提。來自國際科學家責任組織華盛頓特區分部的丹尼爾．弗洛曼有話要說。

（科學家與艾倫交談的特寫）

弗洛曼：電信服務是人為提供，通信衛星是人為操控，通信裝置也是人為製造。所以這些人所謂的天堂來電，不但不可能發生，根本是笑話一場。大家不用太認真。

艾倫：請問那些來電該怎麼解釋呢？

弗洛曼：您說那些人接到的電話？

艾倫：您覺得他們在說謊嗎？

弗洛曼：我是覺得，人傷心的時候會有很多種想像，以便讓自己好過點。但想像歸想像，不是真的。

（艾倫站在大帳蓬旁邊）

艾倫：儘管如此，信徒仍像潮水般湧到冷水鎮。

（銀髮男子入鏡）

銀髮男子：這是一個徵兆，代表死後的永生存在，天堂存在，救贖也存在。大家最好跟神悔改，審判日要來了！

（艾倫的特寫）

艾倫：不管這件事是真是假，隨著冬天一步步靠近，這個中西部小鎮也即將發生大事。究竟這件事會如何發展？許多人都說，他們需要禱告。記者艾倫．傑洛米在冷水鎮為您報導。

（鏡頭切回棚內）

主播：感謝收看ＡＢＣ新聞，再會。

第十週

十一月的第一天，冷水鎮已經人滿為患。街上滿是車輛，也沒車位可停。市集、銀行、加油站裡，大排長龍已是司空見慣，任何可以吃喝的地方皆是如此。

週二晚上，薩里雙手插進口袋走著，擠過湖濱路的人潮，與一群年輕人錯身而過，他們坐在汽車引擎蓋上，唱著聖歌。

薩里要去冷水鎮的公共圖書館，那是一棟一層樓高的白磚建築，圖書館前門插著美國國旗，還亮著一個跑馬燈，每週都會更換主題。本週主題是：**感恩季，感恩節請捐二手書**。

當時將近晚間八點，薩里看到圖書館還亮著燈，心裡感到慶幸。他家沒有網路，報社的電腦當然也不能用（他不想讓人家知道自己在做什麼，尤其不能讓記者知道），圖書館是最佳選擇，也是唯一的選擇。他以前還在這裡做過小學讀書報告。

薩里走進圖書館，感覺好像已經荒廢了。

「有人在嗎？」

他聽到角落的桌子那邊傳來移動的聲音。一名二十歲上下的年輕女子探頭出來，問道：「外面很冷吧？」

「冷死了！」薩里回應，又問：「妳是館員嗎？現在還有『館員』這種老掉牙的稱呼嗎？」

「看情況啦。現在還有人叫你們『讀者』嗎？」

「應該有吧。」

「那你就叫我館員吧。」

她笑了一下。她的頭髮染成茄紫色，還有一撮挑染成艷紅色。她留著小男生頭，戴淺粉紅的眼鏡，皮膚是奶油肌，毫無瑕疵。

「以館員來說，妳很年輕。」薩里說道。

「之前這工作是我奶奶在做，她才是傳統的『老館員』。」

「喔。」

「伊麗諾・愛戴兒。」

「那是妳的名字嗎？」

「是我奶奶的。」

「我以前有個老師，她從小在這裡長大，就叫愛戴兒。」

「你讀冷水鎮小學？」

「對啊。」

「三年級？」

「嗯。」

「那就是她啦。」

「唉呦，天啊。」薩里閉上眼睛，「妳是老師的孫女！」

「所以我真的很年輕吧？」

薩里搖搖頭。

「這邊有電腦吧？」

「有，在那邊。」

薩里望向角落，是米白色的桌上型電腦，看起來簡直是古董。

「可以用——」

「當然可以啊，去用吧。」

薩里脫下外套。

「喔，對了，是麗茲。」

「什麼？」

「我叫麗茲。」

「喔，好。」

薩里推推桌上的滑鼠（還不是無線的呢），但螢幕毫無動靜。

「要先念什麼咒語嗎？」

「等一下，要先登入。」

麗茲起身，薩里第二次打量她。雖然她的臉看起來年輕漂亮又健康，可是她的左腿彎曲，重量都壓在右腳上，走路非常吃力。手臂看起來有點短，不符身體比例。

「來嘍。」她一邊說一邊切進他和電腦之間，「我來弄。」

薩里讓開，有點讓得太急。

「我有多發性硬化症。」她邊說邊笑，「先告訴你，不要以為我發明了什麼新舞步。」

「沒有啦……我知道……我……」薩里覺得自己像個白癡。

麗茲輸入密碼，螢幕出現畫面。

「你來上網找死後的世界嗎？」

「怎麼這樣問？」

「拜託喔，冷水鎮現在根本是天堂小鎮。」

「我不是要來查那個。」

薩里伸手拿菸。

「圖書館禁止吸菸。」

「對喔。」

他又把菸塞回口袋。

「你有去開會嗎？」麗茲問他。

「什麼會？」

「在高中體育館開的那個。一堆人接到過世親戚打來的電話，真是瘋了。」

「妳信嗎？」

「才不信咧，太奇怪了，背後一定有陰謀。」

「什麼樣的陰謀？」

「不知道。」

她移動滑鼠，看著箭頭在螢幕上滑動。「要是真的，那也不錯吧？如果可以跟所有離開的人講話。」

「大概吧。」

吉賽兒浮現在他眼前。他們第一次相遇時，她跟這位館員差不多年紀。那天是星期四晚上，他去大學附近的裘塞皮披薩店，吉賽兒在那裡當服務生。當時她穿著店裡制服，紫色緊身上衣和黑圍裙，從她眼中映射的人生非常美麗，讓薩里當著所有朋友的面跟她要電話。她笑說：「我不跟大學生交往。」後來她拿帳單給他結帳，他看到背後寫著她的電話，還外加一句「除非那個大學生很帥」。

「不管怎樣……」麗茲說道，拍了大腿兩下。

「謝謝妳。」

「小意思。」

「這邊幾點關門？」

「今天和禮拜四都是九點，其他時候六點。」

「我知道了。」

「有問題就喊我過來沒關係。雖然說這邊規定，講話時應該——」她用氣音說道：「小小聲～」薩里笑了。

她轉身回辦公桌，薩里看著她辛苦地跛腳走路，年輕的身體笨拙扭曲。

「薩里。我叫薩里．哈定。」

「知道了。」麗茲頭也不回地答道。

幾小時後，凱瑟琳一個人待在臥室裡，拉起床單鑽進床鋪和棉被間，盯著天花板。哭了起來。

她已經好幾天沒去上班，沒跟草坪上的禱告者說話。她感到被冒犯了，遭到背叛。接到電話原是一種不為人知的福氣，現在卻成了耍猴戲。閉上眼，還可以看見體育館的人群與她錯身而過，湧向其他接到天堂來電的人。場面混亂，聲音嘈雜，鎮長一直用麥克風喊著：「下次會議擇期再議，請大家密切注意鎮長辦公室。」

體育館外頭的情況更加混亂。電視攝影機的強光、眾人刺耳的喊叫聲、禱告聲、興致盎然的談話聲；人們指指點點，隨便捉住一個人，分享剛剛聽到的細節……

還有六個人？不可能！很明顯，他們嫉妒她跟黛安講到話，才在絕望之下捏造謊言。你看看艾力亞斯，他說完之後人就不見了，可能是撒謊自覺尷尬的緣故吧。還有那個少女和她朋友，那個生意人和他的夥伴，這些人的組合沒有血緣關係，天堂並不嘉許。凱瑟琳甚至懷疑，這些人有去上教堂嗎？

她聽見自己的呼吸愈來愈快。冷靜點！擦乾眼淚！想想黛安，想想上帝！

凱瑟琳閉上眼，胸膛起伏……

手機響了！

隔天早上，泰絲站在鏡前，用塑膠髮夾夾起頭髮，襯衫釦子扣到最上面，唇膏也不搽——和主教見面，必須保持樸素。

「我這樣看起來可以嗎？」她邊問邊走進廚房。

「可以啊。」莎曼莎回答。

大部分時間，都是莎曼莎陪著泰絲。如果泰絲有事，莎曼莎會幫她接電話。現在電話不是只有禮拜五才打來，泰絲生怕漏接任何一通。她覺得自己好笨，怎麼會被電話弄得筋疲力竭呢？但是一聽到母親的聲音，世界上最幸福的感覺便充滿全身，帶走生命裡煩心的事物。

「泰絲，不要爲這件事情心煩。」茹絲有一次這樣說道。

「媽，這件事情，我好想跟人家說說。」

「那妳怎麼不去說呢？去告訴大家啊。」

「我打給卡羅神父了。」

「也算是個開始。」

「我已經好久沒上教堂了。」

「但是……妳每晚都與神對話。」

泰絲嚇了一跳，她的確會在睡前默默禱告，但這個舉動是在母親過世之後才開始的。

「媽，妳怎麼知道這件事？」

電話突然掛斷。

現在，泰絲看著莎曼莎，兩人都聽到車門關上的聲音。

過了一會兒，電鈴響了。

走在卡羅神父前面的是主教伯納．西賓，他隸屬於天主教蓋洛德教區，有張寬臉，皮膚紅潤，戴著金屬框眼鏡，胸前掛著十字架。泰絲讓他們進來時，發現對街有一群人，於是迅速把門關上。

「請問兩位想喝茶或咖啡嗎？」她問他們。

「謝謝，不用了。」

「這邊請坐。」

「好的。」

「那——」泰絲看著他們，「現在要怎麼做呢？」

西賓主教先開口：「最簡單的方式，就是告訴我們詳細的經過，從頭講起。」主教說完，往後一坐。要是有人宣稱見證奇蹟，調查就是主教的責任。同時他也要保持懷疑，因為多數案件最後不過是巧合或誇大。如果主教相信某件事情真是神蹟，就要直接跟梵蒂岡報告，案件調查就會上移到冊封聖人部（Congregation for the Causes of the Saints）。

泰絲先從母親罹患阿茲海默症不幸離世講起，接著詳述那些來電。主教邊聽邊找線索，看看眼前這名女子是否覺得自己「被選上」？是否認為自己引發了這個現象？這兩個舉動都像是豎紅旗，標示「假見證者」；真正的奇蹟十分少有，而且會主動挑選見證者，並不是反過來，由人創造奇蹟。

「說說妳的童年好嗎？妳有聽過什麼『聲音』嗎？」

「沒有。」

「看過異象或是神蹟顯靈？」

「從來沒有那種感應。」

「那妳的工作是什麼呢？」

「我開了一間托兒所。」

「專收低收入戶子弟嗎？」

「有一些的確是……園裡會收家裡有困難的小朋友。當然這樣賺不了錢，但您知道……」

泰絲聳聳肩，主教記下筆記。他之前就懷疑冷水鎮現象不是什麼大事。奇蹟和靈異現象之間是有差別的。像是聖母瑪利亞雕像流血，或是聖女大德蘭對抗持矛天使之類的，起碼還跟神靈扯得上關係，可是跟鬼通話又是另一回事。

話說回來，這些電話又引出一個大問題，西賓主教就是為此而來，天主教會的上層也默默等他盡速回報。

這個問題就是，如果眾人現在真以為可以和天堂通話，那什麼時候，他們會想直接聽到神的話語呢？

主教繼續問泰絲：「這些對話之中，妳的母親有沒有提到耶穌？」

「有。」

「那麼神聖的天父呢？」

「提到很多次。」

「神的恩典呢？」

「她說我們都得到原諒了。這些通話時間都很短。」

「那這些訊息，她有說要怎麼處理嗎？」

泰絲看著莎曼莎，才說：「告訴所有人。」

「告訴所有人？」

「對。」

主教和神父相視。

「我可以看看電話嗎？」

泰絲帶他們去看電話，也用那台舊答錄機播了母親第一次打來的錄音。他們聽了很多遍。在主教的要求下，泰絲拿出數張家族合照，還有母親過世時刊登在週報上的訃聞。

之後，西賓主教和卡羅神父收拾東西，準備離開。

「多謝妳抽空一談。」主教說。

「接下來會怎樣呢？」泰絲問。

「只能禱告吧。」卡羅神父建議。

「的確需要禱告。」西賓主教說。

這兩人相視而笑，然後道別。

他倆打開門，看到一群電視台記者已在人行道上等待。

警局的生活徹底改變了。自從開過鎮民大會後，電話就響個不停，打來的人不是投訴群眾鬧事、製造噪音、車子亂停在草坪上，就是外地人打來問路，或是電台、報社的記者要傑克發表意見，問他對於前妻接到電話有什麼看法，不然就是叫傑克邀朵琳上教會、去會議上發表對於死後世界的感想。朵琳的電話號碼沒有刊登在電話簿上，但是冷水鎮警局的很好找……

第一次被問到「警長，你也有接到電話嗎？」，傑克撒謊了。之後他別無選擇，只好一路錯下去。他現在的生活違背了自己的良心，違反了工作倫理——淨叫別人離開、移動、冷靜下來，但他自己一直知道，這些人懷疑的事情，其實都是真的。每天工作結束後，他都覺得自己被扭攪得像條抹布。

讓他能夠忍受這一切的，是羅比的聲音，也只有羅比的聲音了。傑克一直都有接到電話，而且很規律。這時，他才發現自己有多懷念跟兒子談話；在他死後，又有多努力想要隱藏傷痛。兒子的聲音好像能縫補破碎的心，如今他的心中又長出全新的血管和組織。

「兒子啊，你媽已經跟所有人講了。」上一通電話中，傑克這樣說道。

「爸，我知道。」

「整個鎮上的人都在場耶。」

「很酷啊。」

「這樣做對嗎？」

「上帝想要大家知道……」

「知道什麼？」

「不要害怕。爸，我在作戰的時候，非常害怕……每天都擔心自己的性命，擔心自己會死……可是現在我懂了。」

「懂了什麼？」

「恐懼讓生命流失，一次一次，一點一滴……對恐懼退縮一吋，信仰也遠離一分。」

這番話讓傑克渾身起雞皮疙瘩。他自己的信仰在哪裡？為什麼朵琳敢做的，他不敢？不就是挺身而出嗎？難道警長的名聲對他而言有這麼重要？

「羅比啊？」

「怎樣？」

「你會一直打給我吧？」

「爸，你不要怕。終點不是終點……」

電話斷了。終點不是終點。傑克落下淚來，但是他並沒有抹去，因為這些眼淚也是奇蹟的展現。他希望能流著眼淚，留住奇蹟，能流多久，就留多久。

薩里點點滑鼠，揉揉眼睛。他人在圖書館，已是近午時分。送完居勒去上學之後，他一直待在那裡。光是搜尋「與死後世界溝通」就讓他嚇了一跳，還真是多！有人在夢中聽到聲音，有靈媒自稱可以看到亡靈，有人號稱自己是「通靈師」，寫下來自彼岸的訊息。許多人說親友過世好幾小時、遺體尚未尋獲前，就接到他們的電話。薩里還查到一堆ＥＶＰ的研究資料，也就是ＡＢＣ新聞報導過的超自然電子雜音現象（electronic voice phenomenon）。這種現象是指亡者的聲音不知何故，被錄音機（或所謂的鬼魂箱）錄到。薩里還讀到，將近半世紀之前，有個瑞典畫家在錄鳥叫聲，錄完回播時聽到過世妻子的聲音。

薩里馬上跳去看別篇文章。

一小時後，他不再看螢幕，嘆了一口氣，看看夾紙簿上的筆記。那天在體育館起身的有七人，但他連一個起始調查點都沒有。他只懷疑這些電話都是假的。但就算是這樣好了，這些人為什麼要這樣做？如果不是天堂的人打的電話，那是誰打來的？

就像他以前在軍中調查一樣，收集資訊、分析模式。他在軍中學到，要有方法，有系統！以前調查時，會碰到地圖、氣象資料、飛機故障、情報資料等等，現在他有七個人名。透過鎮上紀錄，他找出這些人的地址，又透過圖書館網路找到大部分人的電話。還有，午餐時他在報社和簡尼斯閒聊，得到一大堆他們的私人資訊。他把這些全都記在夾紙簿的左邊，然後在右邊寫下分類標題：共通點？

他們之間有關係嗎？沒有。都住在同一條街上嗎？不是。都上同一間教會嗎？不是。都做同一種生意嗎？也不盡然。同一種性別？不是。同年？也沒有。他們的姓氏開頭是同一個字母嗎？都有生小孩嗎？

都不是。都不是。都不是。都不是。

薩里把筆放在紙上滾來滾去，看到麗茲坐在桌前，戴著耳機。她瞄到薩里在看她，笑了一下。然後故意誇張地搖頭晃腦，跟著音樂打拍子。

嗶嗶嗶嗶！……嗶嗶嗶嗶！……

薩里的手機響了。這支手機是報社配給他的，要他保持聯絡，應該是想確認他沒在摸魚吧，儘管他現在就在摸魚……

「喂，你好？」他接起電話，小小聲說道。

「我是榮恩．簡尼斯。你在哪？」

「在加油！怎麼啦？」

「剛剛單子上少寫了一個客戶。你今天下午可以過去嗎？」

薩里今天早上應該要拜訪三個客戶，但他連一個都還沒去！

「要去誰那裡？」

「戴維森父子。」

薩里呆了一下，「禮儀公司？」

「你知道那間？」

「我去過那裡。」

「喔，天啊，對喔……真是抱歉。」

一陣令人尷尬的沉默飄過。

「沒關係啦，我也不知道他們會登廣告。」薩里說道。

「也是我們的老客戶了。你去找荷瑞斯就對了。」

「高高的那個嗎？皮膚有點蒼白？」

「就是他。」

薩里顫抖了一下。他原本不打算再見到那個人。

「跟他說我們有『天堂來電』特別版，看他要不要買全版廣告。」

「好的，榮恩。」

「你知道廣告費用是多少吧？」

「我有帶著單子。」

「要說服他買全版喔。」

「我盡量。」

「我要掛了，辦公室外面有個電視記者等著呢。真是瘋了，是吧？」簡尼斯說。

他掛斷電話。薩里搓搓額頭，又有電視記者要來啦？還要刊登特別版？我得去禮儀公司？

「欸，不能用手機。」

薩里抬頭，麗茲站在他的桌旁。

「這裡是圖書館喔，忘了嗎？」

「抱歉。」

「要我沒收嗎？」

「不用了，女士，我會關機。」

「你發誓？」

「我發誓。」

「那這次就原諒你。」

「多謝了。」

「可是有一個條件。」

「什麼條件？」

麗茲坐下，小手放在桌上，看著自己的指尖。

「什麼條件？」薩里又問了一遍。

「你要告訴我，你之前發生了什麼事。」

薩里別開頭。

「什麼意思？」

「別再裝了。我在圖書館工作，什麼都讀，什麼都知道。你是本地人，你父母也還住在這裡。

意外發生的時候，每個人都在討論。你的飛機撞到另一架飛機，只好去坐牢。」

「是喔？他們都這樣講？」

她雙手在胸前交叉，聳了聳肩。「大部分人都很同情你，同情你太太，還有整件事。」麗茲直視著薩里，「當初到底發生了什麼事？」

薩里深深吸了一口氣。

「好嘛，我不會跟其他人說。」麗茲說道。

薩里用指關節敲著桌子。

「我會把手機關機，這樣就好，好嗎？」

到底發生了什麼事？從事發到坐牢，每一天都有人問薩里這個問題。

林頓機場在俄亥俄州，是個軍民兩用的小機場，事發那天是禮拜六早上，薩里準備降落。他之前答應要替布萊克．皮爾森代飛 F/A-18 黃蜂式戰鬥攻擊機，這樣就可以在為期兩週的教召中，抽空去見吉賽兒幾小時。見過妻子後，他會繼續飛往西岸，飛機預計在夜間降落。

雲霧圍繞機身。薩里檢查設備，鑽進擠滿儀器的單人駕駛艙，駕駛飛機就像在高空中乘著窄窄的獨木舟。遠方雷雨即將來臨，但是目前尚未影響他的飛行模式。他接通無線電，透過氧氣面罩和連結氣管通話。

「火鳥三〇四準備降落。」薩里送出請求降落的航管許可。

那個星期六早晨，塔台裡上班的人很少。那時工作人員才剛輪完晚班，等著回家。負責的航管員是艾略特・格雷，才剛坐到位置上。他聲音又高又細，還帶著鼻音，是那種唱起歌來沒人想聽的聲音。

薩里絕對不會忘記艾略特的聲音。

他的聲音讓薩里賠掉整個人生。

「收到，火鳥三〇四。你要在二十七號右側跑道降落。」那個聲音急急說道。

「火鳥三〇四，收到。」薩里回應。

只是例行公事。薩里準備好在右側跑道降落。他放下起落架，聽到輪子伸出，發出轟隆隆的聲音。他想，再過幾分鐘就可以看到吉賽兒了。

我想見妳。

我也好想見你。

也許他們可以去曾思維爾附近的一間鬆餅屋，居勒喜歡吃那邊的冰淇淋鬆餅。

「塔台，火鳥三〇四即將降落右側跑道，距離還有五英里。」薩里說道。

「收到，火鳥三〇四。二十七號右側跑道已清空……二十七號左側跑道準備降落路線。」

薩里減速。現在起落架已經卡住，駕駛的感覺也變了，原本飛機像是平穩的火箭，現在成了飛行的坦克。他調整機身平衡、調整節流閥，準備降落近場的下滑坡度。機外除了肥皂一般的雲朵，什麼也沒有。

他聽到無線電傳來啪擦聲，有人咕噥了幾個字。可能是在指揮左側跑道吧。他繼續等無線電傳來下一步指示，可是什麼也沒聽到。

離機場還有三英里，飛機已飛出雲霧，可以看到腳下的地面，看到大塊方形田地、樹林，還有農舍。他看到跑道了。薩里飛在航道上，再十分鐘就可以和妻子吃鬆餅。這時——

砰！

突然傳來一震，機身大力搖晃，整架飛機劇烈晃動。

「搞什麼鬼啊！」薩里說。

他好像輾過了什麼東西，那時他離地面還有八百英尺。

操作、航行、聯絡。

學開飛機要先學這條規則。每個教官都耳提面命，讓規定深深刻進學生腦海，這規則也歷經許多飛安考驗，歷久不衰。

操作：發生問題時，先試著繼續飛行。

航行：接著想改飛到哪。

聯絡：告訴塔台事發經過。

要是沒有按照順序操作，就會出大麻煩。所以薩里在搞清楚狀況之前，就先增加動力，拉高飛機。

操作：快飛啊！爛飛機！才過幾秒，他就發現不可能重飛了。警告面板閃爍紅光，指針讀數愈來愈低。規律的嗶嗶聲傳進耳裡。七百英尺。飛機正在失去動力，機體開始震動。六百英尺。就算薩里還戴著頭盔，都聽得見引擎運轉的聲音愈來愈小，音頻也愈來愈低。

航行：他還開得到機場嗎？他查看下滑坡度，從擋風玻璃看出去，發現自己飛不到跑道那裡。機身受損這麼嚴重，飛不到其他機場。五百英尺。他下降太快，附近也沒有安全地點可迫降，很明顯，他只剩一個選擇：將飛機開到人煙稀少處，和飛機說掰掰。四百英尺。他看到一塊空地，大概離機場一英里，就往那裡飛去。

聯絡：「火鳥三〇四緊急事故！無法控制飛機，準備彈射！」薩里朝無線電大喊。

為因應海軍基本要求，薩里每年都會模擬跳機一次，就像其他駕駛員，他祈禱這種事最好不要發生。他的心臟大力跳動，每根神經充滿電流，突然冷汗直流。他將飛機設定為俯衝模式，放開駕駛桿，緊緊靠著椅背，免得彈射時脖子折斷。他兩手伸到頭上，抓住把手——

拉！

他腳下的火箭爆炸，瞬間他便彈出玻璃座艙，直奔雲端。

操作、航行、聯絡——

撤離！

戴維森父子禮儀公司的門廊上，蓋了一層雪。薩里脫下滑雪帽，在地氈上蹭去鞋泥，自己走了進去。他偷偷希望荷瑞斯不在公司，但他當然在，而且很快就從辦公室裡走出來。他依舊頂著一顆稻草頭，拉長著臉，一臉嚴肅卻又病懨懨的樣子。

「又見面啦！」薩里說道，伸出手要握手。

「你好。」

「您還記得我嗎？」

「哈定先生嘛。」

「叫我薩里就行了。」

「好。」

「榮恩．篩尼斯要我向您問好。」

「也替我向他問好。」

「我今天要來辦的事，跟以前不一樣。」

「是的。」

「我現在在週報工作。」

「喔？你喜歡報紙？」

薩里深吸一口氣。他心裡想講的是：其實我超討厭！

「月底您的廣告合約就到期了……」

薩里頓了一下，希望荷瑞斯會順著他的話說：「喔，對耶。支票在這，給你。」但是荷瑞斯只是像把刀子，直直地插在原地。

「榮恩說您是我們的老客戶，所以……」

他還是沒接話。

「那……請問您要續約嗎？」

「要啊，當然要。跟我來。」荷瑞斯說道。

終於喔。薩里心想。然後跟他進辦公室，遞給他一個打好字的信封。

「給你。」荷瑞斯說道。

薩里把信封裝進袋子裡。「啊，還有，簡尼斯要我跟您說，我們會出一集特刊，主題是……」

他頓了一下，「是鎮上最近發生的事。」

「鎮上的事？」

「那些電話啊。跟……講電話。」要說出「鬼」字前，他又頓了一下。

「喔，那個啊。」荷瑞斯說道。

「『天堂來電』，本週特刊主題是天堂來電。」

「天堂來電……」

「您有刊登廣告的需要嗎？」

荷瑞斯摸摸下巴。

「榮恩是不是覺得買個廣告不錯？」

「對呀，他覺得會有很多人看到廣告。」

「那你覺得怎麼樣？」

薩里討厭這個問題。他真想說，整件事就是一場騙局！但是他連直視荷瑞斯都沒辦法。

「他說得沒錯，會有很多人看到廣告。」

荷瑞斯注視著薩里。

「會有很多人，大概。」薩里低聲說道。

「要買多大的廣告？」

「他說全版比較好。」

「好哇，請他把帳單寄給我。」荷瑞斯說。

事情談妥，他們走出去時，荷瑞斯想起一件事。「你可不可以在這裡等一下？」

他進去辦公室，拿了一個信封出來。「把這張訃聞的支票拿給榮恩好嗎？我本來要寄過去，但你人都來了……」

「可以啊，沒問題。」

薩里接過信封。「我可以問個問題嗎？你說『訃聞』的支票，是什麼意思？」

「我們公司會寫訃聞啊。」

「真的？」

「對啊，大部分會來這裡的人，可想而知一定很難過。跟誰都不想講話。但我們有個很棒的員工，叫瑪莉亞。她負責跟喪家收集、整理資訊，然後寫成訃聞。週報每個禮拜都會刊登。」

「這樣喔。」

「他們的照片印得不錯喔。」

「嗯。」

「我們會提供照片。」

「嗯。」

「這裡會代替週報收取刊登費，月底再結清給他們。這樣家屬可以少收一張帳單。」

薩里點點頭，眼神飄來飄去。

「怎樣，有什麼問題嗎？」荷瑞斯問他。

「沒有，我原本——我還以為訃聞是記者寫的呢。」

荷瑞斯淡淡笑了一下。「我們鎮上很小，報社也很小。總之沒有記者能像瑪莉亞那樣，資訊收集得那麼齊全。她很溫柔，做事又仔細，很有人情味。」

很有人情味。這個人會用這種形容詞，真是奇怪。薩里心想。

「好，那我會把支票拿給榮恩，這樣就都搞定了。」

「很好。」荷瑞斯說道。

他陪薩里走到門邊，出人意料地，他竟然伸出一隻手搭住薩里的肩頭。

「那你最近過得怎麼樣呢，哈定先生？」

薩里著實嚇了一大跳，猛吞口水。他看著荷瑞斯的雙眼，突然覺得他的眼神充滿同情。他想起上次走出這裡的時候，懷裡緊緊擁著吉賽兒的骨灰。

「不太好。」薩里小聲說道。

荷瑞斯捏了一下他的肩頭。

「我能體會。」

彈射逃生會擠壓逃生者的脊椎。薩里拉下把手時，身高有六呎二吋。落地時已矮了半英寸。在飄落地面的過程中，駕駛座椅飛走了，降落傘張開。他身體疼痛，人嚇傻了，只能癡癡愣愣地看著這一切。整個世界看來，宛如沾了緩慢倒出的蜂蜜。他眼睜睜看著飛機撞擊地面，陷入火海。他雙手抓住傘繩，雙腳在身下晃啊晃。氧氣罩還連在面罩上，垂在鼻下。遠方天邊掛著厚厚灰雲，所有事物像在夢中一樣安靜。轉眼之間——

砰！像拳擊手挨揍之後那樣，薩里的判斷力即刻回復。他扯下面罩，讓自己比較好呼吸。現在，他的感官彷彿火焰燃燒，想法有如原子般相撞。

首先，要以飛官的身分思考：他還活著，很好。降落傘正常運作，很好。飛機掉到罕無人煙的地方，很好。

接著，以軍官的身分思考：他剛剛摔壞一台造價接近上億美金的飛機，很糟。他要接受調查，很糟。他要花好幾個月時間寫報告跟處理文書作業，很糟。而且他還是不知道剛剛撞到什麼，也不知道自己的飛機造成什麼損害，很糟。

同時，也要以丈夫的身分思考：吉賽兒，可憐的吉賽兒。他得讓她知道自己沒事，沒葬身於黑煙陣陣、火焰重重的飛機殘骸中。他在空中飄著，像一粒微塵。她看見他了嗎？有人看見他嗎？

飄在上空的薩里，一概不知發生在地面上的事情。他不知道，在接下來幾分鐘內，航管員艾略特．格雷，也就是那個聲音又高又尖、帶鼻音的人，會逃離塔台，逃離現場。

他也不知道，幾分鐘之後，遲到的吉賽兒在一線道上駕駛座車，會看到遠方升起的黑煙。身為飛官的妻子，她腦中浮現最最可怕的念頭，然後重重踩下油門。

他也不知道，當妻子飛速過彎時，最後說出口的，是為他祈禱的話語。

天啊，神啊，請保佑他平安。

薩里緊抓繩子，降落地面。

車內收音機播放著福音頻道。車子開過芙瑞達餐廳時，艾咪眺望著車窗外。餐廳裡擠滿了客人，路上車輛東停一台、西停一台。

「芙瑞達應該進帳不少吧。」凱瑟琳一邊說話，一邊盯著馬路，兩手放在方向盤上。「這些事還沒開始之前，她還跟我說要把房子賣掉。」

「是喔？」艾咪回道。現在不管凱瑟琳說什麼，她幾乎都以「是喔？」回應。

「她家還有三個小孩呢！她開出的預算，很難買到房子。」

凱瑟琳講完，笑了。上次黛安打來讓她心情好很多。就在她祈禱接到來電時，電話就來了。

「凱西，不要傷心。」

「黛安，這些人是怎麼回事？」

「人各有福……神也賜福給我們啊。我們再度相聚，妳也得到慰藉。只有瞭解天堂，才能讓地上的人得到慰藉。」

凱瑟琳重複念了這句話：只有瞭解天堂，才能讓地上的人得到慰藉。

「我是神選中的那個人嗎？我是不是被選上，要傳播福音？」

「是的，小妹。」

這些話語，讓凱瑟琳感到平靜。

另一方面，隨著日子一天天過去，艾咪變得愈來愈躁動。

她原本希望不要有太多人知道這條新聞，她或許可以憑此得個新聞大獎，引起更多市場興趣。但是開完鎮民大會之後，這個願望成了癡人說夢。現在鎮上起碼有五家電視台鎮守，連ＡＢＣ新聞都來了。新聞網！艾咪曾站在離艾倫．傑洛米十英尺遠的地方。他是ＡＢＣ新聞的知名記者，穿牛仔褲、藍襯衫，打領帶，還穿著一件看來很貴的新聞台滑雪大衣。只要是另一個場合，她就會走到他那裡，調個情什麼的。畢竟哪個以後會變成工作上的貴人，誰也說不準。

但是在這種競爭激烈的情況下，艾倫成了她的對手。他想跟凱瑟琳談話，凱瑟琳徵詢艾咪的意見，艾咪卻馬上暗示艾倫不太信得過。畢竟他是從紐約來的，誰知道他的動機是什麼？

「好吧，那就不要跟他談了。」凱瑟琳說道。

「沒錯，就是這樣！」艾咪講完，自覺有一絲罪惡感，但是菲爾跟她說過：「要領先別人一步。畢竟妳是第一個到的啊！別忘了，今年本台最大條就是這條喔。」

本台最大條。這個機會，艾咪等多久了？然而這個機會讓她愈來愈頭昏腦脹。新聞網？現在艾咪還是自己扛攝影機，覺得自己很不專業。眼看夢寐以求的ＡＢＣ新聞帶來完備人馬，令她深深受挫。

所以他們辦不到的，她辦到了。她死黏著凱瑟琳，讓她無法離開自己，主動幫她購物，幫她收送東西，幫她攔截信箱中無數的信件，幫她處理草坪上那些人。她裝得就像是凱瑟琳的朋友，也如此自稱。前幾天晚上，凱瑟琳甚至讓艾咪直接睡在家中客房，現在艾咪的行李也放在那裡。

今天她們要去附近的醫院探病，看一個白血病末期的患者。他之前寫信問凱瑟琳，可不可以過去和他談談她對於天堂的看法。一開始，凱瑟琳希望華倫牧師也一起來，但她心裡有個小聲音說，不用了，她一個人就可以了。

「妳是不是也這樣覺得？」凱瑟琳問艾咪。

「喔，是啊。」她又這樣回答。

到了醫院，凱瑟琳和病患握手。他是七十四歲的退休汽車工人，叫班．威爾克斯。過去幾個月，他飽受化療之苦，頭髮只剩寥寥幾根，雙頰凹陷，嘴邊的皺紋在他講話時，好像隨時會崩裂。班看到凱瑟琳來探病，心情為之一振，而且對她的故事大感興趣。

「妳姊有沒有說她所在的世界長什麼樣子？」班問凱瑟琳。

「她說那裡很漂亮。」凱瑟琳回答。

「她有解釋規則嗎？」

「什麼規則？」

「誰能進天堂啊。」

凱瑟琳笑笑，說道：「接受神，就能進天堂。」其實黛安根本沒這樣說，但是凱瑟琳知道這麼說比較恰當。

班又問：「妳確定她真的在天堂嗎？」他緊緊握住凱瑟琳的手。「我不是不相信妳，但我好想確認這是真的……」

「是真的。」凱瑟琳說道，笑著閉上眼，把一隻手疊在她和班互握的手上。「此生結束，還有來生呢。」

班的嘴巴微張，虛弱地吸氣，然後臉龐漾出笑意。

艾咪站在攝影機後面，也笑了。整個訪談她都拍下來了，沒有一家能取得這個畫面。此生結束，還有來生呢。

這個工作辭了，還有下個工作呢！

隔天，班過世了。

醫生大惑不解，他的生命跡象穩定，用藥也沒變，沒理由就這樣撒手人寰。

他們能提出的唯一解釋，就是凱瑟琳探病之後，他的身體系統「自動關機了」。簡單來說，班放棄了。

第十一週

一八七六年二月十四日早上，貝爾替自己發明的電話申請專利。同一天，來自伊利諾州的工程師艾利沙．格雷提出警告（貝爾抄襲他的發明）。許多人相信是格雷先提出申請，但是貝爾的律師「勾結」專利審核員，審核員酗酒，又欠那名律師很多錢，貝爾才會全盤獲勝。貝爾提出的申請排在十四號那當天的第五位，格雷排在第三十九位。如果格雷早一點行動，就算只提早一天，他的歷史地位就會完全不同。

然而，時至今日，貝爾依然頂著第一個發明電話的光榮頭銜。

在冷水鎮，一場同樣激烈的競爭即將開打。根據大主教轄區的資料顯示，泰絲接到母親留言時，也就是她驚訝得摔下電話的那一刻，是週五上午八點十七分，答錄機上的電腦紀錄如此顯示。原本大家以為是望稼堂的凱瑟琳第一個接到電話，但其實她還晚了兩個小時。

大主教說，時間順序很重要。雖然天主教廷還在思考這到底算不算奇蹟，不過可以確定的是，不管這個密西根小鎮到底發生了什麼事，第一個見證者就是泰絲。

「所以這代表什麼呢？」莎曼莎和泰絲聽到教堂的發言後，莎曼莎問道。

「不代表什麼吧。早接晚接，有差嗎？」泰絲回道。

但是那天下午，泰絲拉開窗簾的時候，就知道差別在哪裡了。

她家前院草坪站滿了禱告者。

薩里和居勒手牽著手，走向車子。居勒的口袋中，還是插著那支淺藍色塑膠話筒。

薩里曾經當面質問居勒的老師和校長。當時，他的聲音大到連自己都嚇一跳。

他要求他們回答，老師有什麼資格輔導學生談來生的事？又有什麼資格給孩子假電話，還說他可以跟過世的母親說話？

老師辯解：「因為他看起來很傷心嘛！」她叫雷夢拉，是個二十幾歲的矮胖女孩。「他從第一天來就好內向，叫他回答問題都沒辦法，連簡單的數學問題都不行。

「有一天他舉手，突然舉手喔。他說，他在電視上看到可以打電話到天堂，還說媽咪已經上天堂了，所以其實她還活著。

「其他小孩看著他，其中一個笑了出來。您也知道小孩都那樣，最後他們一起笑他。居勒窩在椅子上哭了出來。」

薩里緊緊握拳，好想揍個什麼東西出氣。

「中堂休息的時候，我在幼稚園玩具室找到一支玩具電話。說真的，哈定先生，我本來是打算跟他解釋，電話沒那麼神。但是我叫他進來時，他一看到電話，馬上笑了，還立刻跟我要……真是對不起，我沒有別的意思，我只是跟他說，他想相信什麼，就相信什麼。」

老師哭了。

「我也是有在上教堂的。」老師說道。

「喔，我可沒有。這個鎮上不上教堂沒犯法吧？」薩里問道。

校長是個穿海軍藍羊毛外套的嚴肅女子，她詢問薩里是否想提出正式申訴：「宗教方面的輔導並非本校方針。雷夢拉老師自己也知道，本校是公立學校。」

薩里低下頭，原本想繼續生氣，卻感到怒氣逐漸消退。如果吉賽兒在這裡，她會拍拍他的肩膀，像是在說：冷靜一下嘛，原諒她，要多體貼一點呀。話說回來，正式申訴有什麼用，又能怎樣？

他要校方發誓，以後不會再發生同樣的事，便離開了。

現在，父子倆坐在車裡，薩里轉頭望向兒子。他那可愛的兒子即將滿七歲，頂著一頭鬈髮，挺著瘦瘦的胸膛，歡快的眼神就和母親一樣。飛機失事之後，居勒再也沒和她說過話。事情發生距今將近兩年，薩里真希望自己能相信上帝存在，他想問問祂，祂怎麼可以這麼殘忍？

「弟弟，可以跟你講一下媽咪的事嗎？」

「好啊。」

「你知道我很愛媽咪。」

「嗯。」

「你也知道她最愛你，其他人她都沒那麼愛。」

居勒點點頭。

「可是啊，居欒比……」薩里叫著他的小名，是吉賽兒取好玩的。「我們沒辦法和她說話了。我也希望可以啊，可是就是不行。人死掉就是這樣。他們死了就會離開我們。」

「你之前也有離開啊。」

「對啊。」

「可是你回來了。」

「這兩種離開是不一樣的。」

「怎麼不一樣？」

「我沒有死啊。」

「媽咪可能也沒死啊。」

薩里發覺自己眼中充滿淚水。

「居勒，她真的死了。沒人喜歡這樣，可是她真的死了。」

「你怎麼知道？」

「你這樣問是什麼意思？」

「媽咪死的時候，你又不在。」

薩里愣了一下，用手撐著臉，然後直直看向前方。突然之間，凝視他的孩子變得很困難。薩里每天都折磨自己，孩子口中簡單的幾個字，又讓他重新體會到那種痛苦。

你又不在。

墜毀的飛機冒出黑煙，滿布空中。薩里降落到地面，保持雙腿彎曲並且側躺。降落傘達成使命，消了氣攤平在地上。草地潮溼，天色鐵灰。

薩里解開身上裝備，解開降落傘背包，從背心裡掏出緊急無線電。他渾身痠痛又迷失方向，但他什麼都不想，只想和吉賽兒說話。然而他瞭解軍方規定，一定要遵守程序。先打無線電通報，不須說名字，自然會有人通知吉賽兒這件事。

「林頓塔台，我是火鳥三〇四。已平安彈射逃生。方位在機場西南方半英里。飛機在空地墜毀。殘骸地點應在距此半英里的西南方處。我在這裡等待救援。」

他等人回話，卻什麼都沒聽到。

「林頓塔台，有聽到嗎？」

還是沒回應。

「林頓塔台？沒有聽到回應。」

安安靜靜。

「火鳥三〇四，通話完畢。」

到底怎麼了？塔台的人呢？他撿起降落傘，原本打算摺好，但他心裡有什麼翻攪著。吉賽兒擔憂的臉龐愈來愈鮮明，他也愈來愈焦慮，降落傘亂收一通，像抱個大枕頭似的抱在胸前。他看到遠方有白色車輛開來，朝飛機殘骸前進。

操作：他揮舞雙臂。

航行：他跑到路上。

聯絡：「沒事！我沒事！」薩里朝車子大叫，好像妻子會聽到他似的。

一天之後

新聞報導

阿皮納第九頻道

（艾咪站在浸信會望稼堂前面）

艾咪：大家都說，這是「冷水鎮奇蹟」。自從過世的姊姊開始打電話給凱瑟琳之後，大家都想瞭解更多內情。白血病末期患者班·威爾克斯，尤其想要知道。

（醫院的畫面）

班：您的姊姊有沒有說她所在的世界長什麼樣子？

凱瑟琳：她說那裡很漂亮。

（班的畫面）

艾咪：醫生表示，班幾乎沒有康復的希望，然而凱瑟琳接到的電話，讓他精神為之一振。

（醫院的畫面）

班：妳確定她真的在天堂嗎？我不是不相信妳，但我好想確認這是真的。

凱瑟琳：是真的……。此生結束，還有來生呢。

（艾咪站在教堂前）

艾咪：雖然有消息指出，還有其他民眾接到天堂來電，但是凱瑟琳依舊是眾人注目的焦點。

凱瑟琳：如果上帝選中我傳播福音，我就必須完成任務。今天可以給班一點希望，我很高興，令我心情很好。

艾咪：第九頻道記者艾咪．潘恩，在冷水鎮為您報導，謝謝收看。

菲爾把帶子按停，看著電視台的律師安東。

「看不出來我們要負什麼法律責任啊。」菲爾說道。

「我們不需要負責，可是那個姓耶林的女人可能需要。她明確告訴那個病人，沒什麼好怕的。那段影片可能會被當作呈堂證據。」

艾咪輪流看著這兩個人：菲爾留著維京人鬍子，安東剃光頭，穿黑西裝。那天早上，艾咪被叫回電視台，說那支帶子可能有問題。因為之前第九頻道沒什麼相關新聞可播，她便草草剪了那支影片，探病當晚就播出。一如往常，很快就在網路上流傳開來。

結果，隔天班就過世了。現在整個網路上，指責的戰火燒得如火如荼。

「有人計畫要抗議。」菲爾說道。

「什麼樣的抗議？」艾咪問他。

「有些人不相信，或是不想相信天堂存在，他們說班因為一樁謊話殺死了自己。」

「他沒有殺死自己。」安東突然插嘴。

「那些人現在是在責怪凱瑟琳嗎？」艾咪說。

「她跟班說，此生結束了，還有來生——」

「——世界上每個宗教都這樣說。」安東說道。

菲爾想了一下。「所以說，他們其實沒有立場反對嘍？」

「誰知道？什麼事都能告啊。」

「等一下，這些抗議——」艾咪說道。

「班的家屬怎麼說？」安東問道。

「還沒說什麼。」菲爾回答。

「還是小心點好。」

「抗議是怎麼回事？」艾咪又問了一次。

「不知道。」菲爾說道，轉過頭來看她。「應該是明天吧。看妳看的是什麼部落格嘍。」

「妳只是報新聞而已，這點要記清楚。」安東說道。

「沒錯。」菲爾點頭，「你說得沒錯。」他又轉向艾咪，「回去鎮上吧。」

「那抗議怎麼辦？」艾咪問道。

菲爾看著艾咪，一臉「這還用問嗎？」的樣子。

「當然也要報啊。」他說道。

莎曼莎寄來一封電子郵件：「早上十點要準備好，有驚喜。」

數週以來，泰絲都沒化妝，那天是她第一次再度打扮自己。最近已經有太多「驚喜」，但她一直待在家裡，都快悶出病了。說實話，如果這樣的死板生活能有任何變化，她都樂於接受。

她經過廚房，看了電話一眼（這動作已成了固定模式），確認話筒掛好。再過兩週就是感恩節，可是她沒有過節計畫，反正她向來不喜歡過節。

自從茹絲離婚之後，感恩節時她會開放整個屋子辦派對，邀來半個社區的住戶，受邀者不是沒有家人，就是配偶剛過世，不然就是上了年紀，或自己獨居。派對場面簡直像伍迪・艾倫的某部電影，邀了一堆怪咖來演戲，有口吃的腹語師、振動玻璃杯演奏音樂的女人等。而且感恩節大餐還是吃冷凍火雞配代糖可樂。每次誰扯下許願骨，茹絲都會大呼小叫：「快許願！快許願！」泰絲心想，屋裡所有人應該都許了同一個願望吧，那就是明年不要再來這裡了！

但是現在她才明白，在那些人最容易受傷的時候，母親其實提供了多麼溫暖的善意。同時，這也是母親抵擋寂寞的一種方式。泰絲以前曾希望父親會開車來看她，按聲喇叭載她走。

「天啊，妳看看妳。」泰絲低聲道，想到當初自己那麼天真，就很生氣。

一道陽光穿過廚房天窗。她想到草坪上那些人，他們會不會冷？

她抓起紙杯和滿滿的咖啡壺。打開前門時，人群中傳來騷動。許多人起身，一些人喊著：「早安！」「泰絲，上帝祝福妳！」突然間大家都在呼喊著什麼。草坪上起碼有兩百人。

泰絲舉起杯子，瞇著眼走入晨光之中。

「有沒有人要喝咖啡？」她大聲問道，這才發現手上的咖啡壺只夠給一小撮人喝，感覺實在很蠢。給他們喝咖啡？他們想看的是奇蹟，而妳給他們喝咖啡？

「我還可以再煮！」她小聲說道。

「泰絲，今天妳媽有打電話給妳嗎？」

泰絲一驚，搖了搖頭。

「她有沒有說，妳為什麼被選中？」

「妳是第一個接到電話的！」

「妳會跟我們一起禱告嗎？」

「泰絲，上帝祝福妳！」

突然間，三聲急促的喇叭聲打破了這團混亂。莎曼莎開著托兒所「快樂啟程」的黃色娃娃車進了車道。群眾退後，莎曼莎下車，打開側邊車門。一群穿著冬季外套的小孩跳出車外，看著大家。

泰絲驚訝地摀住嘴巴，她沒辦法去工作，朋友就把工作帶到她面前——

她這輩子從沒這麼開心看到這些孩子。

朵琳拿了兩瓶可樂到桌上，她坐這一頭，傑克坐另一頭，客人坐他倆之間。前夫在身邊，依舊讓她覺得不自在。離婚、文件、傑克放在前廳檯子上的鑰匙……他一出現，他倆破碎婚姻的畫面再度浮現眼前。

真的過了六年啦？她都跟另一個人結婚、展開新生活了。可是傑克又回來了，待在他倆以前住過的舊屋裡，坐在以前坐過的舊桌前。離婚時，這棟屋子歸朵琳所有，現任丈夫梅爾甚至反對傑克踏足此處。但是朵琳告訴梅爾：「羅比的朋友有話要跟我們說。」梅爾只好咕噥著說，好吧，隨便啦，他要出去喝杯啤酒。

「謝謝歇勒思太太。」羅比的朋友亨利說。

「謝謝歇勒思太太。」叫柴克的另一個朋友也附和。

「其實我現在是法蘭克林太太……」朵琳說道。

兩人面面相覷。

「算了。」朵琳又說道。

這兩人都是好看的年輕人，身材好、肩膀寬，是羅比在這個老社區的童年玩伴。以前他們都會來按門鈴，羅比一聽到就砰砰砰地衝下樓梯，懷裡抱著橄欖球。他一邊抄過朵琳一邊說：「待會見嘍，老媽！」朵琳會回他：「外套拉鍊拉起來！」話語像風扇吹出的風一樣，跟在他身後。

高中畢業後，三人都選擇從軍，一同受訓。藉由熟人的介紹，三人一起派駐到阿富汗。不過羅比過世那天，亨利和柴克都不在，朵琳為此感到慶幸。

「你們是什麼時候回來的？」傑克問道。

「九月。」柴克回答。

「嗯，九月。」亨利附和著。

「任務結束不錯吧？」

「對啊。」

「是的。」

大家都點點頭，柴克喝了一小口可樂。

「欸，那個，我們之前說……」亨利說道。

「是啊，」柴克幫他接下去，「說到我們互相在問……」柴克瞄了一眼亨利，「你要說嗎？」

「不用，你講就好——」

「不要。」

「我的意思是……」

兩人都停住不說了。

「沒關係啊，有什麼可以跟我們說。」傑克說道。

「是啊。」朵琳也附和，但是我們二字讓她很不自在。「沒關係啦，你們兩個講什麼都可以。」最後，柴克開口說：「我們只是在想……想說，不知道羅比跟你們說了什麼？他是什麼時候打來的？」

傑克身體往後傾，顫抖了一下。

「羅比只打給他媽媽。朵琳？」

於是朵琳告訴他們，她和羅比的對話大都是安慰之言：羅比現在人很好、很平安，待在一個美麗的地方。

「通常他都說些我喜歡聽的，還說……『終點不是終點』。」朵琳又補充道。

兩個朋友聽了相視而笑，笑容有些尷尬。

「真是奇怪。」亨利說道。

「怎樣？」傑克問他。

亨利摸摸可樂瓶。

「沒有啦，只是……有個搖滾樂團『英雄殿堂』（House of Heroes），他超喜歡這個團。」

「他們出過一張ＣＤ，叫《終點不是終點》，他一直吵著要人寄給他。」

「對啊，吵了好幾個月。《終點不是終點》。把《終點不是終點》寄來給我……他們的音樂有點龐克。」

「沒錯，不過，我想比較像是基督教樂團。」

「嗯。」

「英雄殿堂。」

「他最喜歡那張ＣＤ了。」

「《終點不是終點》。」

傑克看著前妻，心裡想著，樂團？

「那，還有，除了那個之外，他有沒有提到中隊的夥伴？」亨利繼續問下去。

通訊行店員傑森猛然關門，把暴風雪擋在外面，他快速搓暖雙手。唉，他又忘記戴手套了。唉，他女朋友又說對了。「傑森，你的腦袋有時候會休假呢。」

他打開**限本店員工使用**的櫃子，臉頰溼答答，鼻水滴溜溜，於是從架上抓了一盒面紙出來，同時聽到後門敲得砰砰響。

「唉呦，拜託。」他嘀咕：「都還沒八點咧！」他一打開門，發現是薩里，穿著絨面舊外套和滑雪帽。

「呦，鋼鐵人來了！」傑森笑嘻嘻說道。

「你好嗎？」

「快點進來。」

「謝啦。」

「老兄，我身上沒錢可以給你。」

「我知道啦。」

「要不要喝可樂？」

「不用了。」

他倆一起走進辦公室。

「那你來這做什麼？」

薩里吐了一口氣，從包包裡拿出一本黃色筆記本。

「我要你幫個忙。」

一個小時後，薩里回到車上，想著自己蹚進的渾水有多大攤。

憑著一股直覺，他把鎮上那七個接到天堂來電的人的名字、電話、地址都拿給傑森看了。薩里知道凱瑟琳是在這間通訊行辦的手機（好像全國都知道了），但是不知道其他人是否也在這裡辦的。

傑森把那七人的個資輸入電腦，出來的結果耐人尋味。七人之中，有四人是該店顧客，這不稀奇，因為冷水鎮附近通訊行很少。但是有六個人的電信業者一樣，除了那名少女凱莉．帕帕斯托以外。

而且他們都用了同一個方案。

「這是什麼方案？」

「就是把東西都存在網路上，有點像雲端，你懂嗎？把電子郵件、照片都存在同一個帳號裡。」

薩里看看自己的筆記本，手指在寫下的項目上移動，其中一條是「死亡日期」。

「這個方案，他們每個人各使用多久，你查得出來嗎？」

「大概可以吧。要花幾分鐘。」傑森開始打字，然後停下、往後一靠。

「給你看這個，我可能會倒大楣。」

「我想也是。」薩里說道。

傑森手在膝蓋上敲個不停。

「啊不管了！放手幹吧！」他笑一下。「反正我超討厭這個工作。我女朋友說，我應該去當專業攝影師。」

「搞不好她是對的。」

「她超難搞的。你有女朋友嗎？」

「沒。」

「結婚啦？」

「以前結過。」

「她不要你，還是你不要她？」

「她過世了。」

「唉呦，真是遺憾，老兄。」

薩里嘆口氣。「我也覺得很遺憾。」

貝爾遇到一生摯愛瑪貝兒時，她還是他的啟聰學生。她比貝爾小十歲，但是貝爾一見傾心。多年來，她的鼓勵成了他工作的動力。當初要不是她那一哭，讓貝爾衝動上了開往費城的火車，他最偉大的發明或許根本無法開花結果。但是丈夫發明電話的喜悅，瑪貝兒永遠無法分享，因為她得過猩紅熱，喪失了聽力。

有時，愛情讓人常相依，生命卻使愛分離。

飛機墜毀後，薩里在救護車上，要求使用手機（他的手機跟其他隨身物品都在飛機殘骸裡燒毀了）。他打給吉賽兒好幾次，都沒有回應。他改打給岳父母，還是沒有回應。他用緊急無線電打給機場，仍然沒回應。一定是出大事了，大家都跑到哪啦？

他頭痛欲裂，下背也痛得要命。到了醫院，那裡只是林頓的小型區域醫院。他做了全套標準檢查，測量所有生命跡象、量血壓、清理創傷、照了脊椎的 X 光片。吃過了止痛藥，薩里變得昏昏沉沉。有人跟他說，他撞到一架西斯納雙引擎小飛機，不過飛機已安全降落。他沒問為什麼兩台飛機會在同一條降落航道上。從頭到尾，他都在問吉賽兒的事。

「把她的電話給我。我們會叫人一直打，直到打通為止。」一名護理師說。

「也要打給機場。」薩里啞著嗓子說。

薩里在清醒與昏睡之間載浮載沉，他看到護理師談話，給予指示。看到有人進來，把她拉出去，她又進來跟其他人講話，然後這些人都消失了。

他雙眼緊閉，心思平靜。在還不知道發生什麼事之前，這是僅存的少數平靜時光了。

他不知道後來吉賽兒看到黑煙升起，便開著雪佛蘭小卡車，加速衝到機場。

後來，航管員艾略特．格雷匆忙逃出塔台，跳上一輛藍色的豐田 Camry。

後來，吉賽兒一邊念著，天啊，神啊，請保佑他平安，一邊緊握方向盤，握到手都在發抖。

後來，艾略特．格雷以時速六十三英里的速度，開在聯外道路上。

後來，吉賽兒飛速過彎，在那瞬間，她的小卡車以全速撞向 Camry。

後來，艾略特．格雷被撞出車外，飛了二十英尺之高。

後來，被安全帶困住的吉賽兒，連人帶車翻轉三圈，車子掉進水溝裡。她當時穿著薰衣草紫的毛衣，車上廣播正在播放披頭四的〈嘿！朱德〉（Hey, Jude）。

後來，車身扭曲，得破壞車體才能把吉賽兒救出。後來，她被空運載到哥倫布的醫院。

後來，到院時，她已經失去意識。

後來，她再也醒不過來。

後來，艾略特・格雷死了。

第十二週

「沒有來世，只有今生！沒有來世，只有今生！沒有來世，只有——」

凱瑟琳摀住耳朵，「天啊，他們為什麼就是不停呢？」

「去樓下比較好，樓下比較安靜。」艾咪提議。

「不要！」凱瑟琳斷然拒絕，「這是我家，我拒絕躲在地下室。」

屋外，抗議持續進行。

「沒有來世，只有今生！沒有——」

中午之前，抗議民眾在街上聚集，起碼有五十人，許多人手持標語，寫著：**別急著上天堂**。有些標語語氣較為嚴厲，像是：**信仰殺人**、**騙局鬧出人命**等等。

班的死訊傳開之後，他在醫院受訪的影片流傳速度之快，超越一開始那支天堂來電影片。在此之後，報導指出，世界各地有六名重病病患，在看過這兩支影片後突然死去。看來好像是他們自己決定要「放手」。

雖然這些病患最後難免一死，但其死因巧合之處在於：「為何剛好都在此時？」由於沒有確切答案，這一切巧合可能藏有陰謀。再加上媒體對冷水鎮新聞貪得無厭，會寫出「天堂殺人」這樣的新聞，根本是意料中的事。

「這些宗教狂熱分子應該離病人遠一點！」一名憤怒男子這麼告訴電視記者。

「恐怖分子說，只要炸死自己就可以上天堂，這些人也是恐怖分子！」一名年輕女子補充道。

「幾年前，我認識了班．威爾克斯。他是生命鬥士！要不是這些人催眠他，管他是催眠還是什麼，他根本不會放棄！」班的老同事說道。

不久，名為「掛掉天堂來電」的團體集結成軍，還籌畫抗議活動。現在凱瑟琳家門外那場，也是他們策畫的。

「沒有來世，只有今生！沒有——」

屋內，艾咪燒水煮了薄荷茶。她端茶給凱瑟琳，可是凱瑟琳卻困在思緒中，看也沒看。

「喝一點嘛。」艾咪勸她。

「喔！」凱瑟琳眨了一下眼。「謝謝。」

艾咪現在陷入兩難。她知道菲爾要她採訪這些抗議民眾，但她要怎麼一邊採訪，一邊維持凱瑟琳對她的信任呢？唯有靠這份信任，才能讓她領先其他記者一步啊。

「妳真是個朋友。」凱瑟琳說道。

「那當然嘍。」艾咪小聲回應。

「都是因為其他人也牽扯進來，才會發生這種事，不是嗎？像那個泰絲．瑞佛緹？老實說，幾年前她就不去教堂啦。她自己也這樣說過啊。」

凱瑟琳邊講邊揮手，像在說服隱形的聽眾。她緊緊捏住粉紅手機，又放在掌上滾來滾去，盯著看了好幾秒。突然，她講話聲音一變：

「艾咪！」

「嗯？」

「妳相信我嗎？」

「相信啊。」

其實應該說，艾咪覺得凱瑟琳相信自己相信她，反正這和事實也相去不遠，不是嗎？

「我打給我的小孩，他們住在底特律。妳知道他們說什麼嗎？」凱瑟琳問她。

「說什麼？」

「他們說我花了太多時間在信教。」語畢，她幾乎要笑出來。「我本來還以為他們會過來陪我。但是約翰說他工作忙得要命，查理還說……」

凱瑟琳把話吞回去。

「說什麼？」

「說我讓他很丟臉。黛安的兩個女兒也這樣說，所以她們才沒來看我。」

說完，凱瑟琳哭了。艾咪只好別開頭。你怎麼能不同情她呢？她可能根本就是被騙了啊——抗議聲浪變強了。艾咪從景觀窗看出去，看到警車停在人行道旁。傑克一邊講話、一邊舉起手。有一名電視台工作人員拿起懸吊式麥克風。現在一定每家新聞台都在報導抗議新聞了，菲爾大概會氣死吧。

「我沒殺人。」凱瑟琳小聲說著。

「當然沒有。」艾咪安撫她。

凱瑟琳將臉埋在手中。

「他們怎麼可以這樣說？姊姊真的上天堂了！上帝看護著我們，我幹嘛要殺人？」

艾咪看著廚房桌上的攝影機，說：「妳猜怎麼著？我們就這樣跟他們說吧！」

每天下午，華倫牧師都要坐在辦公室的咖啡色皮沙發上讀聖經。他今天主要是看以賽亞書，他在第六十章讀到一段文字：

你舉目向四方觀看；眾人都聚集來到你這裡。你的眾子從遠方而來；你的眾女也被懷抱而來。那時，你看見就有光榮；你心又跳動又寬暢。

他很喜歡這段。要是在平常，他會把這段畫起來，準備在禮拜天布道時宣講。但他現在想想，或許「你舉目向四方觀看；眾人都聚集來到你這裡」這段文字，反而證明亡者打來的電話都是真的。他真討厭必須這樣解讀，他覺得自己就像是一張紙，不斷被撕成一半，愈撕愈小張。服務上帝、服務人群。上帝啊，人群啊……

同事都跟他說應該感到欣慰，因為冷水鎮所有教會都客滿，禮拜日布道也只剩下站位。卡羅神父的聖文森教堂成長人數最多。自從泰絲跟主教會面之後，人數成長了四倍。

叮鈴鈴鈴！

「誰？」

「牧師，是我。」

「波堤女士喔，請進。」

她走進辦公室，手上沒拿記事板。牧師從她臉上表情看出來，有什麼不大對勁。

「牧師，有件事我得跟您說。但這件事很難開口……」

「什麼都可以說啊。」

「我得走了。」

「提早下班嗎？」

「是離開這個工作。真的太……」波堤女士泫然欲泣，「我都在這裡做七年了。」

「妳做得很好啊——」

「我也很想為教會盡一份心力——」

她的呼吸變得急促。

「坐下來講嘛。不要緊的，波堤女士。」

她還是站著，但是講話速度變快了，連珠炮似地說道：「全世界都打電話過來，我真的受不了了。他們一直問東問西，我都說不知道了，他們還是一直問。有人打來哭鬧，有人打來吼叫，我……我不知道該怎麼辦。有人跟我說親人的故事，懇求再跟他們說上一句話。還有人很生氣，說我們傳假福音。我都做了這麼多年，沒想到……算了！我每天晚上一回家就不支倒地。牧師，上禮拜醫生幫我量血壓，血壓飆高，我先生很擔心。對不起，真的很對不起，我不想讓您難過，可是我就是沒辦法……」

波堤女士涕泗縱橫，話都講不下去了。華倫牧師只好給她一個同情的微笑。

「波堤女士，我都知道了。」

他走過去拍拍她的肩膀，聽見辦公室外電話鈴聲響個不停。

「上帝會原諒我嗎？」波堤女士小聲問道。

祂早就原諒妳了，而我還有得等呢。華倫牧師心想。

傑克閃了一下車頂上的警示燈，又開了一陣警笛。泰絲門前草坪上的禱告者嚇了一跳，移動了位置。他從車內走出。

「早安。」他僵硬地擠出兩個字。

「早安。」群眾之中有幾人回應。

「你們大家來這邊做什麼？」

問話的同時，他看著泰絲家門。他想看到的其實跟這些人一樣，就是泰絲出門。

「我們在禱告。」一個瘦巴巴的女子回答傑克。

「禱告什麼？」

「希望可以聽見天堂之聲啊。你要跟我們一起禱告嗎？」

傑克把羅比從腦海中揮去。「你們不可以在人家草坪上集會啊！」

「警官，這事你信不信？」

「我信不信不重要。」

「你信不信最重要。」

傑克舉腳踢了草皮一下。一開始，這些人在凱瑟琳的草坪上聚會，現在又跑來泰絲家。在這小小的冷水鎮，他從來沒預料的事發生了——那就是控制群眾。

「你們一定得離開！」傑克說道。

身穿綠色大外套的女子走向前方。

「拜託，我們不會惹麻煩的。」

「我們只是想禱告。」另一個跪在地上的女孩說道。

「咦，我看過你。」一名年輕男子插嘴：「警察先生……你太太有接到兒子打來的電話嘛，她也被選中啦。你有什麼資格叫我們離開？」

傑克別開臉。

「那是我前妻，而且這事與你無關。」

此時，泰絲在門口現身。她肩上披著紅色毛毯，穿著磨舊的牛仔褲、藍色靴子，紮了一條大馬尾。傑克克制自己，不要一直盯著她看。

「妳需要我幫忙嗎？」傑克朝她大喊。

泰絲看著禱告者。

「不用，我還可以。」她也喊回去。

傑克用手比著我可不可以進去？她點點頭，於是他穿過人群。同時，人群安靜下來。只要他穿著制服，旁人就會這樣，他習慣了。

傑克看起來就像一名警察。他嘴唇扁平，下巴線條頑固，眼神深沉又會打量人。但是面對警察工作，他不曾過度認真。他的父親、祖父都是警察。陸軍退役後，別人以為他會走上一樣的路。傑克先在大湍城（密西根州的第二大城市，譯按）做了六年巡佐，羅比出生後，他和朵琳搬到冷水鎮，展開小鎮生活。這是他倆想要的生活。他把警徽丟到一旁，開了一間園藝用品店。

「自己開店比較好。」他這樣對父親說。

「警察畢竟還是警察喔。」父親說道。

三年後，店就倒了。傑克沒有其他一技之長，只好回去當警察，進入鎮上警局，三十七歲當上警長。

他在鎮上當了八年警察，從沒開過槍，只掏槍六次，其中一次還不是打小偷，而是要打狐狸，因為牠在人家地下室亂竄。

「那天開會，你沒有出來講話。」泰絲邊說邊端給他一杯咖啡。

「對啊。」

「為什麼？」

「不知道，我怕吧。因為工作的關係……」

泰絲嘴角一撇。「起碼你很誠實。」

「我兒子說，我應該告訴所有人天堂的事。他打來時是這麼講的。」

「我媽也這樣說。」

「我是不是讓他失望了？」

泰絲聳聳肩。「不知道。有時候我會覺得什麼事都不重要，這輩子只是一間等候室，媽媽在上面等我，我還會再看到她。

「然後我才發現，原來我一直都相信有來生，或者我說過我相信。」

傑克把咖啡杯在桌上推來推去。「也許妳只是想找到來生的證據。」

「那我現在找到了嗎？」

傑克回想他和羅比同袍的談話。終點不是終點。這句話讓他很困擾。

「我不知道我們找到了什麼。」

泰絲看著他。

「你是好爸爸嗎？」

從來沒人問過他這個問題。他想起以前自己鼓勵羅比從軍，還有他跟朵琳之間的問題。

「說不準。」

「你還是很誠實嘛。」

「那妳又是個好女兒嗎？」

泰絲笑了。「說不準。」

事實上，茹絲和泰絲也有過風風雨雨的日子。泰絲上大學之後，許多人一下子就注意到她的美貌，排隊搶當她的男友，但是茹絲一個都不准。「缺席的父親」在她倆之間的對話，總是像幽靈般陰魂不散。

「妳又知道怎麼留住男人了？」泰絲有次這樣大喊。

「他們才不是男人，是男孩！」

「不要再說了！」

「我只是要保護妳。」

「我不需要妳的保護！」

她們不斷爭吵。畢業後，泰絲跟三個男人同居過。她搬離冷水鎮，逃得遠遠的。二十九歲時，有一天泰絲接到母親打來的奇怪電話，她在找一組電話號碼，安娜·卡恩的電話號碼。

「妳要她的電話幹嘛？」

「這個週末要舉辦她的婚禮啊。」

「媽，我十五歲的時候，她就結婚了耶。」

「妳說什麼？」

「而且她現在住在紐澤西。」

母親停了好一陣子。「我不懂。」

「媽，妳還好嗎？」

後來經過診斷，茹絲有阿茲海默症的早期病兆，可是病情惡化得很快。醫生警告泰絲不要離母親太遠，因為以茹絲的情況看來，她有時會亂跑，忘記基本的安全規則，例如隨意穿越馬路。

但是泰絲知道，母親最重視的，正是這種疾病最終會奪走的獨立生活能力。

後來，泰絲還是回家了，母女學習互相獨立。

薩里和他母親的關係截然不同。她問，他答。她推敲，他否認。

「你最近在幹嘛？」前幾天晚上她這麼問薩里。那時居勒在吃飯，薩里坐在沙發上研究筆記。

「只是在確認東西。」

「工作嗎？」

「算是吧。」

「業務的電話嗎？」

「算是吧。」

「那跟你又有什麼關係？」

薩里抬頭，發現母親站在他面前，雙手盤胸。

「如果有人就是想跟鬼講話，讓他們講有什麼關係！」

「妳怎麼知道我在……」

「薩里！」

她一喊他的名字，就能讓他從實招來。

「好吧。」薩里妥協，並降低音量。「我不喜歡這件事嘛。居勒帶著那支電話，活在自己的幻想裡，總要告訴他事實吧。」

「你現在當起偵探啦？」

「沒有啊。」

「還記這麼多筆記。」

「沒有啊。」

她推敲，他否認。

「你覺得那些人都在撒謊嗎？」

「我不知道。」

「難道你不覺得是上帝讓奇蹟發生嗎？」

「說完了沒啊？」

「快說完了。」

「還有什麼要說的？」

母親的目光投向看電視的居勒，低聲說：「你這麼做是為了兒子，還是為了自己？」

薩里懶懶地癱坐在別克車裡，小口啜著咖啡，回想和母親的對話。車子停在戴維森父子禮儀公司外頭。他想，做這件事，可能一半是爲了自己，讓自己做點事，感覺自己還活著；另一半原因不外乎是要讓整個世界體會自己的痛苦：死了就是死了，吉賽兒不會打給他，那些人的母親、姊妹、兒子也不會。

薩里換了個姿勢。他坐在車裡等待，已超過一個小時。他等著，監視著。最後終於在中午過後，看到身穿長外套的荷瑞斯走出來，上車駛離。薩里希望他是去吃午餐，因為他自己有件事需要確認。

他迅速衝到門前，鑽了進去。

禮儀公司內部一如往常，安靜而溫暖。薩里走到最大間的辦公室，裡面沒人。他走到走廊上，探頭看看其他房間。室內播放著輕柔的背景音樂，還是沒半個人。他繞過一個轉角，聽到打字聲。鋪著地毯的狹小辦公室裡，坐著一名矮小女子。她的臉頰紅撲撲的，有點朝天鼻，留著披頭四的髮型，手臂鬆垮垮，脖子上戴著一條銀色十字項鍊。

「我要找荷瑞斯。」薩里向她說道。

「喔喔！抱歉，他去吃午餐了。」

「我可以等他。」

「你確定嗎？他要一個小時後才會回來。」

「沒關係。」

「要喝咖啡嗎？」

「好啊，謝謝。」他伸出手。「我是薩里。」

「我是瑪莉亞。」她說道。

我知道。薩里在心中說道。

瑪莉亞・尼可里尼真的就像荷瑞斯之前說的一樣，很有人情味，一打開話匣子就關不起來，你丟一句，她回三句。無論什麼話題，她都興趣盎然，只要稍微提到某個特定活動或地方，她就會盯著你說：「哇，多說一點。」而且她以前待過扶輪社、冷水鎮風土歷史會，週末還在柴達麵包店上班，半個鎮的人都在那裡買麵包。如果瑪莉亞不認識你，也會認識認識你的人。

因此，來到禮儀公司的傷心家屬看到瑪莉亞時，不會排斥和她談談過世親人的事，反而很樂意分享這些回憶，感覺好過些。小故事也好，軼事也好，家屬都相信瑪莉亞，願意讓她把這些事寫進訃聞裡。她刊登在週報上的訃聞篇幅很長，充滿讚美之詞。

「你是業務啊？多說一點嘛。」她這樣要求薩里。

「工作不難。就是去找商家，問他們要不要買廣告，賣他們欄位。」

「榮恩・簡尼斯是好老闆嗎？」

「還可以。喔，對了，妳的訃聞寫得真好，我看過幾篇。」

「哇，謝謝你。」她看起來很感動的樣子。「我以前想當作家，年輕的時候啦。但是現在這樣也不失為助人之道。因為家屬會保留這些訃聞，必須寫得精確、完整，這很重要喔。我快要寫到第一百四十九篇了。」

「一百四十九篇訃聞？」

「對啊，我都放在這裡。」

她拉開檔案櫃的抽屜，裡頭排得整整齊齊。每份訃聞都用年份和姓名建檔。其他檔案則貼著塑膠標籤，那些標籤站得直挺挺的，標示著文件。

「這些是什麼？」薩里問道。

「我的筆記啊。我把對話謄下來，才不會遺漏。」她降低音量，「有時家屬跟我講話會哭得很慘，第一次聽不大好懂，所以我會用小台的錄音機錄下來。」

薩里很是佩服。「妳比我遇過的大城市記者還要敬業呢。」

「你認識記者啊？那再多說一點。」瑪莉亞央求。

薩里第一次上報，竟是因為人生中最悲慘的遭遇。

空中相撞，飛官撞爛飛機。報上頭條是這麼寫的，底下副標則是：**航管員和飛官妻子慘遭橫禍**。

薩里在俄亥俄州的醫院餐廳看到這份報紙。醫院裡，吉賽兒躺在病床上，身上插滿管子、靜脈導管。全身瘀青有紫有黃，根本不成人形。薩里已經兩天沒睡了，一切都記不真切。

林頓的護理師，也就是墜機後薩里看到的那位，轉述新聞給他聽。他記得他聽到意外、太太、哥倫布。然後他跳上計程車，一路喊著要司機快點。他的大腦在無意識與清醒之間飄移。下車後，他跌跌撞撞衝向急診室，喊問醫生：她在哪裡？她在哪裡？等他一到病床邊看到她，便崩潰了。天啊！天啊！天啊！有人伸出手臂環繞著他，是一名醫護人員，接著是警衛、岳父母，接著他也伸手抱住顫抖的自己。

整整兩天兩夜，他的背都痛到不行。他沒法睡，頭暈又全身髒兮兮。為了活動筋骨，他走到一樓餐廳去喝咖啡。那裡的一張邊桌上，有一張被人丟下的報紙。他看了報紙一眼，再看一眼。他認出報上的自己，是他以前在海軍服役的照片，旁邊刊著受損的西斯納飛機，已安全降落。還有一張圖片是薩里開的F/A-18，可以看到主要機身的殘骸遍布在田野上，一旁還有機翼的尖端、燒焦的引擎。他看著這些照片，好像在欣賞畫作一樣，感到疏離。他在想，報紙都怎麼下標啊？為什麼大標是**空中相撞，飛官撞爛飛機**，而副標是**航管員和飛官妻子慘遭橫禍**呢？對薩里來說，太太當然重要得多。可憐的吉賽兒，無辜的吉賽兒，美麗的吉賽兒，她沒犯錯，不過是開車去接先生回家。薩里也沒犯錯，不過是聽從航管員的指示罷了。反倒是那名航管員，犯下滔天大錯卻沒膽面對，倉皇逃走害死自己，也差點害死這個世界上最美好的人兒。標題應該這樣下才對，那些人都搞錯了！

他把報紙捏成一團，丟到垃圾桶裡。

每個人的人生故事都有兩種版本：實際發生的版本和人云亦云的版本。

感恩節前一週，冷水鎮方圓十里內的飯店都客滿了。聚集在蘭克平原上的朝聖者，估算有五千人之多。凱瑟琳家門外的抗議者起碼也有三千人，一半是來抗議，一半前來支持。傑克的警局完全忙不過來，還跟摩斯丘及附近的小鎮調派警力，可是人手依舊不足，光是寫違規停車單就花掉一整天。冷水鎮市場的送貨卡車以前一週來一次，現在一天來好幾次。加油站得定時關閉，因為油很快就加完。芙瑞達餐廳得額外請人幫忙，成了鎮上有史以來第一家二十四小時營業的商家。鎮上五金行的木夾板和油漆都存貨不足，部分原因是到處都有人做看板釘在草坪上，寫著**停車五元**，後來變成**停車十元**，然後又變成**停車二十元**。

這種歇斯底里的情況，好像沒有結束的盡頭。鎮上每個人隨身攜帶手機，有時候還會帶兩、三支。鎮長傑夫接到許多新商家送出營業執照申請，包括T恤公司和宗教產品公司，都想盡快遷進湖濱路上結束營業的店面做生意。

在此同時，一個全國最有名的日間談話節目，從洛杉磯派製作團隊到鎮上錄製特集，連名嘴主持人都來了。許多鎮民抱怨生活受到干擾，傑夫手中卻不乏排隊等著上節目的名單。

接到天堂來電的那七個人，他們的名字和故事，現在鎮上每個人都耳熟能詳。除了凱瑟琳、泰絲、朵琳之外，還有艾迪．多肯（接到過世前妻來電）、傑．詹姆士（生意夥伴來電）、恩尼許．布魯阿（過世女兒來電）、凱莉．帕帖斯托（去年死於酒駕車禍的朋友來電）。除了凱瑟琳之外，其他每個人都同意參加節目錄影。

因為她另有盤算。

兩天之後

新聞報導

阿皮納第九頻道

（近拍凱瑟琳）

凱瑟琳：我沒害死人，我也不會害人。我只是把上天的福音傳播出去。

（艾咪站在抗議群眾前）

艾咪：凱瑟琳想要這些人明白：發生在班．威爾克斯身上的事，其實是他想要的結果。

（班在醫院的畫面）

班：我好想確認這是真的。

（艾咪站在抗議群眾前）

艾咪：雖然班．威爾克斯死於癌症末期，但是憤怒的抗議民眾表示，凱瑟琳要負部分責任。

凱瑟琳身為「被選中」的人，負擔一定很大。以下是本台記者的獨家報導。

（近拍哭泣中的凱瑟琳）

凱瑟琳：我並沒有要神選我啊。上帝送我姊姊回來，一定是有原因的。

艾咪：那您覺得什麼事讓您最難過？

凱瑟琳：大家不相信我，讓我最難過。

艾咪：您是說外面那些抗議的人嗎？

凱瑟琳：沒錯，就是他們。他們每天都在叫，喊話喊得好可怕，而且有些標語……

（凱瑟琳崩潰）

艾咪：沒事，沒事。

凱瑟琳：抱歉。

艾咪：沒事，沒事。

凱瑟琳：他們那群人是被遺忘的人。他們沒聽到上帝的訊息：天堂真的存在，沒有人應該害怕死亡。

（抗議群眾的畫面）

抗議群眾：沒有來世，只有今生！

（艾咪站在屋前）

艾咪：凱瑟琳非常確定自己收到的訊息正確無誤，而且她要做一件沒人做過的事。

（近拍凱瑟琳）

凱瑟琳：我要讓外面那群人聽我講電話。

艾咪：讓那群抗議的人聽嗎？

凱瑟琳：是讓所有人聽。我不怕他們質疑，我會要求姊姊跟這些人說話，告訴他們真相。只要他們一聽，就會懂了。

（艾咪站在街上）

艾咪：這是驚人的發展，後續消息有待關切。很快地，全鎮就有機會聽到天堂之聲。第九頻道永遠站在第一線，為您掌握最新消息。

我是艾咪．潘恩，再會。

菲爾在電視台辦公室內，看著艾咪新聞帶的最後一格，笑了。

眞絕！他自言自語。

這個艾咪．潘恩可能會一舉成名。

居勒坐在圖書館桌前，翻著喬治猴的繪本。麗茲站在他面前。

「你喜不喜歡猴子？」

「還好啦。」居勒咕噥回道。

「還好而已喔？」

「我比較喜歡老虎。」

「搞不好可以幫你找一本老虎的書。」

居勒抬頭看她。

「過來吧。」麗茲說道。

他從椅子上跳起來，過去牽她的手。薩里在旁觀看，心情複雜。兒子牽了人家的手，令他很開心，但他更希望兒子牽的是吉賽兒的手。

攤在他面前的是一堆訃聞，死者是從天堂來電的那些人。多虧有瑪莉亞，這些訃聞甚為詳細；有死者的家族歷史、工作歷史、最喜歡的度假地點，還有寵物的描述等。在週報辦公室，薩里不敢要這些訃聞（他能編出什麼像樣的理由？）。但他跟麗茲稍稍一提，她就走到櫥櫃前，拉開兩個抽屜，說：「你需要哪一期？這邊每期都有。」

對嘛！薩里心想。地方小鎮、地方圖書館，他怎麼都沒想到呢？他把細節寫在黃色筆記簿上。他愈寫，就愈掛念瑪莉亞辦公室的另一個檔案夾，裡面有她謄寫的家屬談話紀錄。那裡的細節一定更完備，可以完整拼湊出死者的人生，或許也可以連結到薩里疏漏的部分。

然而，整件事最大的謎團，還是那些聲音的來源。每個接到電話的人都發誓，自己聽到的就是死者本人的聲音，不是模擬出來的。要模擬也沒人辦得到，難道有機器可以調整聲音的音調嗎？也就是說，透過這種機器講話，就可以聽起來像另一個人？

薩里的手機振動了。他瞄了螢幕一眼，是榮恩．簡尼斯打來的。他故意不接。過了一分鐘之後，一封簡訊傳來：

你在哪？

薩里把手機關機。

「爸爸你看！」

居勒抱著一本繪本，封面畫著老虎。

「這麼快就找到啦！」薩里說道。

麗茲笑了。「我可是花了很多時間在書架上找呢。」

居勒爬到椅子上，開始翻閱繪本。

「他真是個可愛娃娃。」麗茲說道。

「對啊。書好看嗎？居樂比？」薩里說。

「好看啊。」他翻翻書頁。「我要跟媽咪說，我整本都看完嘍。」

麗茲別過頭，薩里則是回去繼續看訃聞，想找出證據證明死人是不會說話的。

惡化沒有極限。

我們常常覺得，悲慘的遭遇就像再也不會增強的狂風暴雨。但事實上，猛烈的雨勢隨時都有可能增強，人生的重擔也是一樣。

薩里的飛機墜毀，妻子慘遭橫禍，塔台的飛行紀錄無法辨識。偏偏那紀錄上唯一錄到聲音的航管員，也是唯一可以證明薩里清白的人，已經過世並且下葬。薩里聽說他的屍體血肉模糊，葬禮上甚至無法開棺供人瞻仰遺容。

這種情況，真不是普通人能夠應付的。然而事發八天之後，在吉賽兒的病況還是沒有好轉的情況下，兩位海軍長官來到她的病房中。

「請你過來一趟。」其中一人對薩里說。

每況愈下。

醫院送回了薩里的血液報告，顯示有酒精殘留反應。在哥倫布的海軍小辦公室裡，調查員詢問薩里一些問題：「請描述事發前一晚的經過。」之前沒人提過酒測的事，但這時薩里立刻感到苗頭不對，好像有把大槌用力敲了他肚子一下。這麼多事件席捲而來，他從未回想飛行前一晚的事。接到電話前，他不知道要代飛，所以沒多想就去喝酒了。想啊，用力想！他和隊上兩個同事在飯店餐廳喝了伏特加通寧，然後回房。但喝酒是幾點的事？伏特加是喝一杯還是兩杯？他又是幾點飛的？軍中的飛行規定是「起飛前十二小時不能碰酒」。

唉呀，天啊。

他看到自己的未來在眼前碎成萬片。

「我要找律師。」他顫抖地說道。

第十三週

冷水鎮下了一場大雪。感恩節日出時，鎮上街道已經蓋上一層皚皚白雪。鎮民走出家門，拿報紙、剷剷雪。他們呼吸著冰冷而安靜的空氣，安撫了最近幾週來歇斯底里的心情。

泰絲坐在家中。她拉緊身上的袍子，走進廚房，希望這場雪可以驅離她家草坪上的那些人。事實上，的確有很多人到鎮上的教會躲雪去了。

但是泰絲打開家門，看到燦爛陽光在新雪上跳躍，起碼還有三十人留在原地。他們身上蓋著毯子或是躲在帳篷裡，還看到一張空嬰兒床，底部埋在雪裡。小孩和母親從旁邊的帳篷探出頭來看她。

「泰絲早安。」

「泰絲，上帝保佑妳。」

「和我們一起禱告嘛，泰絲。」

她覺得胸口脹脹的，好像快哭出來似的。這些人待在這麼冷的地方，沒有接到電話，卻緊握著手機，希望發生在泰絲身上的奇蹟也會發生在自己身上，好像奇蹟會傳染似的。泰絲想起自己的母親，想起她舉辦的感恩節派對。

「都進來吧！」她突然說道，接著提高音量，「拜託，請大家快點進來。進來暖暖身子！」

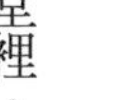

望稼堂裡，廚房傳出炸薯條的香味，火雞已經切好並分送下去。不鏽鋼鍋裡有肉湯可以盛來喝。

華倫牧師穿梭在這群陌生客人之間，給他們倒冰茶，說些鼓勵的話。大部分來這邊幫忙的義工都是教會的常客。他們為了幫忙送餐，耽誤了自己的感恩節大餐。來這裡躲雪的外地人比想像中多得多，必須從倉庫搬出摺疊椅來應急。

稍早，華倫牧師接到凱瑟琳的電話，他們已經好幾個禮拜沒說話了。

「牧師，感恩節快樂。」

「謝謝，也祝妳感恩節快樂喔。」

「您最近好嗎？」

「上帝今天叫我起床，真是太辛苦祂老人家了。」

雖然這是牧師的老玩笑，凱瑟琳還是咯咯地笑。華倫牧師都忘了，在電話事件發生前，凱瑟琳其實常常來找他。其一當然是為了宣洩喪姊之痛，其二是求他開導，或跟他一起讀聖經。凱瑟琳上教堂上得很勤，也把牧師當家人一般敬愛。有一次，牧師頭痛，偏偏不想醫治，還是凱瑟琳載他去看醫生。

「牧師，我今天想要幫忙送餐。」

「這樣喔。」

「您想可以嗎？」

華倫牧師猶豫了。畢竟他看過凱瑟琳製造出來的事端，那些抗議群眾、那些電視台的人，都是因她而起。

「當然可以啊，我們還是像以前一樣歡迎妳。但我覺得……」

一陣停頓。

「沒關係啦，我懂。」她說。

「真的很難——」

「不，不是，我——」

「搞不好我們——」

「沒事，我打來只是要祝您感恩節快樂。」

華倫牧師吞了吞口水。

「凱瑟琳，上帝與妳同在。」

他聽到她深深呼一口氣。

「牧師，上帝也與您同在。」

不是每個祝福都有一樣的效果。宣稱接到天堂來電的人說，接到電話時，會感覺一股療癒的光。但是很可惜，朵琳再也感受不到這樣的光了。一開始她的確很高興，後來這心情竟轉為深沉的憂愁，甚至是憂鬱。

她是在感恩節那天早上，才察覺到這種轉變。那時，她站在廚房裡，在估算晚餐要準備多少食材。數人頭時她想：露西、藍迪、我、兩個小孩和梅爾。她以為羅比會來，連他也算了進去，但是他不會來啊，現實並沒有改變。

在沒接到他的電話之前，朵琳的喪子之痛已經漸漸撫平。她和梅爾的婚姻遇到瓶頸，近兩年他經常念她：「夠了喔，活下來的人還是要過日子，往前看嘛。」

可是現在她又在開倒車了。羅比重新回到她的生活，可是這是個什麼樣的生活？一開始聽到他的聲音，她十分欣喜，但那心情轉變成令人騷動的不滿。朵琳沒有跟兒子重逢的感覺，卻突然發現他的死亡是那麼鮮明，就像當初剛接到死訊時一樣。時不時地突如其來接到電話？對話都很簡短？這些對話會不會來匆匆、去匆匆？此外，最糟的結局仍不會改變：那就是羅比再也不會回家了。他再也不會窩在廚房的桌子旁，肌肉結實的年輕身軀穿著鬆鬆的連帽外套；再也不會滿嘴嚼著吸滿牛奶的玉米片；再也不會赤腳在沙發上滾來滾去，拿遙控器在卡通頻道之間切換；再也不會開著老車大黃蜂載著短髮女友潔西卡出去，音樂開得轟轟響；再也不會突然從背後給朵琳一個熊抱，蹭著她的後頸，說：「媽咪媽咪媽咪媽咪。」再也不會了。

每個人都跟她說：天堂！這是妳兒子在天堂的證據。但是早在她接到電話之前，她就相信兒子上了天堂。不知何故，只存在於腦海中的天堂，還讓她比較好過些。

她抓住電話線，沿著線走到牆邊，突然，拔掉了電話線，線掉在地上。

她在屋內走動，拔掉所有分機電話線，把線繞在話機上，放進一個箱子裡。她從衣櫃拿出外套，開車穿過風雪，開到主要幹道的回收站旁。

不要再接到電話，不要再做無謂的抵抗，她這樣告訴自己。

已經不在的，埋藏起來才合乎自然，挖掘出土並不恰當。

都是海軍勤務之故，薩里和吉賽兒住過五個州。一開始是伊利諾州（他在那裡念大學），再來是維吉尼亞州、加州、佛羅里達州（居勒在那裡出生），還有密西根州的底特律郊區，薩里在那裡當後備軍人。後來他們在底特律定居，離兩人的原生家庭都很近。

不管他們住哪裡，每年感恩節，薩里的父母都會來看他們。但是現在情況反過來了，從薩里高中畢業後，這還是頭一遭。他又回到家庭聚會的餐桌上，旁邊坐著席歐叔叔、瑪莎嬸嬸，兩人都八十來歲。隔壁的老鄰居比爾和雪莉夫妻倆也來了。居勒吃飯吃到滿臉都是馬鈴薯泥。圖書館員麗茲也在，上週她念《老虎提利》的繪本給居勒聽時，居勒邀她來家裡過節，她馬上答應。

薩里要居勒再問過奶奶，才能邀麗茲來。「可以嗎？麗茲是我朋友。」居勒問道。

「當然可以啊。小乖乖。麗茲幾歲？」

「二十歲。」

母親轉身，挑眉看向薩里。

「等妳看到她的頭髮，再擺出那種臉色吧。」

其實私底下，薩里有點開心。麗茲就像居勒的大姊姊，薩里在做自己的事時，能放心讓她照顧兒子。除了圖書館，還有什麼地方更適合讓小孩閒晃呢？

薩里的母親端著火雞走進來，大聲宣稱：「上菜了！」

「烤得好棒！」席歐叔叔說道。

「哇！」麗茲歡呼。

「這雞還要提早一個月預訂呢。現在鎮上的市場一點都不可靠。這些瘋子來了之後，買個番茄醬都缺貨。」

「番茄醬會缺貨，還算什麼市場？」瑪莎嬸嬸說道。

「鎮上的香蕉也缺貨！」比爾說道。

「那交通情況怎樣？」雪莉追問。

「要不是太冷，我出門早就用走的啦。」

「沒錯！」

「我要香蕉！」

諸如此類的話題不斷，鎮上每張餐桌上幾乎都是這樣。家家戶戶都在回想，從奇蹟發生以來，鎮上起了多大的變化。大家抱怨、搖頭，然後繼續抱怨。

但是也有人提到天堂、信仰、上帝。跟過往比起來，現在有更多人禱告，更多人要求原諒。賑濟處的志工人數超過需求數量。教會提供的床位比需要的人還多。

雖然交通大亂，隊伍大排長龍，街上還擺了流動廁所，但是今年的感恩節，鎮上沒人餓到肚子，沒人無家可歸。這件事，並未記錄在任何人的日記本上，也沒有任何新聞報導，卻是千真萬確的。

「來敬酒吧。」

大家斟滿酒杯。薩里從席歐叔叔的手上接過酒瓶，看了父母一眼，然後直接傳給瑪莎嬸嬸。薩里再也不在父親面前喝酒了。韓戰時，父親佛瑞德．哈定在空軍服役。六十年之後，他依舊理著方方正正的軍人頭，看事情還是一樣正經八百。薩里大學畢業後，受訓成為軍官，他以兒子為榮。父子倆在薩里成長期間，話並不多。但是薩里的飛官之途一路升遷時，他們有了共通話題，可以比較現代和韓戰時代的軍備；韓戰時戰鬥機還很少見。

「我兒子開 F/A-18 喔。」佛瑞德得意洋洋地到處跟人講這件事，「飛行速度將近音速的兩倍哩。」

可是薩里的酒精檢驗報告出爐後，一切都變了樣。佛瑞德氣壞了。他責備兒子，任何一個菜鳥新兵都知道十二小時的基本規定。就跟看時鐘一樣簡單。

「你到底在想什麼啊？」

「爸，我只不過喝了幾杯。」

「要隔十二小時啊！」

「我那時候又不知道要飛。」

「那你應該跟上面的指揮官說啊。」

「我知道，你以為我不知道嗎？知道也改變不了任何事。而且我沒受到影響，都是航管員的錯！」

對父親來說，這件事似乎無關緊要，有一陣子其他人也不是很在意。飛機墜毀時，大家深表同情。當時他們覺得，還好另一架飛機平安降落，還好薩里彈射逃生沒事。至於吉賽兒，她是無辜的受害者，這對夫妻真是可憐。

但是酒測報告外流之後，輿論一面倒向批評薩里，就像摔角選手被對手鎖喉壓制在地。第一間搶到報告的報社下了這樣的標題：**飛官是否酒駕**？接著電視台也跟進，將疑問轉為指控。根本不管報告上的結果只是酒精殘留，也不管薩里駕駛當時根本沒受到酒精的影響。軍方採取零容忍政策，嚴正看待此事。再加上報告外洩又是當時的最新發展（媒體總是跟著風向跑），意外背後的故事遭到遺忘，薩里被推到檯面上，成為眾矢之的。再也沒有人想起飛行紀錄消失（之前從未有過這種事），也沒人問為何艾略特．格雷會逃離現場，造成一場車禍。

轉眼之間，薩里成了酒醉的痞子。某個尖酸刻薄的評論家說他「不負責任，才害妻子昏迷」。

薩里讀到這句話之後，從此拒看報紙。

他日復一日坐在吉賽兒的病床邊，她被轉送到離家人較近的大湍城醫院。薩里握她的手、摸她的臉，低聲說道：「寶貝要堅持下去喔。」一時間一久，她的瘀青消退，膚色變得比較正常，可是柔軟的身軀也逐漸萎縮，雙眼依舊緊閉。

好幾個月過去了，薩里無法工作，還燒錢請律師打官司。起初在律師建議下，薩里控告林頓機場的工作人員，但因艾略特．格雷已死，少數幾位目擊證人根本無濟於事，薩里只好撤銷告訴，專心為自己辯護。律師鼓勵他上訴，因為他站得住腳，陪審團也可能會同情他。但事實上，他一點都站不住腳。軍事法庭上的條文標示得很清楚：飲酒十二小時之內飛行，就是違反「海軍飛行訓練操作標準流程」（NATOPS），亦即海軍飛行鐵律。

除此之外，軍方還可以控告薩里損毀國家財物。當初究竟是誰在塔台闖禍並不重要，誰的太太是悲劇受害者也不重要，因為有兩名目擊證人看到薩里在飯店餐廳喝酒，可為飲酒時間作證。

他宛如置身地獄。或許更糟，他根本身處煉獄，一把刀懸在頭上。他沒有工作，妻子住院，父親以他為恥，岳父母拒絕交談，兒子又不停地要找媽媽。他噩夢纏身，變得討厭睡覺，但是真實世界慘若夢魘，他也不想起床。

薩里最在乎的，律師並不在乎。他最在乎的是時間。如果他認罪，就可以早點服刑，早點出獄，早點回到居勒身邊，早點回到吉賽兒身邊。

於是他不管律師團的意願，認罪了。

薩里被判十個月徒刑。

臨入獄前，他想起和吉賽兒說過的最後一句話。

我想見妳。

我也好想見你。

這些話，是他的經文、他的禱詞、他的冥想。這些話推動他前進，讓他保持信念——直到她死去的那天。

那一天，他所有的信念也跟著她一起死去。

感恩節晚上，薩里開車回公寓，居勒在後座睡覺。他把兒子抱到樓上的床上，衣服沒換就讓他睡了。薩里走到廚房，倒了一杯波本威士忌。

他隨意靠坐在沙發上，肚子飽飽的。他打開電視找到轉播美式足球賽的頻道，又把音量轉小，今天晚上剩下的時間，他要忘掉一切。

就在他眼睛快閉上時，他好像聽到一聲輕敲。他眨了一下眼睛。

「居勒嗎？」

沒有回應。他閉上眼，又聽到了。是門那邊嗎？有人在門邊嗎？

他站起身，從貓眼看出去，覺得心跳加速。

他轉動門把，拉開門——

艾力亞斯．羅伊站在他面前，穿著工程外套，戴著芥末色手套。

「可以跟你講一下話嗎？」他問道。

第十四週

新聞報導

阿皮納第九頻道

（艾咪站在主要幹道上）

艾咪：今天冷水鎮傳出驚人消息。凱莉．帕帖斯托之前聲稱過世好友從天堂打電話來，現在卻說整件事都是自己捏造的。

（凱莉召開記者會，鎂光燈閃個不停）

凱莉：我想告訴大家，非常對不起。我真的很想念我的朋友。

（記者大聲問問題）

記者：妳為什麼要這樣做？

凱莉：不知道……我想是因為，這樣做讓我好過一點。其他人都接到了電話。

（更多記者搶問問題）

記者：妳這麼做，是為了吸引人家注意嗎？

凱莉：（啜泣）真的很對不起。尤其是布蘭妮的家人，真的很對不起。

（艾咪站在主要幹道上）

艾咪：上個月在大會上宣布接到天堂來電的，現在只剩六人。到目前為止，沒有人改變說法，不過其中有幾位為凱莉感到難過，像艾迪．多肯以及傑．詹姆士。

（多肯和詹姆士入鏡）

多肯：她只是個小孩嘛，我相信她不是故意的。

詹姆士：而且也不會改變我們接到電話的事實啊。

（艾咪站在望稼堂前）

艾咪：前天，凱莉接受某個全國談話性節目的預錄，接著昨天向父母坦承實情。父母堅持要她說出真相。現在有些人聽到後表示：「我早就說了嘛！」

（抗議者的臉部特寫）

抗議者甲：一點也不意外。我們一直都說這整件事是場騙局！

抗議者乙：他們一直都沒證據啊。我告訴妳，到下禮拜就會有其他人承認這是假的。

艾咪：話雖如此，有人卻深信不疑。

（凱瑟琳入鏡）

凱瑟琳：上帝的愛，沒有半點虛假。如果有向眾人展示的必要，我就會去做。

（艾咪走在主要幹道上）

艾咪：凱瑟琳表示，她依舊計畫公開轉播她和姊姊的電話對話。若有後續發展，本台會為您掌握獨家消息。

（艾咪看著鏡頭）

我是第九頻道的艾咪．潘恩，在冷水鎮為您報導。

鎮長傑夫要祕書拿瓶裝水和小點心給客人。他要盡一切可能安撫這些人。

「好，我知道這件事有點出人意料……」

他仔細打量會議桌旁那些人的臉色。那些人之中，有四人是鎮上新開設的紀念品小店老闆，三人是全國性電視節目製作人，還有兩人是某運動用品廠商代表，在蘋果汁工廠附近賣帳篷和搭棚設備，還有三位女性來自宗教商品公司，加上一名三星代表。

傑夫繼續說：「我可以保證，事情還好——」

「才不好！」節目製作人之一的蘭斯打斷話頭。他頂著一頭鬈髮，穿著黑色高領上衣。「我們可能要取消節目！」

「很有可能會取消喔。」蘭斯的同事克林特附和道。

「凱莉不過就是個青少年，青少年就是會做傻事啊！」傑夫解釋。

「可是這樣一來就有風險啦。」蘭斯說。

「誰想被騙啊?」克林特說。

「他說的沒錯。整件事因此令人存疑。」三星的地區副主管泰瑞說。

「就因為她撒謊?其他人沒撒謊啊。」傑夫說。

「都一樣啦。大廣告看板的案子還是先緩一緩,看看後續狀況再說。」

傑夫聽了,緊咬下唇。三星跟鎮上租了八個廣告看板,有點自詡為電話事件「官方贊助商」的意味。傑夫跟他們談了個天價成交,現在三星竟想抽手?

傑夫得挽救局面。儘管他現在對凱莉氣得要死,想要大吼大叫,但他深吸了一口氣——

「我問你們,」他擠出最專業的笑容說道:「你們真的覺得其他人也在編故事嗎?他們可不是孩子,還有面子要顧啊。恩尼許・布魯阿可是個牙醫,看在老天的分上,他才不會冒著流失病人的風險撒這種謊。泰絲・瑞佛縵開托兒所,朵琳・歇勒思的前夫還是警長哩!撒謊這回事,我相信只是個案罷了。」

客人聽了安靜下來,有些人用手指敲著桌面。

「但整件事可能沒救了。」蘭斯說。

「已經引起大眾關注了啊。」克林特說。

「人家不是說,沒有所謂的負面新聞嗎?」傑夫又補了一句。

「那只對電影明星有效。」

「新聞報導才不是這樣呢。」

「賣手機也不是這樣。」泰瑞加了一句。

傑夫氣得咬牙切齒，再想想！再想想！

「好，大家放輕鬆。你看，我可是鎮長，說吧，你們需要什麼？」

「您是認真的嗎？」蘭斯環顧室內。「那些人說他們跟天堂講話，是吧？我們可以弄出一些證據來啊。」

其他人聽了都點頭稱是，包括傑夫。

說到證據，他念頭一轉，想到了凱瑟琳。

小鎮和城市的室內寧靜是不一樣的。在城市裡，窗戶一打開，寧靜就消失。但是小鎮裡，除了間或一、兩聲鳥鳴以外，從室內走到室外，幾乎沒有差別。

正因為如此，華倫牧師一直很喜愛冷水鎮的生活。然而今天白天小睡時，牧師被小鎮生活中從未聽過的聲音嚇醒：有人在窗外放聲大喊。

教會前，正反雙方擺開陣勢，很明顯是為了凱莉的告白而來。一開始他們只是拿著標語站著，雙方互瞪，後來有人開始唱讚美詩。最後變成有人大喊，某人也以吶喊回敬。現在呢，一方拿著**真有天堂，悔改吧！**的標語，另一方則是拿著**聞異聲，多瘋子**的標語，雙方只相隔吐一口口水的距離。

抨擊聲浪一波波席捲而來，言語威嚇一聲聲炸開……

「走開啦！」

「你們這群騙子！」

「讚美上帝！」

「去其他地方讚美啦！」

「我們在幫助全人類耶！」

「是在幫助他們自殺吧！」

「這裡可是美國，我有信教的權利！」

「可是你沒有逼人信教的權利啊！」

「上帝正看著你喔！」

「少在那邊騙人了！」

「拯救靈魂——」

「詐騙集團！」

「上帝的天使——」

「閉嘴！」

「下地獄——」

「根本是瘋子！」

「你才是瘋子！」

「滾啦！」

一人攻擊，一人反擊，兩方人馬吵得不可開交，就像水在兩個杯子間倒來倒去，倒得到處都是，每次傾倒，狀態都不一樣。標語倒了，喊叫聲變得模糊不清。大家推擠逃跑，有人跑去打架，有人敬而遠之。

華倫牧師雙手放在頭上，蹣跚地走出教會。「拜託你們，不要打了。」警車呼嘯而至，傑克跳出車外，跟著戴森一起跑到現場，大聲說道：「住手，大家住手，馬上住手！」但是人太多了，起碼有幾百人。

「幫幫忙啊！」傑克聽到有人這樣叫，然後傳來一聲：「救命啊！……這邊！」

傑克左顧右盼。他之前去巡邏，禱告的人幾乎都低著頭，這裡的抗議者肢體動作要大得多。

「快打給摩斯丘和登摩爾！」傑克大聲吩咐戴森。這種情況需要更多人手支援。大城市裡，警察配備有盾牌、防彈背心、頭盔、鎮暴裝，但是傑克只穿著冬天外套，腰上插著警棍和套在槍套裡的手槍。現場人這麼多，他不可能拔槍。在人群推擠之中，他眼見電視台記者和攝影師帶著攝影裝備，從街上跑來。

「退後！」他一邊吼、一邊踏入混亂的群眾中。「住手！」可是喊什麼都沒用。傑克要拿警棍，但一摸到棍子，就想到了羅比。他突然覺得兒子正看著自己，評斷他的每一個舉動。

傑克穿過人群，想要辨識方向。他看到有個穿著卡其色外套的年輕人，看起來跟羅比差不多年紀。那人舉手遮臉，喃喃禱告：「父啊，保護我。天父啊，保護我。」傑克趕緊跑去他身邊，接著就覺得自己的頭被重重打了一記。他勉強走到一旁，趴倒在地，視線模糊，頭破血流。此時，群眾的喊叫聲，好像燃燒落葉的輕煙那樣，飄到了以往寧靜的小鎮上方。

莎曼莎從五台烤麵包機中取出吐司，裝了滿滿一盤到眾人那裡。泰絲和好幾十名禱告者坐在地上。自從感恩節過後，泰絲每天都會邀他們進屋吃早餐。這些人會輪流進來吃個東西，然後換其他人進來。現在這些人之中，也有一些會去市集買麵包、果醬、玉米片。

一開始，他們的互動有點尷尬。雖然泰絲只穿著舊毛衣跟牛仔褲，大家還是把她當作神聖的神選者。她發現他們會猛盯著她瞧，以為她沒留意。

然而，這些人真正感興趣的，還是她接到的電話。她告訴他們母親說了什麼，他們全神貫注地傾聽。

「泰絲，不要工作得這麼久、這麼累。」

「為什麼？」

「停下來……欣賞神的創造。」

「天堂的時間是怎樣流逝的？」

「時間是人創造出來的……我們比太陽、月亮還要更高……」

「天堂有光嗎？」

「一直都有……但不是妳想的那種光。」

「什麼意思？」

「泰絲，妳還記得自己小時候嗎？我在家的時候，妳怕黑嗎？」

「不怕啊。我知道如果妳在，就會保護我。」

「天堂……也是這樣……沒有恐懼，沒有黑暗。如果妳知道有人愛妳……那就是光。」

泰絲這麼說的時候，那些祈禱者手牽著手，低頭微笑。

泰絲顯然也因為引述母親的話，深受感動。茹絲生前最後一年坐輪椅時，就像一尊活雕像，動也不動地讓泰絲梳頭髮、扣釦子、偶爾戴條項鍊。泰絲餵她吃東西，替她洗澡，她多希望能再聽母親說一句話。

離我們最近的聲音，我們往往撇過頭不聽。等到這些聲音消失了，才想要找回。

「妳母親……」一名帶著西班牙口音、戴著小十字架項鍊的女子開口說：「她是個聖人。」

泰絲眼前浮現母親在這張餐桌旁做火腿三明治或雞蛋沙拉的樣子。

「不是啦……」泰絲笑了。「她是辦桌的。」

薩里離開家具行，袋子裡裝著他們的支票。往門邊走時，女店員跟他說：「聖誕快樂。」聖誕節還有三週才到，但是冷水鎮的民宅和商家已經掛上彩色燈泡，許多人家門前也掛上花圈。薩里發動車子，打開暖氣，搓著雙手。他看看手錶，還有兩小時居勒才放學。他開到「一撥就通」通訊行，他和艾力亞斯約好在那裡見面。

薩里回想起上週，艾力亞斯出現在家門口那晚。薩里端了一杯酒給他，接著他倆坐在廚房的桌旁。

「我離開好幾週了，這可是第一次回來。」艾力亞斯說。他一直待在密西根上半島的私人小屋裡，躲避想要聯絡他的「那些瘋子」。他會回來，是為了和弟弟一家人過感恩節。但是他一看到鎮上現在的情況，到處都是小客車、貨車、隨地紮營的人、擁擠的人群，一看到這些人搞得鎮上面目全非，他就覺得在離開前，非要來找薩里不可。

「我一直想到那天你來找我。我一直在想，當初是否不該閉口不談……總之，如果我對你兒子有什麼影響，真是非常抱歉。」

薩里望向居勒的臥室，心想要不要給艾力亞斯看兒子枕邊那支藍色塑膠電話。不過他沒有這樣做，反而問艾力亞斯：「你當初怎麼會離開呢？」艾力亞斯說了尼克．喬瑟夫的事，說了他們的過往，還有最後尼克慘死的情形，還提到那通「你爲什麼要這樣做？」的電話，以及他把電話丟到密西根湖的事情。

聽完之後，薩里也告訴艾力亞斯，他相信整件事都是人為的，還發現那七人之中，有六人的手機都用同一個方案。當然，用不同方案的人就是凱莉。

艾力亞斯抬頭說：「天啊，我也用一樣的方案耶，那是幾年前申辦的。」

「這可不是巧合喔。」薩里說道。

艾力亞斯聳聳肩。「可能吧，但還是無法解釋為什麼尼克會打來。」

薩里垂下頭來，問題就在這裡！

「但丟掉手機之後，你就沒再接到電話了嘛，對不對？」

「我根本沒有手機了。」

「你要不要做個實驗？證明這件事是真是假？」

艾力亞斯搖頭。「對不起，我才不要。感覺好像在跟什麼人鬥法一樣。老實說，我之前真是要嚇死了。」

薩里用手梳梳頭髮，想要掩飾被拒絕的沮喪。這些人，不是著迷於和天堂通話，就是嚇個半死。怎麼都沒人想要揭發真相？

薩里看到艾力亞斯望向他背後。他轉頭，發現居勒站在走廊上揉著眼睛。

「爸爸？」

居勒探頭望進廚房門，接著下巴又垂到胸口。

「弟弟，你怎麼啦？」

「肚子好痛喔。」

薩里走過去把他抱起來，放回床上。他在床邊陪兒子坐了幾分鐘，摸摸他的頭髮，直到他再次入睡。等薩里回去桌旁，艾力亞斯雙手交疊，撐住額頭。

「他很想他媽媽？」

「非常想。」

「你真的覺得這背後有人在操控？」

「一定是。」

艾力亞斯嘆了一口氣。「那你想要我做什麼？」

薩里幾乎面帶微笑。「去買支新手機。」

艾咪開進高速公路加油站，在打氣機旁邊停下，車子沒有熄火。菲爾走出車外伸展四肢，像隻剛醒來的熊。

「呼，好冷喔！」他驚呼道，立刻停止伸展，開始興致高昂地閒聊：「妳想不想喝咖啡？」

「好啊，謝謝。」

「要加奶油嗎？」

「我喝黑咖啡。」

於是菲爾離開去買咖啡。

在菲爾堅持下，艾咪帶他來到冷水鎮，最近兩個月她幾乎是長駐在這裡。對菲爾來說，凱瑟琳宣布要公開電話通話，是一件需要親自監督的大事。艾咪不在意菲爾親自出馬。事實上她樂見他來，這樣他就可以看到她為電視台做了多少貢獻——她幾乎是住在這個「死水鎮」上，負責討好凱瑟琳。

凱瑟琳拒絕上全國性電視節目，是艾咪的功勞；凱瑟琳同意讓第九頻道優先轉播黛安的天堂來電，也是她的功勞。此次出訪，菲爾就會見到她的苦心了。沒有意外的話，這次事件將成為艾咪的試金石，讓她脫離週末新聞。她在平常日的出現次數，已經比同台其他記者都多了。他們打趣給她取了個綽號「冷水艾咪」。

她拿起電話打給未婚夫瑞克。

「喂？」

「是我啦。」艾咪說道。

「喔，嗨。」他語調下降，聽起來很不耐煩。

貝爾發明了電話，卻不用忍受電話對男女朋友產生的特別影響，因為他一生的摯愛瑪貝兒失聰，從沒拿過話筒，貝爾也從沒聽過她的聲音變得平板、無趣、好像身在遠方那樣。這種痛楚，貝爾從未經歷。現代人只聞愛人聲，不見愛人影，只好問「怎麼啦？」來猜測他們的心情。

「怎麼啦？」這幾週以來，這句話一直掛在艾咪嘴邊。她在冷水鎮傳新聞回棚內後，就打給瑞克關心他。他卻愈來愈抽離，愈來愈不耐煩。昨晚艾咪難得回自己公寓，才發現背後原因。

「妳想做的就是這種事嗎？」他逼問著，語調高昂，直接進入吵架模式。

「你什麼意思？」

「妳想從別人身上榨出稀奇古怪的故事，榨到乾為止？」

「瑞克，這就是新聞業。這是我的工作。」

「妳根本做過頭了。妳還睡在冷水鎮，天啊，我認識一些大主管，工作時間還比妳少哩。」

「你幹嘛管我，我可沒管你工作喔。」

「起碼我工作完會回家睡覺好嗎？而且我會講工作以外的事，妳現在每一句話都在講冷水鎮，講凱瑟琳講過的，講ＡＢＣ新聞怎樣，講報紙報得怎樣，講妳要怎麼打敗其他人，講妳也要有自己的攝影師。艾咪，妳聽聽看妳自己在說什麼好不好？」

「是，我很抱歉！事情就是這樣，可以嗎？每個成功的記者都是報過一條大新聞，才站上舞台！」

瑞克搖頭，嘴巴半開。「妳聽聽看自己在說什麼？舞台？什麼舞台？沒有什麼鬼舞台好嗎？我跟妳呢？妳一句都沒提耶，我們不是要結婚嗎？那結婚的舞台呢？」

艾咪打斷他，「不然你是要我怎樣？」一張臉氣得緊繃。

這句話不像問題，比較像威脅。

第十五週

朵琳和傑克還沒離婚時，她會去警局探班。警局離他們家不到一英里。有時她和小羅比會帶烤牛肉三明治給局裡的人吃。年輕警官會給羅比看他們的佩槍，小羅比很開心，媽媽則是很生氣。

自從離婚以來，朵琳已經六年沒去警局了。禮拜一早上，她出現在警局服務台，解下圍巾的時候，所有人都轉過頭來。

「雷伊，你好啊。」

「喔，是朵琳啊！」雷伊回應道，聲音很不自然。「妳最近好嗎？氣色很好耶！」

「謝謝你。」朵琳穿著老舊的冬日紅大衣，脂粉未施，她知道自己的氣色一點都不好。「可不可以幫我跟傑——」

「快到後面來吧。」傑克站在辦公室門邊說道。警局太小，小到前妻一來，你馬上知道。朵琳淺淺一笑，走到警局後頭。她跟戴森以及兩個不認識的人點點頭。進門以後，傑克關上門。

「梅爾不希望我來局裡。」她這樣開頭。

「喔……這樣。」傑克說道。

「我很擔心你，你傷得怎樣？」

「沒事啦。」他摸摸自己的頭，太陽穴上纏了一圈紗布，底下有條半吋長的疤痕。上週教會前的騷動，有人用標語砸他（事後評斷，此舉並非有心），他被打得當場跪下，過程全被電視台攝影機拍下。堂堂鎮上警長被打趴在地的影像，讓鎮上人心惶惶，州長還因此派遣六名州警到鎮上，無限期支援。這六人之中有兩人就是朵琳剛剛看到的陌生人，目前坐鎮在辦公室外頭。

「那時候一團混亂，你去幹嘛？」朵琳問道。

「我要阻止他們啊。那裡有個孩子，讓我想到……」

「想到什麼？」

「沒什麼。」

「想到羅比嗎？」

「這沒什麼。反正那時候我想幫他，我知道那樣做不聰明，但我現在沒事了。我自尊受的傷，比頭還要嚴重。」

朵琳注意到傑克桌上有一個相框，是他倆和羅比的合照，三人都穿著橘色救生衣。那時他們正參加快艇活動，羅比還是個青少年。

「傑克，我把電話線都拔掉了。」

「什麼？」

「我家的電話線全都拔掉了。我受不了了。」

「妳不想再跟他講話了？」

朵琳點頭。

「我不懂。」

她深深嘆了一口氣。

「接到電話並沒有讓我比較快樂。老實說，只會讓我更想他。」

她又看了照片一眼，泫然欲泣，卻還是擠出一個微笑。

「怎麼啦？」傑克問她。

「你看照片，看看我們穿了什麼。」

「穿了什麼？」

「可以拯救性命的東西呢。」

朵琳不知道，上週五傑克才跟羅比說過話。

「爸，你還好嗎？」

傑克覺得羅比是在問他的傷勢，便說了教會前的抗爭活動。

「我知道，爸，我覺得你好棒。」

「羅比啊，大家現在都不知道該如何是好。」

「很酷耶，什麼都好酷喔。」

傑克聽了皺起眉頭。這的確是羅比生前的說話方式，但他以為羅比現在的用語會有所不同。

「羅比——」

「要是沒有東西可以相信，他們就會迷失了。」

「嗯，我有同感。」

一陣沉默。「什麼都好酷喔。」

「兒子啊，我問你，你說的『終點不是終點』，是什麼意思？」

又是一陣沉默，比以往來得更久。

「終點不是終點。」

「你的意思是還有來生嗎？你朋友——柴克和亨利來過。他們提到一個樂團，你說的那句話是那個樂團的歌嗎？」

「爸，我愛你。」

「我也愛你。」

「爸？」

「羅比？」

「先懷疑……才會找到祂。」

「什麼意思？」

電話掛掉了。

整個週末，這段對話一直困擾著傑克。現在朵琳坐在他對面，跟他解釋為什麼她不想再接到兒子的電話，讓他又想起這件事。朵琳用面紙拭淚。

「我只是想到，應該告訴你這件事。因為你想跟他講話，我不是故意要剝奪你的權利。」

傑克端詳著她的臉龐，眼周已有皺紋，也浮出一些老人斑。自從他倆相遇、結婚、定居在冷水鎮以來，多年過去，他幾乎快要想不起兩人之間的感覺是什麼了。婚姻就像一座磚砌的炮台，愛情逐漸乾涸的時候，孩子就成了縫隙間的泥水。孩子走了，磚塊就只是互相疊著罷了。孩子死了，炮台也垮了。

「沒關係啦。他是想跟妳說話，不是跟我。」傑克說道。

薩里在黃色筆記簿上寫下標題**細節**兩字，重新檢視既有名單上的人名：泰絲．瑞佛緹、凱瑟琳．耶林、朵琳．法蘭克林（舊姓歐勒思）、恩尼許．布魯阿、艾迪．多肯、傑．詹姆士、艾力亞斯．羅伊。薩里用紅筆刪去凱莉．帕帖斯托的名字，喀答喀答按著筆心。

「ＣＳＩ，辦案進展如何？」

麗茲從她的桌邊看過來。居勒坐在一旁的小凳子上，替卡通大象著色。

「啊——」薩里深呼吸，身體前傾。「我正在想啊。」

「想什麼？」

「怎麼會有人知道這麼多其他人的細節呢？」

「死人的細節嗎？」

居勒一聽頭抬了起來。

「請斟酌用字好嗎？」薩里說道。

「抱歉。」

「我知道死人是什麼意思！我媽咪就是死人。」居勒大肆張揚，然後放下藍色蠟筆，選了一支紅的。

「居勒，你聽我說——」麗茲說。

「可是媽咪還是會說話，她以後會打電話給我。」

麗茲嘆了一口氣，走向薩里。薩里看著她走動時不協調的腿部和臀部，不由得眉頭一皺，不知道有沒有治療方法？她還這麼年輕，總會發現新療法吧。

「眞是抱歉。」她走到他身邊坐下。

「別在意。」

「你剛剛說的那些細節，有沒有讓你想到訃聞？」

「訃聞怎麼了？」

「寫訃聞的人一定很瞭解死者吧？」

「這我早就想到了。有個女的……」

「瑪莉亞．尼可里尼嘛。」

「妳也知道？」

「誰不知道？」

「她負責寫訃聞，保留的檔案一大堆。」

「嗯，然後呢？」

「然後呢？」薩里賊笑。「妳覺得是瑪莉亞嗎？如果瑪莉亞是背後主謀，我就把我的鞋子吃下去。」

麗茲搖頭。「瑪莉亞絕不會傷害任何人，只會聊天聊到他們煩死而已。」

「我就說嘛。」

「但她那些檔案，還有誰看得到？」

「誰都看不到。她保管得好好的。」

「你確定？」

「妳想說什麼？」

麗茲看著居勒畫圖，看到出神。

「我是這樣想啦。我以前上大學的時候，修了幾堂新聞課。我學到，如果要寫新聞，資料一定要備份，免得有人追查。『筆記和研究資料都要存檔』，他們都這麼教。」

「等一下！」薩里猛然瞪著她。「報紙？妳是說有人拿到這些備份檔案，然後操控整起事件嗎？從報社取得備份？」

她挑起一道眉毛。「而且還是你工作的報社。」

早知道當鎮長這麼累，傑夫就不出來選了。當初參選，只因為他對大權是手到擒來。他身兼數職：銀行行長、貿易協會會長、皮尼恩湖鄉村俱樂部的高級董事。多一個鎮長的頭銜，沒關係吧？拜託，當鎮長很難嗎？又沒有薪水，能有多累？

誰知道他在鎮長任內，會湊巧碰上該鎮史上最大的新聞呢？話雖如此，冷水鎮已經成為國際焦點，傑夫自然不會放過這個機會。即使凱莉無法抗拒名聲的誘惑而撒謊，引起不少爭議，他也不會因此退卻。

我們可以弄出一些證據來啊。節目製作人蘭斯不就是這麼說的嗎？於是週三下午，傑夫在芙瑞達餐廳作東請客，邀請蘭斯、克林特、警長傑克（傑夫要討論的計畫，需要安全方面的保障），以及關鍵人物——凱瑟琳。

傑夫邀請凱瑟琳時，她說得先跟「朋友」討論，也就是記者艾咪，而艾咪又說要跟上司導播菲爾討論。菲爾又要再跟聯播網的上司研究。不過後來傑夫喜出望外地發現，新聞台和克林特的談話節目，原來同屬一個聯播網。

傑夫很快就摸清了媒體的兩面性：他們一方面希望拍到所有新聞，另一方面又得確保其他人什麼都拍不到。

兩種願望，一次滿足。傑夫在銀行界呼風喚雨，這次能請到凱瑟琳、傑克、艾咪、菲爾、蘭斯、克林特同聚一桌，其人脈之深廣可想而知。聚餐時，傑夫發現所有人的手機都擺在桌上。他看著凱瑟琳的粉紅摺疊機，就是那支手機引起所有的事端。

芙瑞達給大家送上冰水之後，傑夫開口道：「今天感謝各位撥冗——」

「可以問一下嗎？」凱瑟琳打斷他的話，「為什麼要選這裡見面？這裡這麼擠。」

餐廳的確人滿為患。儘管坐在最後面，還是有人時不時看著他們。客人盯著看，記者忙拍照。但這景象，就是傑夫想要的。

「我以為光顧本地商家比較好。」

「我們不來，芙瑞達的生意也沒差啊。」傑克打岔。

傑夫望向傑克，他左邊的太陽穴還包著繃帶。傑夫回道：「也是，但人都來了。現在來談談我們爲什麼要來，好嗎？」

此刻，他的計畫即將現形。

一、凱瑟琳打算讓全世界聽到黛安打來的電話。
二、電視節目得確認這通電話並非造假。
三、其他「接到天堂來電的人」擔心凱莉撒謊會造成不良觀感。
四、第九頻道之前一直報導凱瑟琳的「獨家」新聞。
五、聖誕節快到了。

綜合以上五點，傑夫想出一個雙贏的計畫：就是凱瑟琳在鎮民面前接到黛安的電話，讓大家聽到她的聲音，同時由談話節目轉播，這樣一來即可消除對冷水鎮奇蹟萌生的疑慮。其他接到電話的人也可證明自己的清白，凱莉隨即被遺忘，整起事件搖身一變，成為動人的聖誕佳話。

此外，談話節目和阿皮納第九頻道同屬一個聯播網，菲爾和艾咪理應一同參與活動吧（傑夫真以為自己是電視台主管哩）？新聞和節目合作，不就是交叉促銷嗎？

「我們可以在阿皮納地區維持獨家嗎？」菲爾問道。

「我們沒差。」蘭斯說道。

「艾咪可以暖場嗎？」

「好啊。」克林特說道。

「場地要設在哪裡？」

「蘋果汁工廠那裡怎樣？」傑夫問道。

「戶外？」

「戶外不好嗎？」

「會受天候影響。」

「那銀行呢？」

「你想在銀行裡搞這個？」

「那教堂呢？」

「搞不好可以喔。」

「哪間教堂？」

「聖文森？」

「望稼堂？」

「鎮上高中呢？」

「可以考慮體育館。」

「之前就用過了——」

「停！給我停！這事情不能做，這樣不對！」

這聲大吼，讓整間餐廳頓時安靜下來。克林特和蘭斯雙眼直瞪，傑夫嚇得嘴巴半開。有人以為大吼的是凱瑟琳，因為她不想公開黛安的來電，讓全世界聽見。也有人以為是傑克，上次因群眾滋事而受的傷還沒好，又要再辦一場大型公開活動，令他心生不滿……

然而，這個喊停的人，以某種角度看來，才是這起事件的始作俑者——艾咪．潘恩。

「妳在幹嘛？」菲爾粗聲粗氣地吼她。

艾咪只是雙眼直瞪，瞪到出神，還沒意識到剛才是自己說了那些話。

艾力亞斯看著細碎的浪花打到湖岸邊。

他好喜歡站在五大湖邊看浪，水的律動可以讓他看得出神，看上好幾個小時。有個住邁阿密的朋友笑他：「不管你看多久，湖都不會變成海啊。」從小，每到夏天，艾力亞斯都會到湖邊划船、游泳。對他來說，湖岸觀景就像是心靈朝聖之旅。

週五清晨往北移動的途中，他暫時停下，享受幾分鐘的孤獨。他看見湖面浮著薄冰。慢慢地，冬天就要接管世界了。

他把手插進背心口袋，卻感到手機振動。那支手機，是他心不甘情不願在鎮上通訊行買的。這個「實驗」，他和薩里已經進行五天了，買了新手機之後，他誰也沒說。

這時他看著螢幕，顯示為**不明來電**。

他用力深呼吸，整整三次，就像準備跳水一樣。

接著他按下接聽鍵，問道：「你哪位？」

三分鐘之後，艾力亞斯撥通之前抄在紙上的電話號碼，雙手抖個不停。

「你說對了。」當薩里接起後，艾力亞斯邊抖邊說：「他剛剛打來了。」

「誰啊？」

「尼克。」

同一天晚上，華倫牧師站在擠滿望稼堂的信徒面前，他們是來參加查經班的。要是幾個月前，這種活動大概只有七個人會來吧，現在竟然來了至少五百人。

牧師開口說道：「今晚，我想要談嗎哪。大家知道嗎哪是什麼嗎？」

「是天堂的食物。」有人大聲回答。

「是神賜予的食物。」華倫牧師糾正他：「沒錯，嗎哪的確來自天堂。每天早上，以色列的子民在沙漠中流浪……」

「牧師？」

有人舉手打斷他，華倫牧師嘆氣。他今天頭有點暈，希望可以早點把布道講完。

「年輕人請說。」

「天堂的靈魂需要營養嗎？」

華倫牧師眨了眨眼。「我……我不知道耶。」

「我和泰絲聊過。她說她母親從沒提到營養的事。」

「凱瑟琳也沒說過哩。」另一個人說道。

「恩尼許・布魯阿是我的朋友。」一名中年女子起身。「我可以叫他去問問他女兒。」

「他女兒怎麼死的？」

「得白血病死的，那時她才二十八歲。」

「那妳什麼時候跟他說到話的……」

「拜託！肅靜！」華倫大喊。

信徒安靜下來，華倫牧師大汗直流，覺得自己喉嚨很痛，是不是生病了？最近他都讓年輕的執事約書亞主持查經班，但是今晚他覺得非得自己主持不可。

今天稍早，他聽到鎮長的計畫：轉播凱瑟琳和黛安的電話，讓全世界都看到。

華倫牧師體內的每根神經都在告訴他，這樣做是不對的，不僅不對，甚至是一種褻瀆，會產生可怕的後果。牧師想約鎮長碰面，卻被告知鎮長行程已滿。他打給凱瑟琳，她沒有接。聖經的教導提醒牧師要保持謙沖有禮，可現在他體內卻有一把火在燒，覺得自己像挨了一巴掌。

他當牧師已經五十四年了，難道連說「聽我一句」的資格都沒有嗎？他從前認識的人都怎麼啦？以往虔誠的凱瑟琳去哪了？以往樂見牧師發言的鎮長在哪裡？卡羅神父又怎麼了？其他神職人員呢？他們好像都把華倫牧師拋到腦後，然後奔向一道光，可是他覺得那本質上不是神的光。在這種瘋狂的情況下，連波堤女士都離開了。少了她，志工做事做得一團糟。以往有條有理的生活如今卻天翻地覆、破碎不堪。連簡單的查經班，華倫牧師都搞不定。專注！神啊，請讓我專注。

他開口說：「好了，回來講嗎哪，請跟我看……」

他戴著老花眼鏡看著聖經，擦去眉毛上的汗。

「……看出埃及記第十六章第二十六節……」

專注！

「耶和華跟摩西說：『有六天可以收取，第七天乃是安息日，那一天必沒有了。』」

他抬頭問：「有人知道後來發生什麼事嗎？」

一名身材矮小的年長女士舉手說道：「還是有人出去找嗎哪，對不對？」

「沒錯。第二十七節寫：『第七天，百姓中有人出去收，什麼也找不著。』」

華倫牧師又用手帕擦汗。「我們剛剛讀到，這群人得到最神奇的食物，上天的食物。很好吃，大家都很滿意，是最佳營養來源，可能還不會讓人發胖呢！」

有些人笑了。但是牧師有些頭暈，心跳比呼吸還快。繼續講，繼續講。

「可是後來怎麼了？有人不相信神說的話，雖然神說安息日不要去找嗎哪，他們還是去了。要知道，嗎哪是個奇蹟。眞正的奇蹟！」

吸氣、吐氣，把課講完。他這樣告訴自己。

「這些人，就算已經得到神的恩賜，卻還想要更多。」

吸氣、吐氣。

「那他們後來找到什麼？」

有人回答：「什麼都沒找到嗎？」

「比那還慘。神生氣了！」

華倫牧師抬起下巴，覺得光線似乎特別刺眼。

「神生氣了！奇蹟不能要求，不能預料！各位教友，發生在冷水鎮的事情，是個錯誤！」

信眾騷動，小聲低語。

「是錯的！」牧師再度重申。

信眾的低語愈來愈大聲。

「各位兄弟姊妹，你們知道嗎哪這個字是什麼意思嗎？」

大家左顧右盼。

「有沒有人知道它原來是什麼意思？」

沒人回答，華倫牧師嘆氣。

「它原來的意思是……『這是什麼？』。」

牧師又說了一遍。室內開始旋轉，他的聲音變得跟電話撥號聲一樣單調。「這是什麼？」

接著，他便倒地不起。

第十六週

貝爾發明電話，愛迪生發明「哈囉」。原本貝爾想用「AHOY」（水手招呼、警告其他船隻的用語，編按）當作電話的標準招呼用語。不過在一八七八年，對手愛迪生建議使用「哈囉」。雖然比較少人說，但是發音較為清楚。愛迪生預見電話溝通的未來，「哈囉」很快就成了標準用語。愛迪生還在發話端加入碳粉壓縮器，大幅提升信號傳輸品質。

然而，不管愛迪生做了什麼，都比不上當初貝爾發明電話時引發的集體騷動。直到一九二〇年左右，愛迪生告訴某家雜誌社，他正在進行「鬼魂電話」的研究。這種電話，或許未來能讓生者與死者通話。

「我相信生命就和物質一樣，是不滅的。如果人能以另一種形式存在，而這種形式又想和我們通話……鬼魂電話起碼讓這些人比較好溝通。」

報導刊出後，回響熱烈。編輯收到六百封信，許多人要求使用鬼魂電話。即使後來愛迪生暗示他只是在開玩笑，時至今日，還是有人研究這項神祕發明的蛛絲馬跡。

至於密西根冷水鎮即將轉播第一道天堂之聲的消息，同樣引發軒然大波，要是在愛迪生的時代，信件大概會把他淹沒吧。

通往冷水鎮的道路回堵了數小時，州長派出數十名州警沿線站崗，八號幹道上每一英里站一名，湖濱路上則是每一百碼站一人。拖車開來了，旅行車、休旅車，連校車都來了。鎮上盛況可比流星雨、日蝕、千禧跨年活動，吸引了好事民眾、虔誠信徒，以及單純想見證歷史的民眾前來。宗教狂熱分子和無神主義者也受到吸引前往，他們覺得用這種方式見證天堂，不但瘋狂，而且褻瀆神明。

轉播開始時間，預定在聖誕節前三天的週五下午一點，地點是鎮上的高中美式足球場，還會搭建舞台、配置喇叭。他們最終還是安排在戶外舉行，因為沒有夠大的室內場地。傑克公開表示，自己從頭到尾反對這場轉播，不會負責室內安全。他認為在室內舉辦的話，到時候一定會有群眾擠進去，難以想像的踩踏事件或火災風險將大大提高。

艾咪也不會報導這場轉播，她被叫回家裡。菲爾替她不專業的態度道歉，其他人也不知道她當時是怎麼了，怎麼會喊「**停！**」，還拒絕討論她跟了數月之久的新聞。「可能是累壞了。」菲爾說：「累了就會做出蠢事嘛。」另外請來一線主播取代艾咪的位置。

這場轉播是否可行，當然取決於凱瑟琳．耶林。她要求給她一天的時間考慮。

週五清晨，她在床腳禱告幾小時之後，手機響了。她知道是黛安打來的，一接果真是她。

「小妹，妳今天開心嗎？」

凱瑟琳的情緒一股腦地傾洩而出，她說她很沮喪，還提到那些抗議民眾、那些懷疑她的人、那些不相信她的人……

「黛安，妳可不可以在大家面前跟我講話？好讓他們知道這一切是真的。知道我才是第一個接到電話的人。」

話筒中傳來沙沙聲，然後——

「什麼時候講呢？」

「他們想要下週五轉播。這些人喔……我不懂。黛安，我這樣做是好是壞？我真的很迷惘。」

「凱西，妳眞正想要的是什麼？」

凱瑟琳帶著眼淚笑了。即使黛安身在天堂，還是掛念妹妹的需要。

「我只想要大家相信我啊。」

沙沙聲更大了。

「黛安……妳還在嗎，黛安？」

過了許久，黛安總算回答了。

「凱西，我一直都在。」

「妳一直都在。」

「禮拜五。」

接著是一片沉默。

《北密西根週報》變得比以往更忙碌。最近幾週，報紙張數增為原來的兩倍，多出的部分主要為鎖定外地客的廣告。榮恩．簡尼斯請來自由記者撰寫報導。原本報社有兩名全職記者：一個是六十六歲的艾伍德．居皮斯，他在鎮上已經待了幾十年；另一個是二十四歲的瑞貝卡．周，艾伍德退休後預定由她接手。現在，每次發刊，這兩人起碼要各寫五篇稿子。

在週報工作兩個月以來，薩里從沒看過編輯部那邊的人，也不想看見，他自己那段過往，加上新聞業的特性，他認為鐵定會被問一堆不答也罷的問題。

然而，現在薩里有必要留在報社。麗茲的說法不無道理，報社裡也許有人趁機閱讀瑪莉亞的訃聞資料。不僅能獲知死者的大量細節，加上記者的職業之便，有門路挖到死者的電話號碼、個資、過去歷史、個人背景等等——還有什麼地點比報社更適合密謀這起事件呢？

榮恩．簡尼斯說：「大家開始幹活吧。」他把編輯部和業務部的所有員工叫到會議桌前聽訓，難掩激動神情。他站在白板前，藍筆直戳板面。

「這一週是最重要的一週……」

散會之後，薩里裝作沒事走向艾伍德。他一頭白髮，鼻梁凹陷，雙下巴又長又垂，從嚴密的領口垂到打得死緊的領帶。艾伍德先透過牛角眼鏡打量薩里，然後才伸手跟他自我介紹。

「你是業務部的，是吧？我是艾伍德。」

「我是薩里文・哈定。」

「嗯。」

薩里愣了一下，那個「嗯」是什麼意思？

艾伍德問：「你在這待多久啦？」

「大概幾個月了。你呢？」

艾伍德乾笑幾聲。「你出生前我就在這嘍，是吧？」

「你怎麼看這些事情？我是說最近這些電話的事……」

「真是我報過最糟的新聞了！」

「那你覺得這件事好嗎？」

「好？」艾伍德聽了瞇眼看他。「我想想。事情發生之後，大家變得比較規矩，是吧？商店竊案一件都沒有。鎮民開始跟牧師談話，教堂座無虛席。從來沒人這麼認真禱告，是吧？你覺得這是好是壞呢，哈定先生？是好事嗎？是吧？」

薩里心想，要是艾伍德再說一次「是吧？」，就要搧他耳光。

不過他還是說：「我猜你要寫的報導真的很多。」

「事發以來，一直沒停過。」艾伍德嘆氣道：「除了週五晚上的冷水之鷹球賽，幾乎沒報過其他新聞了。我還是很喜歡美式足球，是吧？今年成績不太好，只贏了三次。」

薩里趕快把話題拉回來。「有沒有人找到艾力亞斯．羅伊？他不是頭幾個接到電話的嗎？」

艾伍德先左顧右盼，才遮遮掩掩地說道：「他這禮拜回鎮上嘍，好幾個人看到他。」

「那他怎麼沒站出來呢？」

「何必呢？可能打來電話的人，是他不想接的人。都沒人想到這點，可是我有想到！」

薩里握緊拳頭。

「那是誰打給他？」

「不能說。我要保護線民。」

薩里聽了，硬是擠出假笑。「拜託嘛，我們不是站在同一邊嗎？」

艾伍德說：「嗯，不是喔。你們管錢的和我們寫新聞的，絕對不會站在同一邊。」

語畢，艾伍德開玩笑似的拍拍薩里手臂。薩里的腦袋高速旋轉，他感覺話題就快結束了，但還有好多事要問。

「欸，說到管錢的，我今天要去一個客戶那裡，戴維森父子禮儀公司。你跟他們熟嗎？」

「熟？我都六十六歲了，你覺得我參加過幾次葬禮？總之，那家老闆是我的老朋友。」

薩里心想，好啊，這傢伙和荷瑞斯狼狽為奸。

「我上次才和那邊一位女士講過話，她叫瑪莉亞，她說她寫——」

「寫訃聞嘛，我知道。」艾伍德做了一個鬼臉。「這種作法，我從不認同。跟廣告客戶收錢，然後他們又幫你寫訃聞？」

「我知道。」薩里想到瑪莉亞的檔案，說：「我也覺得很奇怪，怎麼知道我們刊的訃聞正不正確？有人對過細節嗎？」

艾伍德咳了兩聲，像攝影機搖攝地平線那樣，仔細掃視薩里的臉。

「你很關心這件事，是吧？」

薩里聳聳肩。

「你怎麼這麼好奇啊？」

「也還好啦。」

艾伍德摸摸下巴，問：「哈定先生，你相信天堂存在嗎？」

薩里看著地板，心想才不信咧。他眨眨眼，回看艾伍德。

「你為什麼會問這個？」

「沒有為什麼。只是自從人類誕生以來，就在思考天堂到底存不存在。這禮拜五或許可以看到一些證據。這可能是有史以來最大條的新聞喔，你說是不是？」

薩里沉默了一陣子，才說：「只要天堂是真的，我就信。」

艾伍德又「嗯」了一聲，嘴唇緊閉，擠出僵硬的微笑。

薩里決定放手一搏，問道：「誰是尼克——」

突然有人在他肩上重重一拍。

「你們是在聯誼嗎？」榮恩大聲問道：「改天再聊好嗎？有好多工作要做呢。薩里，這是你要拜訪的名單，快去忙吧。」

話一說完，榮恩領著薩里離開。他回頭越過老闆肩頭一看，發現艾伍德也走回辦公桌了。榮恩跟著薩里走向門口，一路說個不停，提醒他這週預估流通量會達到報社史上最高，所以廣告費要加收一倍。

「跟大家說，這機會可是一生一次喔！」榮恩邊說邊幫他開門。「這樣他們就會掏錢了。」後來薩里站在雪中，呼出冷冷的氣，想要釐清方才那番話語。他是否更靠近問題核心了？還是離得更遠了呢？他看到有人從街道遠方的巴士下車，更多外地人來了。他聽到了教堂鐘響。

「哈定！」

他轉身一看，是艾伍德從門口探身向外。一臉賊笑，沒說其他的話。

「幹嘛？」薩里問他。

「上個月我在球場上叫你，你怎麼沒應我啊？」

薩里愣住。「是你叫我？」

艾伍德咂咂舌頭。「你過得很辛苦，很多人都知道。不要管那個喊『加油』的白癡了，他只是喝醉酒，是吧？」

語畢，他關上門。

薩里摔機後，週報確實有報導。當初的新聞標題是**空中對撞，飛官曾為鎮上居民**。報導是艾伍德寫的，基本上只是綜合美聯社的新聞內容，不過艾伍德看到新聞後，打電話給薩里的父親，加了幾句他的話。

佛瑞德說：「我兒子的為人，我知道，他飛得超好。一定是塔台的人闖了禍，希望他們查個明白。」

但是沒人查出真相。艾略特．格雷死了。對他所知也僅限於：他接手這個工作時間不到一年，之前在其他三州做過類似工作。至於塔台的通話紀錄，不是一片空白，就是毀損到無法辨識。一開始有人猜測，是艾略特．格雷本人想辦法下的手，不過要毀掉紀錄，要有專業知識和足夠時間才做得到。既然事發之後，艾略特馬上就和吉賽兒相撞，這個想法很快就被推翻，一般認為紀錄設備只是剛好失靈罷了。此外，那時塔台沒人，因為相關人員都出去處理西斯納飛機了。那台飛機降落時先撞上電線杆，然後以機腹迫降在跑道旁的草地上。

西斯納飛機機身凹陷，方向舵裂開。薩里的引擎可能吸進部分方向舵碎片，才會墜機。該機駕駛表示，他完全沒看到F/A-18，而且塔台還指示「二十七號右側跑道清空」，薩里聽到的也是這句。當初有許多人關切這一點，可是薩里的血液檢測報告公開之後，風向就變了。

週報當初的報導，也有提到報告的事。

薩里從未讀過週報報導。不過每晚當他坐在牢房中，就會回想當初自己聽到的指示二十七號右側跑道。他想，僅僅一個人的聲音，一個透過纜線傳過來的聲音（如果沒有電話，這種科技應該很難想像吧），竟然徹底改變了他的一生？

傑克有很多年沒做鬆餅了，但他很快就回想起來——尤其是做到第九鍋之後。他用兩個平底鍋和一個烤盤煎烤。煎完之後，泰絲把鬆餅盛到大盤上，端到客廳給客人吃。從感恩節開始，這棟母親留下的房子成了眾人的休息站，總是坐滿訪客（泰絲不想叫他們崇拜者）。他們坐在地上，問泰絲從天堂來電的母親說了什麼，給她什麼建議。電話固定在廚房牆上，泰絲不准任何人進去——除了莎曼莎和露露以外，現在還多了一個傑克。如果電話響了，她就拖著長長的電話線，跑到儲藏室裡接聽。

從上週起，傑克早上上班前都會過來這裡一趟。外面的抗議群眾和媒體都瘋了，所以他上工前，都先來這裡一個小時，坐在老式的廚房裡，聽盤子和銀質餐器發出的碰撞聲。他喜歡泰絲不開電視，喜歡廚房裡一直有烹調食物的味道，喜歡常有小孩跑來跑去。

傑克最喜歡的，其實是黏在泰絲身邊。他經常刻意移開眼神，以免洩漏自己的情感。泰絲最讓他著迷的一點，是她再度聽見母親的聲音時，那份真心的謙卑。其實她很掙扎，就跟傑克聽到羅比時一樣。但是泰絲不想引人注意。

基於這個原因，傑克想說服她不要參加禮拜五的轉播。

「妳何必蹚這趟渾水呢？」傑克在廚房裡問她。

她想了一下，示意傑克跟她進去儲藏室講。

「我也知道啊。」她小聲說，邊往裡面走。「可是我問媽媽，她說：『告訴大家。』所以我應該把這件事講出去吧。」

「意思是說，如果妳不講——」

「就好像做錯事一樣。」

「像是某種罪過嗎？」

「類似啦。」

「是卡羅神父說的嗎？」

泰絲點點頭。「你怎麼知道？」

「妳聽我說，我也有在上教堂，但——」

「我不會像凱瑟琳那樣誇張——」

「對，她根本就是瘋了——」

「可是如果有人問我接到電話後有什麼感想，難道我可以獨享而不說嗎？」

傑克沒有回答，顧左右而言他：「其他人也會去轉播現場。」

泰絲眨眨眼。「可是你不會去。」

傑克別開頭。「我前妻不想再跟羅比講話了，她說接到電話讓她非常悲傷。」

「那你呢？」

「我不會心情不好。我喜歡聽到羅比的聲音。但我……」

「怎樣？」

「說不上來。」

「你懷疑？」

「可能吧。」

「先懷疑，才會找到祂。」

傑克看了泰絲一眼。這句話，羅比不也說過嗎？

「你這裡會痛嗎？」泰絲溫柔地問他，摸摸他頭上的傷口。好像一撫過他的皮膚，她的手勁就化了。

「不會痛啦。」他愣愣地回答。

「好像快好了。」

「對呀。」

現在，他們之間僅隔幾吋。

「你為什麼這麼擔心這場轉播呢？」

「因為……我沒辦法保護妳啊。」

話說出口，傑克才發現自己說了什麼。泰絲笑了，彷彿在凝視那些話語在她眼前蒸發。

「好感人。」

泰絲親了傑克一下，輕輕的一下。然後兩人尷尬地往後彈開，同聲說了「抱歉」。泰絲低頭走出儲藏室，訪客看了馬上叫住她。

傑克人還在原地，可是心早就飛了。

在鎮上，有個地方最不可能吸引人潮，但現在連那裡都萬頭攢動。那就是鎮立圖書館。白天，外地人來館裡搜括有關鎮上歷史的書籍和文件，雜誌撰稿者來找採訪題目的資料，其他人則是來討地圖。圖書館員只有麗茲一人，忙得應接不暇。

但是晚上六點閉館之後，她會關掉外面的燈，讓薩里進來，默默進行調查。星期二晚上，離轉播還有三天，薩里帶著一名男性從後門溜進來。那個男人體型壯碩，穿帆布外套，戴羊毛帽。

「嗨。」薩里打招呼，沒說那男人是誰。

「嗨。」她回道。

「我們要去那邊講講話。」

他倆窩在擺電腦的角落。薩里拿出筆記簿。那名男子就是艾力亞斯，他緩慢而有條理地重新審視他和尼克．喬瑟夫的對話。

尼克開口說：「艾力亞斯，你之前躲去哪裡了？」

艾力亞斯說：「不要來找我。」

「你得幫我做件事情。」

「我沒必要幫你做事。你為什麼要打來？」

「你得照顧……」

「照顧誰？」

「你得照顧尼克。」

「我有想過要照顧你，能給你的機會我都給了！」

薩里停筆，問道：「那他說什麼？」

「什麼都沒說。」艾力亞斯說道。

「我們說好要問的那個問題，你有沒有問？」

「我有問，但……」

艾力亞斯和薩里之前列出一些該問的問題，希望幫助他們釐清來龍去脈。其中一個問題是：「你從哪裡打來的？」

「你明知故問。」尼克回道。

「所以他都沒提到『天堂』嘍？」薩里問。

「沒。我還問了兩次呢。」艾力亞斯說。

「那你有問他同事的事嗎？」

「有啊。我問他：『你講講以前工地夥伴的事吧，他們叫什麼名字？』結果他什麼也沒說，我只聽到一堆訊號雜音。」

薩里覺得奇怪，尼克怎麼不回答呢？如果他真是尼克，這問題應該很簡單吧？而這支手機，艾力亞斯幾天前才在傑森那裡辦好，他怎麼有辦法得知號碼打來呢？

薩里托腮問道：「你還說了什麼？」

「就像我們之前討論的那樣，我問他：『上帝看起來是什麼樣子？』一開始他沒回話，只有雜音傳來。接著他又說了一次『尼克』，然後……」

他語氣暫停。

「然後怎樣？」

「然後，我什麼都還沒說，他就說：『艾力亞斯，要做對的事情。』」

艾力亞斯哭了出來。「我真的覺得很困擾。以前他就是個問題人物，你知道嗎？還到處占便宜。但一發現他死了之後，我就一直……」

「一直怎樣？」

「心情不好，好像我做錯事一樣。」

「但是你——」

「**天啊！**」麗茲尖叫。

「怎麼了？」薩里猛地扭過頭去。

「那邊有人！」

「哪邊？」

「窗戶那邊。」

薩里跳起來趕往窗邊，但是那人早就跑了。

麗茲努力平復呼吸。「唉，對不起，我只是嚇一大跳而已。玻璃上有兩隻手……」

話還沒說完，薩里已經衝出門外。他看到一台藍色汽車駛離，匆匆趕回館內。

「那人是男的還是女的？」

「男的。」

「老人還是年輕人？」

「看不出來。」

麗茲垂下頭來。「我不是故意要這麼大驚小怪……」

「沒關係啦。」薩里又轉頭看著窗戶，然後回看艾力亞斯。

「你跟艾伍德．居皮斯見過面嗎？」他問道。

同一天晚上，凱瑟琳穿著絨毛浴袍，坐在廚房吧台前，一邊喝蔓越莓汁，一邊看著相框。照

片裡是少女時期的兩姊妹，身穿泳衣站在沙灘上，手裡拿著第一名的錦帶，那是參加雙人勇渡密西根湖一英里挑戰賽的證明。那時，年輕的兩姊妹四肢纖細，膚色健康，臉龐曬成了古銅色。

「小妹，我們真是好搭檔。」黛安這麼說。

「妳游得比我快啦。」凱瑟琳說。

「才沒有呢。有了妳，我們才會贏。」

凱瑟琳知道，姊姊說的並非事實，因為黛安游得比鎮上任何一個女孩都要快；她這麼說，只是想提升妹妹的自信。唉，凱瑟琳真的好想念黛安與她相處的態度。親人與你相處的方式，讓你又找回自己。有時候，這就是你最懷念他們的地方。

「陪妳一下，不介意吧？」

凱瑟琳抬頭，看到艾咪站在樓梯最底下的一階。她穿著耶魯的黃色運動上衣和鬆垮的藍色運動褲。

「當然不介意啊，過來坐吧。」

「謝了。」

艾咪輕巧地走過去，坐在小凳子上。

「妳念過耶魯？」

「是前男友念過。他什麼都沒留下來，只留了這件衣服。」

「喔。」凱瑟琳盯著自己的蔓越莓汁。「比我前夫留給我的多啦。」她抬起頭問：「妳要喝點什麼嗎？」

「要，想喝得不得了。」艾咪說。

過去二十四小時，艾咪開了三百二十六英里的車。菲爾不讓她報導冷水鎮的新聞後，她就回到自己在阿皮納租的樓中樓，卻發現屋內有一半空了，瑞克也走了。他留下一些書、一堆髒衣服，冰箱裡有包著的三明治，櫃子裡還有一盒能量棒。他留下一張紙條，寫道：「如果妳有時間，我們再談談，瑞。」她覺得這紙條讀來十分諷刺，因為她現在什麼都沒了，時間最多。她拿起手機要打給瑞克，想著要怎麼道歉。可是她看著手中的手機，卻從未真的打出去。

她不打電話，反而衝進車裡，又開回冷水鎮。她把車停在格寧漢路上，和兩名州警周旋一番，才走到凱瑟琳家的後門。

凱瑟琳門一開，艾咪怒氣沖沖地說：「非得親眼看到轉播不可！這是我應得的。不管他們用不用我，我都要看。」

「我去幫妳鋪床。」凱瑟琳說道。

其實，凱瑟琳一點也不想要艾咪離開。自從電話事件開始之後，她只相信艾咪一個人。艾咪在芙瑞達餐廳崩潰，大聲喊「**停！**」、全身發抖、不發一語的時候，凱瑟琳開始擔心她的健康，認為她該好好休息了。但就在她崩潰的隔天、凱瑟琳答應轉播來電之後，才發現艾咪已經被拔掉了。

阿皮納的一線主播早就巴望著親上火線，報導冷水鎮新聞。菲爾得順著他，因為他提升了收視率。更何況艾咪已經達成任務，加上她那次義憤填膺地大暴走，菲爾便順理成章把她給換掉。

現在她倆坐在安靜的廚房裡，凱瑟琳喝蔓越莓汁，艾咪喝紅酒。這是她倆第一次對話時，沒有攝影機架著。談話內容也從天堂、來電移轉到男女關係。凱瑟琳提到她的前夫丹尼斯，他離婚一年後搬到德州去了。在離婚協議宣判前，他想盡辦法讓自己看似一貧如洗，所以凱瑟琳幾乎沒拿到贍養費。但同年稍晚，他竟然買了一艘船。

「男人怎麼好意思？」凱瑟琳質問。

艾咪聳聳肩。在她的感情生活中，瑞克是第三個工作受害者。她得到第一份工作時，大學男友跑了，因為工作的電視台在北達科他州的波福，非常偏遠，主要負責播報穀物新聞。第二任認真交往的男友，則是極度喜歡電視業，喜歡得有點過火，以至於艾咪晚上在剪片室剪得焦頭爛額時，男友拐了二十二歲的體育新聞金髮妹跑了。現在兩人住在喬治亞州的高爾夫球場附近。

瑞克和他們都不一樣（起碼艾咪覺得他很不一樣）。他自己也是專業人士，身為建築師，很瞭解長時間工作和辦公室文化的辛酸。不過很明顯地，他並不懂什麼叫作「追新聞追到底」，或是不懂冷水鎮這條新聞為什麼要追成這樣。

「都是我的錯。」凱瑟琳說。

「是我的錯啦。我事業心很重，會因為幾歲沒達到什麼目標、幾歲沒怎樣，而對自己生氣。

事業對我來說真的很重要，我以為他也這麼覺得。我以為愛不就是這樣嗎？」艾咪說。

她摸著酒杯杯底，「可能我們想一意孤行的時候，就會這樣騙自己吧。」

「才不是呢，離開妳是他的損失。妳看看，妳多棒啊。」凱瑟琳說。

艾咪用力瞇眼，一副快要笑出來的樣子。

「謝謝了。」

「妳知道黛安以前都怎麼說嗎？」

「怎麼說？」

「她說，如果妳找到真正的好友，就比大多數人富有。如果好友剛好是妳老公，那是上帝保佑。」凱瑟琳停了一下又說：「如果那個好友是妳姊姊，不用覺得可惜，起碼姊姊不會跟妳離婚。」

艾咪笑了。「我沒有時間交朋友。」

「沒有嗎？」

「一直在忙工作啊。妳呢？」

「我是有時間，但是大多數人都受不了我。」

「不要那樣講嘛。」

「真的啊。我太咄咄逼人，總是想吵贏。黛安以前都說：『凱西啊，看看妳的鞋子是不是著火了，妳剛剛又燒掉一座橋了（斷絕後路之意，譯按）。』」

艾咪聽了呵呵笑。

「自從她過世之後，再也沒有人那樣跟我說話了。」凱瑟琳說：「我就像在迷霧中摸索，希望能再聽到她的聲音。所以我接到電話時，才會相信這是真的。她是我姊啊，只要我需要她，她都會在。為什麼她不可能回到我身邊？」

艾咪緊咬嘴唇，才說：「凱瑟琳，這些人其實都不關心妳。」

「哪些人？」

「電視台的人，」她嘆氣。「包括我。」

一陣沉默。

凱瑟琳輕聲說：「我知道。」

「他們只不過想挖新聞罷了。」

「我知道。」

「瑞克說得沒錯，我們從別人身上挖新聞，挖到不能再挖為止，然後閃人。焦土政策。」

「我知道。」

艾咪整個人轉過來，正視凱瑟琳。

「這件事，我也有份喔。」

「妳已經不是他們的一分子了。」凱瑟琳微笑。「因為妳有喊：『停。』」

「因為我覺得這樣做很怪，感覺像在『做』新聞，而不是報新聞。」艾咪吐一口氣。「但我那時還是想繼續跟下去。」

「我知道。」

「因為那樣可以幫我升官。」

「我知道。」

「現在待在這邊的人也想要報妳的新聞，才會這樣煩妳。妳明白嗎？」

「明白呀。」

艾咪十分不解。「如果妳都明白，為什麼還要蹚這渾水？」

凱瑟琳往後一靠，似乎想好好審視自己接下來要說的話。

「黛安下葬的那天，我回家盯著牆看。我想跟神祈求一個徵兆，讓我知道她安然無恙。我想知道就算她不在我身邊，起碼也在神的身邊。我每天祈求，求了整整兩年。就這樣，手機響了，是她那支貼著高跟鞋貼紙的粉紅手機。我留著那支手機，是為了保留對她的回憶。」

艾咪愣愣地盯著凱瑟琳。

「妳不懂嗎？神回應了我的祈求。祂給我夢寐以求的恩賜，讓我聽到姊姊的聲音。如果神這樣做，只是希望讓眾人明白祂真的存在，作為回報，我能拒絕嗎？我能不公開嗎？以前，人只是站在山上傳福音，但是現在——」

「現在有電視？」

「嗯，差不多就是那個意思。」

「但如果——」艾咪緩緩問道：「她沒打來呢？」

凱瑟琳雙手交疊放在吧台上。「她會打來。」

好一陣子，兩人只是盯著眼前的玻璃杯，什麼也沒說。

「我之前騙了妳。」艾咪低聲說道。

「什麼時候？」

「我之前說我信神，其實我不信，真的不信。」

凱瑟琳慢慢前後搖動身體，說：「也許到了禮拜五，妳就信了。」

隔天午餐時間，薩里再度前往戴維森父子禮儀公司。等到荷瑞斯上車開走，他才匆匆鑽進門，走在靜謐的走廊上，前往瑪莉亞的辦公室。

「嗨，又是我。」薩里邊說邊探頭進去。「荷瑞斯在嗎？」

「糟糕，他去吃午餐了。」瑪莉亞答道：「你一來找他，他就去吃飯。」

「我可以等。」

「你確定要等嗎？他才剛走耶。」

「我們要發重要的特刊，他可能會有興趣。」

「喔，我想也是。」

「真是瘋了，是吧？鎮上這些事情。」

「的確。今天早上上班，花了我二十分鐘，我家離這裡只有一英里……」

一陣輕柔的鈴聲響起，打斷他倆的對話。瑪莉亞抬頭望向小監視器，說：「不好意思。」然後起身說：「我真搞不懂，這些人明明就可以自己進來啊，門從沒鎖過。」

一秒之後，辦公室就只剩薩里一人了。

他望向瑪莉亞的檔案櫃，呼吸加速。今天他來，本來是要確認其他人（尤其是艾伍德）是否看得到瑪莉亞的謄寫稿。轉眼之間，那些稿件變得唾手可得。他從來沒偷過東西，也沒有理由要偷。但他想到禮拜五的轉播，想到圖書館窗外的偷窺者，想到艾伍德問他的奇怪問題，想到自己沒有蒐集到足夠的資料……

可是那些資料，瑪莉亞都有啊。

他深呼吸，偷，還是不偷？他推開腦海中父母妻兒的臉龐，不理會各種良心的譴責。

他拉開了抽屜。

動作迅速，他想辦法盡量找出大部分原稿。有了！「尼克・喬瑟夫」、「羅伯（羅比）・歇勒思」、「茹絲・瑞佛緹」、「西蒙妮・布魯阿」、「黛安・耶林」。他抽出原稿，在瑪莉亞和訪客到來之前收好。隨即悄悄闔上抽屜，扣上公事包，然後急急起身抓起外套。

半路上，薩里在走廊遇到瑪莉亞和剛剛的訪客。「我跟妳說，我要先去兩個地方，幾小時之後再回來。」

「好吧。你確定？」瑪莉亞問道。

「嗯。我很忙。」

「這兩位是艾博格夫婦。這位是哈定先生。」

他們互相點頭招呼。

「請節哀順變。」艾博格太太說道。

「噢，不是啦，我是來辦公的，不是……」薩里說。

那對夫婦尷尬對視，瑪莉亞則說：「不過哈定太太是真的過世了。今年年初的事。」

薩里瞪了瑪莉亞一眼。「對啊。沒錯，她是過世了。」

「我們來談父親的事。」艾博格太太小聲說：「他病得很重，得了骨髓癌。」

「那真的很辛苦。」薩里說道。

「非常辛苦。」瑪莉亞附和。

「父親來日不多。我們想說，等他走了之後，要是埋在鎮上，比較有可能再聽到他的聲音。」

薩里點頭，肌肉緊繃，努力克制不要說出刻薄話。這時，艾博格先生說話了。

「我想問個問題，不曉得你介不介意？」

「問啊。」薩里說道。

「你太太有沒有……」艾博格先生往上比著天空，「就是說，跟你……？」

「沒有。」薩里頓了一下，看著瑪莉亞。「看來不是每個人都會接到電話嘛。」

艾博格先生放下比著天空的手，誰也沒說話。薩里覺得自己全身僵硬。

「我得走了。」他小聲說道。

到了停車場，薩里狠狠揍了車頂五下洩憤。為什麼不放過我？傷痛每小時都要提醒他一次，都要撕開心中的一小角。公事包裝著偷來的原稿，被他扔到後座。他猛力拉開駕駛座車門時，瞄到禮儀公司停車場後方有一輛藍色的福特 Fiesta。

有人在車上，監視他。

華倫牧師躺在病床上，聽到有線新聞台的細碎播報聲流洩而出。他按了遙控器的好幾個按鈕，才讓電視靜音。不要再聽啦！最近聽到的新聞分量，夠他聽一年了。

只是心臟出了小毛病。醫生是這樣說的。牧師應該無恙，不過考慮到他的年紀，得再觀察幾天才能放心。以防萬一。

華倫牧師環顧著病房，無趣又充滿消毒味，只附了可滑動的金屬餐桌、棗紅皮椅。他想到自己昏倒在講台上，醫護人員衝進來，可把大家都嚇壞了吧？他想起聖經上的一句話：凡勞苦擔重擔的人可以到我這裡來，我就使你們得安息。他早已把性命託付給主，期待並且希望祂不久能帶走他。

當天稍早，卡羅神父來探病。他們先是聊些不著邊際的話，關於老年、健康的話題。最後他們終於講到即將到來的轉播。

「電視台請我到現場。我想這樣對教會也好。」卡羅神父說。

「或許吧。」

「你覺得她能讓電話打來嗎?」

「誰?」

「凱瑟琳啊。她真的可以召喚黛安嗎?」

華倫牧師仔細打量卡羅神父的神情，希望看穿之前看不穿的東西。

「召喚，那不是神的事嗎?」

卡羅神父別過頭。「說得也是。」

幾分鐘之後，神父走了。華倫牧師覺得方才那場談話，讓他累慘了。

護理師走進來，手上拿著一包新的靜脈注射液體，說:「牧師，您還有訪客喔。」

「還有什麼?」

「訪客啦。他們要過來了。」

華倫牧師把床單拉高。又是誰啊?波提女士嗎?還是其他教會的神職人員?護理師走出去，牧師的視線隨著她移到門外，到走廊上……

看到訪客後，牧師驚訝得嘴巴微張。

艾力亞斯正朝他走來。

貝爾留名史冊，然而史上首位接到電話的助手華森，卻少有人知。華森是貝爾的左右手，但電話發明後，他只跟著貝爾多做了五年。一八八一年，他拿著電話賺來的可觀進帳，轉而追求其他興趣。他在歐洲度了長長的蜜月，投資造船業，還嘗試演莎劇。

第一通電話交談之後三十八年，貝爾和華森再度搭上線。這次兩人之間的距離不是二十英尺，而是相隔三千英里。那時，貝爾人在紐約，華森在舊金山。這通電話是美國史上第一通橫跨大陸的電話。貝爾依舊用當年那句老話開頭：「華森先生，過來這邊。」

但是華森回答：「我去你那邊，得要一個禮拜哩！」

時間是不動聲色的竊賊，悄悄拉開彼此的空間。華倫牧師看看艾力亞斯，他有好幾個月沒見到他了。牧師想起艾力亞斯少年時期，老是在他身邊打轉，而且很謙虛，擅長使用工具。艾力亞斯會幫忙翻修教會廚房，為教會的聖所鋪設新地毯。多年以後，也一直是週日禮拜的常客，直到凱瑟琳起身宣布天堂來電的那天為止。我見證了奇蹟！艾力亞斯證實她所言不假。

自從那天之後，華倫牧師再也沒見過艾力亞斯。

現在，艾力亞斯坐在病床邊，說：「牧師，我想求您原諒。」

「你沒做什麼錯事需要原諒啊。」

「那時我打斷了您的布道。」

「凱瑟琳打斷得比你早哩。」

「就算是這樣吧。我想要您知道，不上教會之後，我常常自己禱告。」

「不論在哪，神都會聽見你的。不過你沒來，教會的人都很想念你。」

「牧師——」

「嗯？」

「我可以帶個人來看你嗎？」

「現在？在這裡嗎？」

「是的。」

「好啊。」

艾力亞斯轉頭示意，薩里從走廊走進來。艾力亞斯為他們介紹彼此。

「牧師，我可能還有其他事需要你原諒呢。」

華倫牧師聽了，揚眉問道：「是什麼事？」

那天下午，艾力亞斯和薩里待在公寓裡，仔細閱讀從禮儀公司偷來的尼克檔案。他們在原稿中讀到尼克親戚和瑪莉亞的對話紀錄，這些親戚包括尼克的弟弟喬、姊姊佩蒂（尼克雙親已故）。除了一般的身世背景以外，姊姊還講到「小尼克」的事：

尼克過世，他自己最難過的，應該是看不到誰能來照顧小尼克吧。小尼克的生母很糟糕……跟你保證，她連葬禮都不會來……尼克不再送錢給她之後，她很抓狂。搬了家，也不告訴尼克地址……但這件事妳不能寫喔，瑪莉亞，這事只有我倆知道。

艾力亞斯之前都不知道，原來尼克還有孩子和前妻，他的工班裡也沒人知道。從尼克狂飲縱樂的情況看來，他們都以為他是獨自一人過活。

艾力亞斯說：「牧師，我知道尼克以前是望稼堂的教友。我猜，要是有人知情，那非您莫屬了。只是我去教堂找您時，他們跟我說您在帶查經班時昏倒了。」

「真是個意料之外的發展。」華倫牧師說道。

「我很替您擔心。」

「不用擔心。神自有計畫。但你說到這個小尼克……」

「怎麼了嗎？」

「恐怕我也不知道他的存在。還有，尼克以前會規律上教堂，佩蒂也是。」

「等一下，您是說尼克以前會去找您？」

「他有嚴重的財務問題，儘管教會只有一點小錢，還是會借他。」

艾力亞斯揉著額頭。「牧師，其實是我造成他的財務困難。我開除他，還害他不能領津貼。」

「我知道。」

艾力亞斯別開頭，一臉羞愧。「最近他打給我。」

「誰？」

「尼克。就是他從……打給我，您知道是哪裡，天堂，隨便怎麼稱呼。他很生氣，希望我做點補償。他說，補償是為了尼克，我還以為他在說他自己，但現在我想應該是指他兒子。」

華倫牧師瞇著眼看艾力亞斯。「你是因為這樣才離開鎮上嗎？」

「牧師，我嚇死了！我不知道他還有小孩，對不起……」

「沒關係，艾力亞斯——」

「早知道我就不開除他了——」

「不是你的——」

「不管他有多亂來——」

「沒關係的——」

「他的電話，他的聲音，真是陰魂不散。」

華倫牧師握住艾力亞斯的手臂，想要安慰他。牧師發現薩里看著他倆，便斜著頭問他：「哈定先生，你怎麼看這件事？」

薩里指著自己胸口問：「我嗎？」

華倫牧師點點頭。

「好吧，牧師，沒有不敬，但是我不相信天堂存在。」

「繼續說。」

「我覺得有人在操控這些來電，而且這人很瞭解這些死者。如果連牧師您都不知道尼克有個兒子，那麼知道的人就更少了，對吧？但是打給艾力亞斯的人知道這件事。所以這人要嘛真是尼克本人（雖說他無法回答真尼克應該答得出的基本問題），要嘛就是他可以取得許多相關資訊。」

華倫牧師又靠回枕頭上，看著手背上的靜脈導管，針頭上貼了好幾層膠帶，他看不見針頭或流進體內的注射液。

凡勞苦擔重擔的人可以到我這裡來。

「艾力亞斯……」

牧師晃晃手指，艾力亞斯握住他的手。

「你不知道他有個孩子，所以神會原諒你。不過也許現在有辦法幫助那孩子？」

艾力亞斯點點頭，淚珠滑落臉頰。

「哈定先生？」

薩里挺直身體聽話。

「我本人相信天堂存在。我還相信，說不定神會讓我們看一眼天堂呢。」

「我明白。」

「但不是用這種方式看到。」

薩里眨眨眼，神的僕人竟然同意自己的看法？

「你覺得誰有可能製造這場騙局？」

薩里清清喉嚨。「報社有個傢伙看得到這些資料。」

華倫牧師輕輕點頭。他小聲說道：「報紙是非常有力的宣傳工具。」牧師閉上眼睛。「你自己也親身經驗過，對吧？」

薩里覺得有一股氣要從胸口噴出，牧師也知道他的過去啊。

「是的，我很清楚。」薩里說。

北密西根的冬天，夜晚來得早。才下午五點，鎮上就天黑了。在高中足球場上，傑夫就著巨大燈柱發出的燈光檢查舞台。他得承認那些製作人說得對，只要有錢沒什麼辦不到。現在場上到處搭著鷹架，舞台上方架著白色棚頂及許多燈架。場內還有移動式暖氣，加上表面光滑的硬木地面，好讓攝影機滑動。這些攝影機是用卡車從底特律運來的。

舞台亮得像白天一樣，遠一點的座位已經封鎖，近一點的蓋著防水布，以防天氣變壞。舞台左右各架設一面投影幕。傑夫住在鎮上這些年來，從沒看過如此陣仗。他內心充滿驕傲，但也憂心忡忡。

節目流程已經敲定，下午一點整，天堂來電的受話者和主持人就座，轉播開始。這些人會接受主持人訪問，並且開放現場及網路上的全國觀眾提問。在此同時，凱瑟琳等著黛安打電話來，有一台攝影機會一直拍她。製作人已經做過測試，把她的粉紅三星摺疊機裝在喇叭上。如果手機真的傳出天堂之音，鐵定聽得一清二楚。

傑夫擔心的，當然是那個顯而易見的問題：如果電話不響，怎麼辦？凱瑟琳保證電話一定會響，但他們又憑什麼相信她呢？為了延長轉播時間，製作人還請了好幾名「專家」來，包括宣稱固定和鬼魂通話的靈媒、手中握有錄到鬼聲的無線電通訊錄音帶的超自然現象專家，還有一個擁有瀕死經驗的女子，說她看到自己身邊都是鬼，就連受訪時也如此宣稱。

傑夫聽了幾小時之後離開，心裡想的不是電話到底會不會響，而是為什麼這件事沒有早一點發生。他在節目前的訪問中，聽布魯阿談到自己的女兒說天堂「無限明亮」。艾迪．多肯的前妻說，天堂是「我們夫妻倆第一次買的房子，孩子都在裡面玩耍」。泰絲堅稱茹絲告訴她，天堂就是「一切都得到饒恕」的地方，那裡「不用擔心黑夜來臨，不會看到日光如箭穿透」。

這些見證都很有力，但傑夫還是不放心。他把蘭斯拉到一旁，問他：「如果三、四個小時後，凱瑟琳的電話還是沒響呢？」製作人竟然笑了。

「只能希望嘍。」

「我聽不懂。」

「你當然不懂嘍。」蘭斯苦笑道。

蘭斯知道，不管電話響不響，都不重要。節目拉得愈長，賣出去的廣告時段就愈多，錢也賺得更多。其實，對電視公司來說，天堂是否存在的證據，根本無異於一場皇家婚禮或是實境節目的結局。他們只考慮節目製作成本和投資回收比例。對冷水鎮有興趣的觀眾多不勝數；就是會有人看。只要讓他們一直等著那通神聖電話，他們就會一直看下去。

電視台的算式之中，從來沒考慮天堂是否真的存在。

在夢中，薩里又回到了機內駕駛艙。機身劇烈搖晃，指針低轉，他準備彈射逃生，突然天空一黑。他向右邊看，有個人臉貼在窗戶上，是艾伍德。

薩里猛然驚醒。

自從轉播前一天的週四清晨被噩夢嚇醒，薩里一直在調查自己的疑心是否屬實。他去過報社的停車場，從藍色福特 Fiesta 的車窗看進去，發現那輛車確實為艾伍德所有。後座擺了很多箱子，有一些來自電子用品賣場 Radio Shack。

薩里走到辦公室裡裝忙，假裝在處理廣告業務文件，抬起頭來卻發現艾伍德往他這裡看了好幾次。到了十點半，艾伍德離開辦公室。過了一會兒，薩里也起身跟隨。

他尾隨艾伍德，盡量保持安全距離。Fiesta 在湖濱路上轉彎，薩里也跟著轉，過了幾條街後，薩里猛踩煞車。

他看到艾伍德把車停在戴維森父子禮儀公司前面。

薩里停在路邊，等了一小時。最後，總算看到藍色 Fiesta 超過他。薩里再度尾隨，跟他開到卡斯柏特路上的泰絲家。艾伍德走進屋裡，薩里則在路邊盯著。

半小時之後，艾伍德現身，把車開到高中足球場，也就是之後的轉播地點。他把車停好、下車，薩里等了一分鐘，也跟著下車。一路上挨著舞台卡車當掩護，他看到艾伍德檢查舞台設備、燈光、控制中心，如果有人靠過來，便秀出記者證。一小時之後，艾伍德回到車上，開回報社。

薩里晃到圖書館，看到麗茲桌前排了一排隊伍，他比手畫腳要她到後面的房間找他。

「是艾伍德·居皮斯。」薩里說道。

「報社那個傢伙？」

「還有什麼其他理由呢？」

「什麼意思？」

「他打這些電話，背後有什麼原因嗎？有什麼動機？」

「不知道，是為了女兒嗎？」

「他女兒怎麼了？」

「幾年前自殺了，開車衝下橋，真的很可怕。」

「她為什麼要自殺？」

麗茲搖頭不解。「人為什麼要自殺呢？」

「妳有沒有她自殺的新聞？」

「我找一下。」

麗茲離開，薩里在原地等著。十分鐘後，麗茲回來，兩手空空。

「不見了。那一整冊週報都不在館裡。」

接下來幾個小時，薩里忙得暈頭轉向。他先趕去通訊行，查看艾伍德和天堂來電受話者的通話方案有何關聯。趁著傑森幫他查資料，薩里又開回報社找圖書館中消失的那期週報。艾伍德人在報社，趴在桌上忙著，用眼角餘光偷瞄薩里走向報堆。

「一天進辦公室兩次喔。你在找什麼，是吧？」他評論道。

「有個客戶想要看看原版的舊廣告。」

「喔。」

麗茲告訴他那期的日期，薩里找到之後，只能快速瞄一眼標題：**橋下之死調查中**，然後趕快摺好放進公事包，不想讓艾伍德看到自己在看什麼。

這邊忙完，他又衝去接居勒放學，把他送到父母家。然後連忙開車回家，艾力亞斯已經在台階上等著了。

接下來幾小時，兩人仔細檢討一切細節。瑪莉亞和喪家的所有原稿他們都看過了，還從傑森那裡確認艾伍德的手機方案和天堂來電受話者的都一樣。之後，他們一道看了那份舊報紙：真是一起慘劇，二十四歲女性（亦即艾伍德之女）把車開到十一月的冷冽河水之中。

但是最奇怪的是記者的署名：這篇新聞竟然是艾伍德自己寫的。

「他竟然報導自己女兒的死訊？」艾力亞斯問。

「怪怪的。」

「但這件事和我接到的電話有何關聯？」

「不知道。」

「我認真地告訴你，那的確是尼克的聲音。」

「其他人也說確實聽到家人的聲音。」

「好陰喔。」

「他一定動了什麼手腳。」

他倆坐著，不發一語。薩里望向窗外，已經沒有陽光了。二十四小時之內，全世界的人都會擠到鎮上，或是透過網路，滿心期待著解開世上最大的謎團：死後是否還有來生？

砰砰砰砰！

薩里全身一僵，望向門邊。

砰砰砰砰！

他的胃一陣緊縮。

「你跟人有約？」艾力亞斯小聲問道。

薩里搖頭，湊向貓眼，傾身向前，卻感到全身發麻，從腳底麻到頭頂。一股熟悉的噁心感遍布全身。這種感覺，在他出獄那天便發誓再也不要體驗了。

薩里打開門，門外穿著警察制服的人說道：「我是警長歐勒思。請你跟我到局裡走一趟。」

凱瑟琳和艾咪站在小山丘上，俯視山腳下的足球場和巨大舞台。天氣很冷，凱瑟琳繫緊圍巾。「**確認……確認，確認……**」底下傳來的聲音愈來愈大，是收音員在測試麥克風。舞台沐浴在燈光下，彷彿太陽還未下山。

「妳覺得怎樣？」艾咪問。

「場面真是浩大。」凱瑟琳回道。

「妳還是可以抽手的。」

凱瑟琳苦笑。「這已經由不得我了。」

工作人員聲音又變大了。「**確認……一**、**二……確認……**」

艾咪看到起碼有六名電視台工作人員在拍攝最後的準備工作。他們都是大塊頭，穿著厚外套，肩上扛著攝影機對準舞台，好像扛著火箭筒似的。想到自己沒在底下報導最新新聞，她覺得好不公平，心好痛。但她也承認的確有種解脫感，就像有理由不考試的學生那般輕鬆。

凱瑟琳突然提議：「我可以跟他們說。」

「說什麼？」

「說如果不是給妳報導，我就不參加。」

「妳才不是認真的呢。」

「我還是可以那樣講啊。」

「妳為什麼要為我做這個？」

「妳這傻子，我就是為了妳呀。」

艾咪笑了。認識凱瑟琳這麼久，這是她第一次能想像凱瑟琳和黛安相處的情形，第一次體會到為什麼黛安去世會令她的心情這麼低落。忠實的心主宰了凱瑟琳的靈魂，但是那樣的心還需要另一半。

「謝謝妳，但我還好啦。」

「妳有沒有再打給瑞克？」

「他沒接，不想跟我講話吧。」

凱瑟琳又望向山腳下。

「妳還好嗎？」艾咪問道。

「我在想……」

「想什麼？」

「想妳的電話沒有人接，我的電話也不一定會響吧。」

電話問世之後的十年間，貝爾打官司捍衛專利權，次數多達六百多次。他得應付競爭的對手公司、貪心的個人單位等等……想想那數字，六百次！他實在厭倦了官司，便退居加拿大。聽說在那裡，他晚上乘著小舟，抽著雪茄，看著天空。有人指控他最珍貴的構想都是偷來的，律師詰問他時也如此暗示，著實令他難過。有時，質疑比抨擊更為殘酷。

薩里坐在冷水鎮警局後面的房間裡，傑克盤問，喋喋不休。

「關於這些電話，你知道多少？」

「什麼電話？」

「天堂打來的電話啊。」

「人們聲稱從天堂打來的電話？」

「你涉案多深？」

「我涉案？」

「你有涉案。」

「我才沒有。」

「那你為什麼要跟羅伊先生碰面？」

「我們是朋友。」

「朋友？」

「沒錯，新朋友。」

「他也有接到電話嗎？」

「你自己去問他。」

「你今天為什麼要去報社？」

「我在那邊工作啊。」

「你是業務。」

「沒錯。」

「那你為什麼要翻舊報紙？」

「幹嘛問我這個？」

「我要知道你的涉案程度。」

「涉什麼案啊！」

薩里頭暈眼花。艾力亞斯人在外面另一間辦公室裡。剛剛警察抵達時，他很緊張。他倆到現在都沒說到話。

「你要用什麼罪名逮捕我嗎？」

「我只是問問題而已。」

「我有必要回答嗎？」

「不回答對你的情況也沒幫助。」

「我現在的處境是？」

「洗清涉案嫌疑。」

「我本來就沒涉案。」

「你今天為什麼要去禮儀公司？」

「他們是報社的客戶。」

「那你為什麼又去足球場？」

「等等，你怎麼知道這件事——」

「你為什麼要跟蹤艾伍德．居皮斯？」

薩里打了一個冷顫。

「哈定先生，你是否曾經入獄服刑？」

「我坐過一次牢。」

「罪名是？」

「只是過失而已。」

「那你為什麼要跟蹤艾伍德？你涉案多深？你對這些來電又瞭解多少？」

薩里頓了一下；他明知不大適當，還是衝口而出：「我覺得艾伍德是幕後主使者。」

傑克坐直身子，揚起下巴看他。

「怪了。」

他走到旁邊的一扇門前，打開，門後竟是艾伍德，拿著筆記本站在那裡。

「艾伍德說你才是主使者。」

傑克從來不看偵探推理劇，大部分警察都不屑看。身處警界，那種戲看起來很假。此外，電視上演的和真實世界從來就不一樣。

傑克知道他的問題不過是亂槍打鳥，他根本沒有實權訊問薩里。傑克會這樣問，只因兩小時前聽到熟識的艾伍德指控薩里——哪個小鎮的警長會不認識鎮上唯一的記者？

艾伍德打給傑克，講得煞有介事，說那個姓哈定的業務常跟艾力亞斯勾搭，而艾力亞斯宣稱接到天堂來電之後，又鮮少露面，為什麼？這兩個人有什麼關聯？加上哈定之前問了艾伍德一堆問題，不但講到訃聞的事，又想去找舊報紙，真的非常可疑，不是嗎？

要是平時，傑克會說：「不會啊，一點也不可疑。」然後完全無動於衷。但聽了他這番話，傑克問不出口卻又渴望知道的是，難道他說的是真的嗎？難道整起電話事件都是人為操弄？這實在茲事體大，攸關傑克自己、朵琳、泰絲，以及所有鎮民。因為電話，傑克父子和泰絲母女得以重逢，這些情感不應被人操弄。如果真是如此，傑克認為箇中罪行真是罄竹難書。

因此之故，傑克以微不足道的理由，將薩里帶回局裡嚴加審問。之後他才赫然發現，原來薩里和艾伍德認定對方有嫌疑，變成滑稽的互相指控。

「你為什麼要去禮儀公司？」薩里問艾伍德。

「我去問他們你的事情啊。那你在圖書館好幾個小時，又是在幹嘛？」艾伍德說。

「我去調查你的事情。你為什麼要去足球場？」

「去看你之前有沒有去過那。」

他倆一來一往，最後傑克抓抓頭，說：「夠了。」就此打斷他倆。他已經聽累了，而且事實證明這兩人除了懷疑之外，並無進一步的證據。

傑克也是。

「抱歉剛剛闖入你家。」傑克說道。

薩里嘆了口氣。「算了，沒關係。」

「通常鎮上不是這樣辦案的。」

「小鎮都不小鎮了。」

「這話真是不錯。」艾伍德插嘴道。

「我兒子一直以為自己會接到電話。」薩里邊說邊盯著自己的腳，他怎麼會說出這種話呢？連自己也嚇了一跳。

「接到他媽媽的電話？」艾伍德問。

薩里點點頭。

「你也辛苦了。」

「所以我才想要證明這件事是假的。」

「你不想要給他虛假的希望？」

「沒錯。」

「說什麼鬼會打電話來啦，一切安……」

「不是那樣的。」傑克打斷艾伍德的話。「有個人，你以為再也見不到了，卻又聽見他的聲音，那感覺……好像終於放下心來。好像他從沒離開過一樣。一開始的確很奇怪。你盯著電話，以為有人惡作劇，接著你會很驚訝：能再跟他講話，是多麼正常的一件事……」

他發現薩里和艾伍德都盯著自己。

「這是朵琳說的啦。」他很快補充說明。

「朵琳是你太太？」薩里問。

「前妻啦。」

好一陣子，三人都沒說話。終於，艾伍德「啪」的一聲闔上筆記本，看著薩里說：「欸，你可能浪費了自己的天賦。」

「怎麼說？」

「你應該當記者的。」

「為什麼？」薩里臉上半是笑意。「因為我追錯方向嗎？」

艾伍德也回笑。突然之間，三人都感到非常疲憊。傑克看看手錶說：「我們走吧。」他打開通往外面的門，艾力亞斯原本坐在一張桌子前，此時也起身和身旁兩名盯梢的州警互看一眼。

之後，他們都開車離開警局。傑克去泰絲家坐坐，她一打開門，他就笑了。艾伍德則去「醃菜」喝點小酒。艾力亞斯去弟弟家，借宿客房。

薩里默默開車回家，透過車窗看到足球場亮晃晃的，還豎著兩根高大的舞台燈，像要伸入雲霄之中。

轉播當日

新聞報導

ABC 電視台

主播：各位觀眾早安，今天是十二月二十二日星期五。再過不久，密西根的冷水鎮即將排除萬難與天堂連線，勢必成為全球焦點。本台記者艾倫．傑若米人正在現場。艾倫？

（艾倫站在雪中）

艾倫：好的，各位觀眾可以看到，老天爺已經送給冷水鎮第一個「禮物」了，暴雨遇到大湖效應，連夜下雪，地上積雪高達五英寸。路上到處停滿車輛，鏟雪車無法作業。鎮上停班停課，名副其實的完全停擺。鎮民和全球觀眾都在等待，等某位女子所說的「過世姊姊的天堂來電」。

主播：那麼這位女子是？

（凱瑟琳的畫面）

艾倫：她是凱瑟琳．耶林，今年四十六歲，是房屋仲介。有兩個孩子，已經離婚。她和姊姊黛安非常親密。兩年前黛安死於動脈瘤破裂，但是凱瑟琳表示自九月起，便固定接到姊姊的電話。她堅稱是從「另一邊」打來的。

主播：也有其他人表示接到類似電話，是嗎？

（其他接到天堂來電者的畫面）

艾倫：是的，還有六位居民接到電話，這些居民包括托兒所所長和牙醫。他們今天大都會參加轉播，不過節目焦點依舊是凱瑟琳和她姊姊，以及她所謂「另一邊」傳來的聲音。凱瑟琳身旁會有攝影機直播，只要她接到電話，就會即時轉播出去。一八七八年，貝爾為英國女王展示如何使用電話，從那之後，全球民眾從來沒有這麼期待電話鈴聲響起！

主播：這通電話的影響可能更大。

艾倫：確實如此，我是ＡＢＣ電視台的艾倫．傑若米，在冷水鎮為您轉播最新消息。

「可以加派鏟雪車進來嗎？」蘭斯夾在掃雪機和工業發電機的嘈雜聲之間，大聲吼道。

「我在努力啦！都已經打電話給五個鎮了！」傑夫也吼了回去。

蘭斯聽了搖搖頭，一臉嫌惡。此時他們應該彩排，但目光所及，大家都在清除積雪：義工用畚箕挖走埋住座位的雪，或用毛巾擦掉布景上的殘雪。傑克帶著幾十名警官，踩著前人留下的足跡涉雪而過。鎮長則是想辦法找來更多鏟雪車。

數夜準備，毀於一場大雪。蘭斯按下對講機按鈕，說：「克林特，我們的人要去接來賓了嗎？」

對講機傳來一陣沙沙聲，接著是：「我們跟他們說……沙沙沙……」

「再說一遍？」

「我們說……沙沙沙……點要到。」

「什麼？」

「……沙沙沙……什麼？」

「克林特，他們到底上路了沒？」

「——就說了十點嘛。」

「不行，十點不行！馬上出發！你知不知道雪有多大？馬上帶人過來！」

「……沙沙沙……現在？」

「沒錯，現在。就是現在！」

一陣沙沙的聲響後。「知道了——」

蘭斯咻的一丟把對講機丟到雪堆裡。心想，開什麼玩笑啊？再過四小時就要轉播異次元來電了，竟然連對講機都弄不好，搞什麼啊？

薩里幫兒子添碗玉米片，又倒了牛奶。

「我可以加糖進去嗎？」居勒問。

「裡面已經很多糖了。」薩里說。

父子倆坐在窗邊，望向窗外的小山谷。路上的雪堆好像冰透的奶油，樹枝結滿了冰霜，低垂下來。

薩里大口喝下特濃咖啡，希望讓自己格外有精神。上一次這麼累是什麼時候，他已經想不起來了。之前，他想證明自己的想法，卻發現自己想錯了，覺得自己根本是個笨蛋，還是個累呼呼的大笨蛋。要不是為了照顧居勒，他早就睡上一整天了。

「今天學校停課，我帶你去奶奶家好嗎？」

「可以先玩雪再去嗎？可以做個史達利嗎？」

薩里笑了。史達利這小名是吉賽兒取的，代表「有肌肉的」雪人。以前下雪時，吉賽兒會高聲呼喊：「來做史達利！」然後牽著居勒的手，穿上雪靴，大步衝出家門。薩里現在看著兒子，覺得胸口脹脹的，彷彿欠他一個發自內心的道歉。這些日子以來，薩里淨顧著追查艾伍德、瑪莉亞、艾力亞斯、訃聞的事，執意要證明奇蹟不是真的。儘管如此，這個孩子依舊每天愛著他，也算是個小小奇蹟吧。

薩里說：「好哇，先做個史達利。」

「耶！」居勒歡呼，挖起好大一口玉米片送進口中，牛奶從他雙頰滴下。他一邊嚼，薩里一邊拿溼紙巾幫他擦臉。

「爸爸？」

「怎樣？」

「不要難過啦，媽咪一定會打給你的。」

薩里放下溼紙巾。

「我們去做雪人，好嗎？」

居勒糾正他。「是做史達利啦。」

一個鐘頭之後，父子倆做了一個三層雪人，中間那層是肚子，肌肉結實。雪人放在門廊附近，鼻子是樹枝，嘴巴和眼睛是椒鹽脆餅。薩里的爸爸開著卡車過來，下車後看到雪人，笑了出來。

「你們請了新警衛喔？」

「爺爺！」居勒喊道，咚咚咚衝過雪堆，抱住爺爺的腿。

「謝謝爸過來接他，他想先做雪人。」薩里說。

「沒關係。」佛瑞德說道。

薩里拭去手套上的雪，吸了一下鼻子問道：「你開過來怎麼這麼久？路上很塞嗎？」

「開玩笑！到處都是州警，不知道在幹嘛。拖吊車也不夠多，違停車輛拖不完。」

「那你跟媽……」

「怎樣？你想問我們要不要去看表演嗎？」

「他們都說那是表演喔？」

「不然你都怎麼說？」

「表演聽起來也很合啦。」

「是你媽想去看。」

薩里嘆息，朝居勒的方向點頭示意。「我不想讓他過去，可以嗎？」

「我會讓他跟我待在家裡。如果天堂真想跟我們通話，我想在家也聽得到啦。」

薩里噗嗤一笑，這才想起自己是從誰那裡遺傳到伶牙俐齒。他把滑雪帽推高露出額頭。

「我要去上班啦。」

「今天還有人上班喔？」

「要去收錢。得去禮儀公司收支票。」

「戴維森父子那間？」

「嗯。」

「真是個快樂的地方喔。」

「那還用說。那邊的老闆很難相處，是吧？跟他講話，好像看到『阿達一族』的管家一樣。」

「你是說山姆嗎？」

「嗯？」

「你說的是山姆．戴維森嗎？他是矮胖型，不像管家啊。」

薩里一愣。

「誰是山姆？我說的是荷瑞斯！」

「喔，那個荷瑞斯喔，他才不是老闆。是他買了那邊的股份，山姆才能退休。」

薩里瞪著父親。

「那是多久以前的事？」

「大概兩年前吧。他真是令人毛骨悚然。到底誰會想要經營禮儀公司啊？」

「荷瑞斯不是鎮上出生的？」

「他長那樣，我們這些老居民都會有印象吧。他是從其他州搬來的。你問這幹嘛？」

薩里看著胖胖的雪人，雪人的餅乾眼睛也回視他。

「我要走了。」他說道。

凱瑟琳念完晨禱，化完妝，聽到艾咪在廚房發出聲響，浴袍還沒換就去找她。

「早安。」

「早安。妳感覺怎麼樣？」

「很緊張。」

「嗯。」

凱瑟琳右手握著黛安的手機。她問艾咪：「我幫妳煮早餐好嗎？」

「不用麻煩了啦。」

「俗話說，早餐——」

「——是一天中最重要的一餐。」

「嗯，沒錯。」

艾咪笑了。「熱量太高，我吃不消。胖子在這一行很吃虧的。」

「妳胖不了啊。」

「照這樣吃一個月看看。」

她倆都笑了。

「我說啊，之前——」

門鈴響了。凱瑟琳看看手錶，臉垮了下來。「他們說十點到，現在才九點二十！」

「我來應付。」

「妳說真的？」

「妳去換衣服，不要出來。」

「多謝了！」

凱瑟琳匆匆趕回臥室，艾咪跑去應門。

她對門廊上的三人說道：「怎樣？」

「我們是製作單位的人。」

「凱瑟琳還沒準備好。」

「我們要讓她連線了，她的手機也要連。」

「她要十點才會準備好。」

那三人面面相覷，不知如何是好。他們都很年輕，黑髮、穿著厚外套，別著聯播網徽章。一列採訪車沿著他們身後的格寧漢路停放，車身漆著許多電視台標誌，有見證者第七頻道、地方四號頻道及第六頻道。一小群攝影師站在人行道上，像行刑隊一樣，架著攝影機對著房子拍。艾咪看著他們，突然驚覺她離過往的生活已有百萬英里遠了。

「可不可以現在就連？雪這麼大，愈快愈好啊。」其中一人說道。

艾咪雙手盤胸。「你跟她說十點，她就是十點見人。不要一直逼她，她也是人耶。」

那些人嘴角上揚獰笑，以不同方式裝出懊悔的樣子。

「咦？最早的那些報導，有些是不是妳報的？」其中一人問道。

「對耶，」另一人說道：「是艾咪．潘恩嘛，第九頻道的。妳的報導我都有看。」

「凱瑟琳不該讓其他媒體——」

「我們已取得她的獨家——」

「你們這樣有跟蘭斯說過嗎？」

「妳知道他們花了多少錢——」

「這是違法——」

「妳最好不要——」

艾咪把門甩上。

薩里開著別克，鑽著車縫寸步前進。他從未見過冷水鎮的街道如此擁擠，此番景象，也未曾有人看過。車子以龜速前進。許多路口沒有鏟雪，雪堆及膝。小卡車和巴士一邊排放著廢氣，緩緩運送數千名乘客前往足球場朝聖。

等薩里開到禮儀公司，都已經十一點半了。一個半小時之後，轉播就會開始。他匆匆下車，才走兩步就笨手笨腳地滑倒在冰上，往前撞到雪堤，臉被撞得又溼又冷。薩里礙手礙腳地坐起身，擦去滴過臉頰和鼻子的雪水，跌跌撞撞走向前門。

禮儀公司裡邊空蕩蕩的，播著柔和的背景音樂。薩里的長褲和外套都溼透了。他走過轉角，看到瑪莉亞在辦公室裡，已經穿上外套。

「哈定先生！」她邊說邊盯著他。「你怎麼啦？」

「在雪地裡跌了一跤。」

「唉呀，都凍得紅通通的了。這給你。」她抽了好幾張面紙給他。

「謝啦。荷瑞斯在哪？」

「唉呀，你們又錯過了。」

「啊！」

「好啦，起碼他這次不是去吃午餐。」

「他是要去看轉播嗎？」

「我才要去看轉播。但老實說，我真不知道他在哪。」

「他沒告訴妳他要去哪？」

「他禮拜五都不會說。」

「為什麼？」

「他禮拜五不上班。」

薩里著實愣了一下，好像剛吞下一顆雞蛋一樣說不出話來。

「從什麼時候開始的啊？」

「喔，有一陣子嘍。大概是從夏天開始的吧。」

禮拜五。所有的電話都在禮拜五打來。

「瑪莉亞，我有事要問妳。問題可能有點怪……」

「沒關係啊。」她小心翼翼地回答他。

「荷瑞斯是什麼時候開始在這裡工作的？」

「喔，這個我記得，是去年四月，我孫女生日。」

去年四月？薩里墜機一個月之後？

「他原本是哪裡人？」

「好像是維吉尼亞州的某個地方，他都不太說，因為，嗯……你知道的。」

「我知道？」

「軍人不都是這樣嗎？」

薩里咬緊嘴唇。

「那他都做些什麼樣的工作……我是說在軍中？」

「不太確定耶，他和戴維森先生講過。維吉尼亞……的什麼基地。」

「貝爾沃基地？」

「對。天啊，你怎麼知道？」

薩里握緊拳頭，心想那個基地可是陸軍情報指揮中心呢。竊聽電話！攔截電話！

瑪莉亞看看手錶。「喔，我要遲到了。」

「等一下，再問一個。」

「好。」

「妳和喪家對談的原稿，用在訃聞上的那些……」

「嗯？」

「荷瑞斯也會看到嗎？」

瑪莉亞大惑不解。「你為什麼要問這個——」

「他到底會不會看？」他的語調嚇了她一大跳。

「我……我覺得他看得到吧。但是看了也不能怎樣。」

「為什麼？」

「因為我和喪家對談時，他都在場。」

「什麼？」

「他規定的。他什麼都要親自控管，還會跟每個人談，所有文件的副本他都有。」

薩里眼神飄開，想起第一次見到荷瑞斯的時候，他說喪禮很溫馨。其實，所有事件荷瑞斯都在場，所有文件也都看過。鎮上誰辦過葬禮，他都知道。尼克．喬瑟夫、茹絲．瑞佛緹、羅比．歇勒思……

還有吉賽兒。

荷瑞斯知道吉賽兒的事。

薩里逼近瑪莉亞，嘶啞地問道：「他住哪？」

「哈定先生，你嚇到我了。」

「他住哪？」

「你為什麼——」

「拜託妳。」他咬牙切齒地說道：「只要告訴我他住哪就好了！」

瑪莉亞嚇得大眼直瞪。

「不知道，他從來沒說過。」

到了中午，足球場已經座無虛席，熱風機靠發電機啟動。明亮的燈光讓舞台熱到外套毋須扣上就可以禦寒。

傑克之前和警方人馬做過簡報，也和州警碰過面，並且發配對講機給數十名協助人員。現在他護送泰絲穿過高中校門，進到充當節目來賓休息室的教師休息室。泰絲緊握皮包，裡頭裝著新手機。家中來電會轉接到那支手機上，這是莎曼莎的主意，以防泰絲出門時漏接母親來電。

「妳真的不用勉強。」傑克低聲道。

「沒關係，我不怕他們問問題。」泰絲說。

傑克相信她所言不假。許多早晨，他看著她和那群禱告者坐在家中客廳，回答他們想知道的問題。

「我會一直待在舞台上。」他說。

「很好。」泰絲微笑說道。

經過昨日和薩里等人一場混戰之後，傑克晚上又去泰絲家坐坐，想放鬆一下。他告訴她事發經過，她聽得很入神，時不時將金色長髮塞到耳後。

等傑克說完，泰絲接著說：「所以其實沒人搞陰謀。」

「只是這兩人互相懷疑罷了。」他說道。

她看起來很開心。就某方面而言，傑克也很開心，天堂來電熬過了這番考驗，似乎又變得更可信了。

之後，泰絲幫傑克做熱可可，還加了鮮奶。接著兩人坐在沙發上，聊了一陣子，談談轉播、鎮上的集體瘋狂，還有隔天的可能情況。聊著聊著，傑克一定是睡著了。因為他睜開眼時，人還在沙發上，但多蓋了一條毯子。屋裡黑漆漆的，他原本想在那裡睡到天亮，直到泰絲起床從樓上下來，讓他重新體會兩個人共同迎接新的一天的那種感覺。但他知道以現在這種情況，這並非明智之舉。於是他把毯子摺好放在沙發上，開車回家。沖了澡，他就出發去高中執勤了，直到現在還沒離開一步。

回到現場，傑克陪她走入貴賓區，泰絲跟拿著硬紙板的女子說：「嗨，我是泰絲．瑞佛緹。」

「很好！」那女子邊說，邊在她名字旁邊打勾。「後面有咖啡和點心，請自行取用。這邊有一些文件要填。」

女子把紙板塞給泰絲，就在此時，背後有人大喊一聲：「泰絲早安！」

泰絲轉過頭去，發現是卡羅神父，他在聖袍外面披了厚重的羊毛外套，旁邊站著西賓主教。

「神父你好。」泰絲說道，然後猶豫一下。「早安……主教早安。」

她以眼神跟傑克示意，他便上前自我介紹，語畢又退後，雙手插進外套口袋。

他問泰絲：「我還有好多事要做，妳一個人可以吧？」

「可以。」泰絲說道。

「待會見。」

傑克離開學校，努力把個人的情感擱一邊，將注意力集中在他遇過最複雜的調度作業上。他走向大舞台，整場轉播他都會坐鎮在那裡。群眾不斷擠進場內，座位後方的小山丘也坐滿了觀眾。傑克心想，*坐在雪堆裡？*還好暴風雪已經過去，陽光也穿透雲層露臉。他忍不住想，明天鎮上會變得怎樣呢？情況會好轉，還是惡化？

傑克走近舞台階梯時，手機響了。

「喂，警長歇勒思。」他說。

「爸……*我是羅比。*」

傑克瞬間凍僵在原地。

「兒子？」

「爸，告訴他們……*告訴他們我在哪。*」

薩里聯絡麗茲，要她趕到圖書館碰面，愈快愈好。街上擁擠，別克老車動彈不得。他乾脆下車在雪堆中竄來竄去，跑得上氣不接下氣。空氣冰冷，讓肺臟凍得好像從體內被刮傷似的。

他推開圖書館後門，麗茲問他：「怎麼啦？」

「我要找地址。」他想要喘過氣來。「我要找……荷瑞斯的地址。」

「荷瑞斯是誰？」

「禮儀公司的人。」

「好，好。」麗茲走到電腦前。「這裡有公開紀錄，不動產登記之類的，但要先知道他的基本資料才能查。」

此時薩里跪倒在地，大口喘氣。

「先從『荷瑞斯』查起……他姓什麼鬼啊？再輸入禮儀公司查查看好了。」

麗茲急忙敲著鍵盤。

「一堆戴維森父子的資料……戴維森父子……負責人荷瑞斯・貝爾芬。」

「查他家地址！」

「我覺得不會有……等等……喔，不是。」

薩里看看手錶，快要十二點三十了。

「如果想知道鎮上誰住哪，要去哪裡查？」

麗茲還是忙著打字，然後停下，抬頭望向薩里。

「可能還有個方法更快！」她說。

十分鐘後，薩里和麗茲到了冷水鎮稅捐處不動產部門。他們推開叮噹作響的前門，看到接待處沒人，但後面的辦公桌前有個男人，是凱瑟琳的同事路。

「需要幫忙嗎？」路問道。

「大概吧。」薩里喘氣。「聽起來有點怪……」

「我已經見怪不怪了。但不要跟我說，要買可以接到過世親人來電的房子。我受夠了。」

薩里看看麗茲。

他問道：「你『存疑』嗎？」

路左顧右盼，好像有人監聽似的。

「嗯，雖說本人不該質疑偉大的凱瑟琳．耶林，這位敝社受人愛戴的同仁，但我的確是——你剛剛是怎麼說的——『存疑』。這真的是我們碰過最討厭的事。老實說，我一點都不信，但你不要說出去。」路吸了一下鼻子。「那你是想找房子嗎？」

「嗯，」薩里說道：「我想找某間房子，好證明你是對的。」

路摸摸下巴。

「繼續講，別停。」

再過五分鐘就是下午一點。節目主持人走出暖氣帳篷，迎向觀眾的熱烈掌聲。她穿著紫紅色外套、高領黑衣、及膝裙，搭配黑褲襪和及膝高筒靴。

主持人就座，坐在高腳凳上。從舞台另一邊數來，第一個是泰絲，接著是恩尼許・布魯阿、艾迪・多肯、傑・詹姆士。這些來賓也坐在高腳凳上，排成一排。

最後凱瑟琳現身。她身著艾咪選的波斯藍褲裝，左手握著粉紅手機。群眾之中爆出一陣騷動，夾雜著尖叫、掌聲、興奮的對話。

有人引導她到一旁坐下，有警長傑克陪同保護。蘭斯在最後一刻才想到要這樣做。至於傑克則是剛跟兒子通過電話，一臉震驚。

傑夫透過麥克風發言：「感謝各位大駕光臨，節目即將開始。大家要記住，這是現場直播，全世界都會看到。所以拜託不管發生什麼事，都要替鎮上保住面子，好嗎？」

他轉身，向白髮神父示意。

「卡羅神父，節目開始前，可以替大家降福嗎？」

薩里駕著別克踉蹌地駛過積雪的草坪，鑽過車陣想開往八號幹道。車身每顛一次都讓他前仰後翻，有幾次根本就要撞上儀表板了。他在人行道上開上開下，汽車底盤嘎吱作響地抗議。但他別無選擇，因為只要一減速，車子就有可能陷進雪堆。

他拿了一個信封，上面寫著地址，畫著潦草的地圖。根據不動產部門的紀錄，一年三個月前，荷瑞斯在摩斯丘的郊外買了一間房子，占地頗大，附有老舊農舍和穀倉。買房時是付現，交易由不動產部門處理，所以稅捐處存有交易紀錄的副本。路喜孜孜地把收據副本交給薩里，說：「我從來沒信過凱瑟琳。就算她在辦公室接到電話，我也不信。」

薩里加速，把車開下草坪，鑽入小巷。車身大跳一下，好像撞到壓實的雪塊。一路上，薩里看見荷瑞斯那張拉長而枯槁的臉，回想他們每次的對話，想找出荷瑞斯涉案的線索。

葬禮很溫馨，家屬應該有告訴你吧。

我也算家屬啊！

那當然。

想到這，薩里的胃一陣翻攪。他急駛上八號幹道。路面積雪已經去除，車輪終於可以抓到地面，謝天謝地。薩里踩下油門，左邊的線道阻塞嚴重，要進鎮上的車輛回堵了一英里，要出鎮卻是暢通無阻。

那你最近過得怎樣呢，哈定先生？

不太好。

我能體會。

薩里看看手錶，一點十分。

轉播已經開始。

為了因應皇室請託，貝爾同意參加一場全球矚目的盛會：替維多利亞女王展示電話的使用方法。一八七八年一月十四日，於女王的懷特島行宮舉行。那時，距離上回巴西皇帝驚呼「天啊！它在說話耶！」才不到兩年，電話已大幅改良，女王將可欣賞最精心安排的表演。電話會打到四個地方，如此一來，女王陛下透過聽筒，即可聆聽以下地點的聲響：第一個地點是行宮附近的小木屋，有人會說話；第二個是考斯鎮上四名歌手的歌聲；第三個是南安普頓的號角吹奏聲；第四個是倫敦的管風琴聲。

報社記者將記錄此番盛事。大家都明白，要是讓女王印象深刻，未來電話在大英帝國就是前程無量。但在預定開始時間前，貝爾發現有三條電話線失靈。他已經沒有時間檢修，抬頭一看，皇家成員已然進入室內。他微微欠身，拜見女王及她的子女——康諾特公爵和碧翠絲公主。

女王透過僕役詢問貝爾，是否可以請他解釋「何謂電話」。

貝爾拿起話筒，深呼吸，暗自祈禱剩下的那條電話線不要失靈。

醫院病房中，電視小聲播放著。艾力亞斯握著華倫牧師細瘦的手腕。

他輕聲說：「牧師，轉播開始了。」

華倫牧師睜開眼。

「嗯……沒關係。」

艾力亞斯看著醫院走廊，幾乎沒人走動，大多數員工沒上班，都去看轉播了，有些員工還說，今天根本應該放宗教假。冷水鎮及國內許多地方都有一種預感，認為今天這個日子（聖誕節前三天）可能會改變我們原本熟悉的世界。這個日子，彷彿就和大選當天早晨或登月當晚一樣重大。

艾力亞斯會來找牧師，是因為前晚歷經警局那場混亂之後，他需要釐清思緒。他和牧師一起禱告。現在，他坐在病床旁的椅子上，和牧師一同觀看人生中最奇怪的四個月來到最高潮。節目主持人介紹天堂來電的受話者和凱瑟琳．耶林。鏡頭不時切換，照照群眾，可以看到許多人緊握雙手或閉眼禱告。

主持人問：「凱瑟琳，您已經要求黛安今天打電話過來，對不對？」

「對。」凱瑟琳說道。

艾力亞斯心想，她看起來很緊張。

「您有沒有跟她解釋為什麼要打？」

「有。」

「您是怎麼解釋的？」

「我說——我問她——如果上帝想讓世人知道天堂真的存在，可不可以請她證明……給全世界看？」

「她有答應嗎？」

凱瑟琳點頭，看了手機一眼。

「現在這裡有一些問題，是全球觀眾票選出來、最想知道的天堂問題。」

凱瑟琳摸摸節目工作人員給她的夾紙板。

「好的。」

「還有各位——」主持人邊說邊轉向其他六人，「我知道大家都有帶手機來，可不可以拿出來給鏡頭照一下？」

所有人都拿出手機，放在大腿上或舉在胸前。攝影機靠近拍攝，一次拍一支。

「來自另一邊的聲音現象，已經不是新鮮事。」主持人轉頭，邊看讀稿機邊念：「現在要為大家介紹莎樂美．德帕烏茲娜博士。她是超自然溝通專家，從休士頓跟我們現場衛星連線。德帕烏茲娜博士，歡迎您。」

巨大螢幕上浮現出一名中年女子，頭髮灰白相間，背後布幕是休士頓的天際線。

博士開口：「很高興和貴節目連線。」

「博士，能不能請您說說，之前有沒有人也和——」

叮鈴鈴鈴鈴鈴。

主持人打住話頭，來賓左顧右盼。

叮鈴鈴鈴鈴。

坐在台上的泰絲往腿上看，是自己的新手機在響。

「啊，天啊。」她低聲驚呼。

叮鈴鈴鈴鈴鈴。

接著——嗶嗶嗶嗶嗶嗶……

然後是——喔雷－喔雷……

一個接著一個，每個接過天堂來電的人的手機都響了。眾人面面相覷，一臉驚呆。

「喂？」螢幕上的博士問道：「失去連線了嗎？」

等到觀眾明白現場情況之後，便激動喊著：「講話啊！」「快接啊！」泰絲看著恩尼許，恩尼許看著傑，傑看著艾迪。在這些人對面，站在凱瑟琳身旁的傑克看見她露出驚恐的表情，然後轉向他。

因為他的手機也響了。

薩里看見荷瑞斯的房子了，坐落在一條沒鋪平、沒剷雪的道路盡頭。他下車，發現外圍架著高高的鐵絲圍籬。農莊在很後面的地方，穀倉在更後面。他看到前門，但並不想張揚自己的到來。

他深呼吸，往圍籬一衝，跳了上去，緊緊抓住上面的格子。從軍十年，他學會攀登障礙物，但是多年荒廢讓他氣喘噓噓。他想盡辦法爬到頂端，一腳翻過伸出的尖刺，整個人跟著翻了過去。擺出落地姿勢後，他鬆手跳下。

您還記得我嗎？

哈定先生嘛。

叫我薩里就行了。

好。

薩里摸索前進，心想等一下可能會遇到什麼麻煩。積雪堆得很高，每一步都重得像是在用膝蓋舉重。他凍得眼淚、鼻水直流。終於走到農莊時，他看到穀倉旁有台裝置，像個大箱子，上方伸出一條六十英尺長的杆子，杆上還有枝枝節節，像斷掉的鐵燭台。裝置上方還掛著樹枝和綠葉，似乎要偽裝成樹。不過周遭的樹光禿禿，裝置上的綠葉卻比附近的松樹更為鮮綠。

薩里一看到這裝置，就知道那是迷彩偽裝。偽裝之下，是個電話基地台。

「恩尼許，您的女兒說了什麼？」

「我們來了。」

「泰絲，您的母親呢？」

「我們來了。」

「傑，您的生意夥伴呢？」

「我們來了。」

「艾迪，您的前妻說什麼？」

「一樣。」

「那歇勒思警長呢？」

主持人看著傑克，他尷尬地站在舞台中央，在凱瑟琳和其他六人中間，像被硬拉出去似的。

「那個聲音跟您說了什麼？」

「那個聲音是我兒子。」傑克聽到自己的聲音被放大，回音充斥現場，像在對著峽谷喊話。

「請問您的兒子叫什麼名字？」

傑克遲疑了一下才回答：「羅比。」

「他是什麼時候過世的？」

「兩年前。他是個軍人。」

「在這之前，您有接到他的電話嗎？」

傑克抬頭，心想不知朵琳現在身處何方，不知道她會作何感想？他想跟她道歉。越過舞台，他看見泰絲，她對他微微點頭。

「有，他一直都有打給我。」

群眾之中，發出一陣清晰可聞的抽氣驚呼。

「那他剛剛說了什麼？」

傑克嚥下口水。「『終點不是終點。』」

主持人看著主攝影機，雙手交叉放在腿上，滿面光彩，創下了直播史的新一章。所有電話同時響起？每通來電都只說了寥寥數語，然後寂靜無聲？終點不是終點？主持人相信，後世會不斷觀看這段影片，她試圖保持現場的莊重。

「好，我們來回溯一下剛剛見證的——」

「**我們什麼都沒聽到啊！**」

底下的觀眾席發出怒吼，主持人想找出聲音來源，把手放在額頭上擋住刺眼光線。

「**什麼都沒聽到，要怎麼相信**？」

大家伸頭張望。攝影師旋轉鏡頭，近拍那位站在座位前排的男子。他一頭白髮，長外套下穿了夾克、打著領帶。大螢幕上出現他的臉。

是艾伍德．居皮斯。他喊：「**他們可能都在騙人！**」

他先看台上，再看台下，舉起雙手向大家喊話：

「**我們什麼都沒聽到，對不對**？」

薩里戴著手套，觸摸穀倉的木製外牆，側耳傾聽內部，卻只聽到一些模糊不清的聲音，不確定是什麼聲音。穀倉前面的大門距他二十英尺遠，薩里心想，別直接敲門嚇他比較好。如果荷瑞斯真是幕後黑手，當場揭穿他的陰謀最適合不過了。

穀倉的地下室是石板，屋頂是錫皮，外牆則是蘋果樹木板，沒有窗戶。薩里從穀倉南端繞到後方，全身顫抖，筋疲力竭，感覺肺快要燒起來。但他一想到自己可愛的小兒子接起電話，聽到荷瑞斯捏造出的聲音，那個陰森麻木、骨瘦如柴、鬼魅一般的荷瑞斯。一想到這幅情景，薩里便重新振作起來，步履蹣跚地涉過雪堆，走到穀倉北邊。那裡有一條金屬杆，約莫十英尺高。金屬杆下方有個滑動小門。

「這位先生，您想說什麼呢？」主持人站在舞台邊，問：「您是說這些人都在造假嗎？」

「目前看來，確實是這樣。」他拿起別人遞過來的麥克風說。

他的質疑在人群中引起騷動。艾伍德提醒大家，今天來這裡是要見證天堂之聲，但是眼前只看到五個人接電話，然後轉述自己聽到什麼。

「請問您是本地居民嗎？」主持人問他。

「一輩子都住這兒啊，是吧？」

「請問您的職業是？」

「本地報社的記者。」

主持人望向導播，問：「您怎麼沒坐在採訪區？」

「不需要！在我開始當記者之前，我就是這邊的居民了。我在這裡上學，在這裡結婚，在這裡養大我的女兒。」

他暫停了一會，才說：「也在這裡看著她去世。」

群眾議論紛紛，艾伍德開始哽咽。

「這件事，這邊的居民都知道。她從橋上投水自盡，她是個好孩子，卻生了重病，所以她不想活了。」

主持人回過神來，說：「真是遺——」

「不用遺憾。反正妳不認識她，也不認識我。但是幾個月前，我也接到這種電話，是吧？」

「慢著，您過世的女兒打電話給您？」

「那的確是她的聲音。」

群眾再度驚呼。

「那您怎麼回應？」

「我跟那個聲音說，不要再玩遊戲了。再打來，我就錄音報警。」

「之後呢？」

艾伍德低頭。「之後她就沒再打來了。」

他用手帕擦擦臉。「所以我才想要聽嘛。就這麼簡單。我想聽到其他眞正的天堂之聲，讓現場觀眾自己評斷，讓他們決定是真是假，這樣我才知道……」

他愈說愈小聲。

「知道什麼？」主持人問道。

艾伍德別開眼神，說：「知道我那樣做，是不是錯了？」

他又擦擦臉，然後交回麥克風。群眾現在鴉雀無聲。

「我們來這邊，不就是為了這個嗎？」主持人邊說邊走回座位。「凱瑟琳．耶林——」

她轉向凱瑟琳的座位。一名專屬攝影師正在幾英呎之外來回拍她。

「凱瑟琳，全指望您了。」

凱瑟琳捏捏黛安的粉紅手機，覺得地球上所有眼睛都看著她。

薩里握住門框，召喚全身所有力氣。他知道要嚇倒荷瑞斯，只有一次機會，而且動作要快。

他吐了三口氣，然後毫不遲疑、像拉下彈射把手那樣，猛地把門推開，衝了進去。

裡面黑漆漆的，薩里花了一陣子才適應黑暗。他看到裡頭有大型機台、紅色小燈、電力設備，還有蜿蜒如蛇的接線。設備堆積如山，但他無法判斷那些設備的用途。他還看到一張大金屬桌、一張空椅。他剛剛聽見的聲音是從平面電視發出來的。

電視上正播著卡通。

「荷瑞斯！」薩里大吼。

怒吼聲飄到穀倉屋梁上。他小心翼翼繞著設備走動，目光左右掃射。

「荷瑞斯．貝爾芬！」

毫無回應。他走到桌前，上面擺著一堆堆整齊堆疊的文件，咖啡杯裡插著黃色螢光筆。他按下檯燈按鈕照亮桌面，打開抽屜，發現是文具用品。再打開另一個抽屜，裡面是電腦線。再開一個——

薩里眼睛一亮。

裡面的東西他以前看過，是瑪莉亞的檔案，還貼著她的彩色標籤呢。在標籤上，薩里看到熟悉的人名。

布魯阿、瑞佛緹、歐勒思、耶林……

他愣住了。

最後一個檔案上標著「吉賽兒．哈定」。

「哈定先生！」

薩里回頭。

「哈定先生！」

聲音是從外面傳來的。薩里嚇得兩手發抖，連抽屜都關不上。

「哈定先生，出來吧！」

薩里循著聲音來源，走到穀倉入口，深吸一口氣，從門後往外探。

「哈定先生！」

是荷瑞斯。他站在門外，穿著黑西裝向他招手。

「我在這裡。」他喊道。

凱瑟琳生第一胎時，黛安在接生室陪她。黛安生第一胎時，凱瑟琳也陪著她。收縮加劇時，姊妹倆手握著手。

「再一下下就好了。妳做得到的！」黛安安撫她。

凱瑟琳汗如雨下。兩小時前，是黛安載她來醫院（因為丹尼斯在工作），她還不斷鑽車縫飆速前行。

「沒被攔下來……真是……不敢相信。」凱瑟琳上氣不接下氣地說道。

「真希望有被攔下來。」黛安說道：「我一直很想跟警察說：『我不是故意開這麼快，是她要生了！』」

凱瑟琳本來想笑，但是一波最強的陣痛傳來。

「天啊！黛安！妳當初怎麼受得了？」

「那可不難。有妳陪我啊，記得嗎？」黛安笑道。

凱瑟琳握著粉紅手機，看向觀眾，回想起那一刻。現場此時進了廣告，燈光調暗，她突然希望可以偷溜回家，自己一人獨處，等黛安打電話來，而不是面對這些人，面對這些攝影機，面對這些鈴聲大作的手機，面對這個討厭的艾伍德。此刻，數不清的眼睛盯著她，等啊等的。

她環顧舞台，化妝師在幫主持人補妝，舞台助理將暖氣機推近來賓，傑克站在幾呎之外，盯著自己的腳。

凱瑟琳端詳傑克，她之前看過他一、兩次。那時，鎮上的人都用職業和名字稱呼對方，比如說「警長傑克」、「仲介凱瑟琳」等等。不過在那之後，鎮上只分成兩種人，接到電話的，以及沒接到的。

「不好意思。」她跟傑克說。

傑克抬頭看她。

「您覺得您的兒子是什麼意思？」

「您是要問……」

「他說『終點不是終點』是什麼意思？」

「我猜是說死後有天堂吧。希望是那樣啦。」說完，他眼神又飄開。「我原本不打算跟任何人說的。」

她跟著他的目光望向人群。

「太遲了。」她低語。

才說完那句，她的手機就響了。

薩里小心翼翼地進入農莊，摸著前廊門框走進室內。荷瑞斯剛剛從裡頭向他招手，說：「我在這裡。」接著便消失了。薩里心想，如果這是陷阱，自己可是毫無準備。他一邊碎步前進，一邊在屋內尋找東西防備。

走廊極為狹窄，地板老舊又嘎吱作響，牆上刷著暗沉的油漆。每間房間看起來都很小，好像以前的人特別矮小似的。他經過貼著花朵壁紙的廚房，裡面有淺栗色的木櫃、吧台上擺著一壺咖啡。薩里聽到底下有聲音，又看到走廊盡頭有樓梯扶手通往地下室。他心中想要開溜，又想下去看看。他慢慢脫下厚外套，無聲地扔在地上。起碼現在他還可以行動。

他走向扶手，想起吉賽兒。

寶貝要撐下去喔。

他走了下去。

發明電話九年後，貝爾開始實驗如何再現聲音。他錄音的方式是對著薄膜說話，薄膜振動帶動觸筆，在蠟盤上留下刻痕。錄音時，貝爾先是念出一堆數字，最後為了證明錄音沒有作假，他又念道：「本錄音乃是吾之聲，亞歷山大．格拉漢．貝爾。」

之後一世紀，那張蠟盤收存於博物館的館藏箱裡，原封不動。後來才透過電腦、光照、3D照相等技術，將聲音從蠟盤中擷取出來。這是研究學者第一次聽到貝爾的聲音。他們發現，貝爾的發音仍帶有一點蘇格蘭口音，聽來像是：「亞歷克山德．格瑞漢．貝爾。」

至於現代人，每天錄音的次數多到數不清，主要是電話語音留言。貝爾偉大的發明，讓以往只能透過短短纜線傳播的對話，得以傳送到衛星，或是轉成數位資料，加以保存、複製，有心人士想要的話，甚至可以操弄。

薩里踏進地下室時，不知道自己面對的就是如此複雜的科技。他只是看著荷瑞斯坐在高背椅上，周圍一堆電視螢幕，螢幕上是足球場的舞台。以他為中心，周圍除了電腦監視器之外，還有幾個鍵盤、一堆堆的電子設備。數十綑纜線纏成一束，沿著牆面往上延伸，順著一處開口，朝穀倉伸去。

「哈定先生，要坐哪請自便。」荷瑞斯頭也不回地說道。

「你在做什麼？」薩里低聲問道。

「你要是真不知道，就不會來找我了。」荷瑞斯敲了幾個鍵。「開始嘍。」

他按下最後一個鍵。只見畫面上的凱瑟琳看著她的手機。鈴聲響了第一聲、第二聲，攝影機拉近，她掀開手機上蓋。

「喂，黛安嗎？」她說。

地下室的喇叭放大凱瑟琳的聲音，嚇得薩里退後一步。他看到荷瑞斯看著螢幕上的名單，然後打了幾個字。

「小妹，妳好。」

那是黛安的聲音！

這聲音，傳到薩里所在的地下室，傳到凱瑟琳的耳中，傳到觀眾席的眾人耳裡，傳到世界各地在螢幕前收看的觀眾。這一切，都要歸功於一個信號，這信號先透過荷瑞斯的設備送出，再由手機接收，又經過擴大器放大，接著聯播網利用音頻傳輸，把信號送出去。

貝爾的夢想，千里傳音，以一種古怪的方式圓滿呈現。

經過再製，過世女子的聲音現在卻和活人通話。

凱瑟琳說：「黛安，是妳！」

荷瑞斯迅速打了一些字。

「凱西，我來了。」

「這裡有人在聽我們說話呢。」

荷瑞斯繼續打字。

「我知道……我看得到……」

「黛安，妳可不可以跟全世界說說天堂的事？」

荷瑞斯兩手抽離鍵盤，像是激動彈完最後一曲的鋼琴家。

「感謝妳，凱瑟琳．耶林。」荷瑞斯低聲說道。

他按一個鍵，螢幕上出現滿滿的字。他將椅子轉過來，直視薩里。

「要是有人問問題，這就派得上用場了。」他說。

全世界接下來聽到的，是這段五十四秒的錄音，全由一名過世女子獨白，解釋何謂死後世界。這段錄音會被謄寫、默記、印刷，一再重複，次數多到不可計量。

那段錄音是這麼說的：

「在天堂，我們看得見你們，也感覺得到你們。我們知道你們受苦，知道你們流淚，但我們本身既不受苦也不流淚，我們已經沒有形體……。這裡沒有年齡之分，來到天堂的老者，與孩童並無二致……。天堂裡，沒有人孤單，沒有人比較偉大、比較弱小……。我們都在光裡，恩典的光……我們屬於那偉大的……」

聲音突然停了，凱瑟琳抬頭，小聲問：「偉大的什麼？」

地下室裡，荷瑞斯微微點頭，這問題他有料到，他按下另一個鍵。

「愛……生於愛……歸於愛。」

螢幕上的凱瑟琳哭了。她握著手機，好像那是隻顫抖的鳥兒。

「黛安？」

「小妹……」

「妳是不是像我想妳的那樣想我？」

荷瑞斯先是暫停一下，才輸入——

「每分每秒。」

凱瑟琳淚水潰堤，舞台上其他人默然注視，充滿敬意。主持人指著夾紙板，凱瑟琳低頭念出板子上的問題。

「神有聽到我們的禱告嗎？」

「無時無刻。」

「那什麼時候才有回應？」

「你們已經得到回應了。」

「妳在我們上面嗎？」

「我們一直在你們左右。」

薩里靠近坐在椅子上的荷瑞斯，看見他那枯槁瘦削的臉上，淌滿滾滾淚珠。

凱瑟琳又問：「天堂是不是真的等著迎接我們呢？」

荷瑞斯深吸一口氣，輸入最後一句話。

「好妹妹，不是的……是天堂在等著你們接受。」

接下來發生在地下室的情況，來得又急又猛。過後一陣子，薩里才想起細節。那時，他扯下插頭接線，把監視器掃落桌面，又用美式足球阻擋的方式，將一堆設備狠狠撞到地上。他氣到看不清，只覺得眼前好像在播一部電影，腦中嗡嗡作響，他要讓這一切停止，看到什麼就砸，大口喘氣，肌肉緊繃有如纜線。等到設備都摔爛之後，他猛轉過頭看到荷瑞斯盯著他，不生氣、不責備，看起來也不震驚。

薩里放聲大吼：「**住手！不准再搞鬼！**」

荷瑞斯幽幽地說：「太遲了。」

「你到底是誰？為什麼要這樣作弄大家？」

荷瑞斯聽了像是嚇了一跳。

「我不想傷害任何人。」

「你已經傷害了！真可怕！」

「是嗎？」荷瑞斯看著螢幕。「看起來還好啊。」

薩里剛剛爆怒亂砸時，音訊插頭被拉掉，但是畫面還在。螢幕上，眾人歡呼擁抱，跪下禱告，靠著彼此的肩頭哭泣。其他人簇擁著凱瑟琳，主持人眉開眼笑，穿梭在他們之間。看著無聲的畫面，讓人覺得更加超現實。

「真是瘋了。」薩里喃喃自語。

「怎麼說呢？」

「這是場大騙局。」

「你說天堂是場騙局？你確定？」

「你只是給他們虛假的希望！」

荷瑞斯雙手交叉，放在腿上。

「既然是希望，又有什麼虛假可言呢？」

薩里靠在桌邊穩住自己，喉嚨緊縮，一口氣上不來。眼睛後方傳來一陣劇痛，他幾乎什麼都看不到。

荷瑞斯轉動旋鈕，螢幕瞬間全黑。

「現在就等著瞧吧。」他說道。

「你不能闖了禍就跑！」

「哈定先生，我拜託你——」

「我要告訴所有人。」

荷瑞斯緊咬下唇。「我覺得你不會。」

「你阻止不了我。」

荷瑞斯只是聳聳肩。

「我警告你——想都別想。」

「你誤會了，哈定先生。我打不過你呀，我身體不好。」

薩里愣了一下。那時，他才仔細打量了荷瑞斯：他只剩一把瘦骨，面容死灰，雙眼下方掛著深深的黑眼圈。他恍然大悟，的確，這人一定生了重病。在此之前，他還以為荷瑞斯只是葬儀業做久了，所以膚色蒼白、一臉病態。

「那你……到底是誰？」薩里邊問邊看那些電子器材。「軍事情報人員？」

荷瑞斯笑了。「軍隊、情報會湊在一塊兒嗎？」

「電話攔截、電腦駭客？」

「還要再厲害一些。」

「國際單位？間諜監視？」

「還要再厲害一些。」

「就是因為這樣，你才會弄這些東西？」

荷瑞斯揚眉說道：「這些？」然後指著設備說：「這種技術已經不難做到啦。」

「快說！快解釋！可惡！」

「好吧。」

接下來幾分鐘，荷瑞斯巨細靡遺地解釋操作流程。現在科技進步之神速，讓薩里非常驚訝──死者留下的語音留言、手機業者將多年的留言儲存在伺服器、駭進儲存系統、語音辨識軟體、編輯軟體。荷瑞斯還說，一個人光是一天就會留下數十筆語音留言，有這麼多資料、這麼多語彙，幾乎什麼句子都造得出來。有時語音資料會愈講愈小聲或變得支離破碎，所以保持對話簡短是關鍵。然而，要是透過葬儀社的訃聞資料，瞭解死者的個人歷史、家庭問題、小名等等，會讓事情變得簡單許多。

等荷瑞斯說完，薩里才發現要欺騙大眾有多容易。但他還有一件事不懂，那就是荷瑞斯的動機。

「你為什麼要這麼做？」

「我要讓世上的人相信天堂存在。」

「信不信又與你何干？」

「如果大家信了，就會規矩一些。」

「那對你又有什麼意義？」

「贖罪。」

薩里嚇了一跳。

「贖罪？」

「哈定先生，有時候你明明罪不應得，卻坐了牢。」他別開頭。「有時候，情況恰好相反。」

薩里聽不懂他在說什麼，繼續問：「為什麼你選了這些人？」

「其實也可以選別人，只是選這些就夠了。」

「為什麼要挑冷水鎮？」

「答案不是很明顯嗎？」荷瑞斯舉起雙手。「為了你啊。」

「我？這件事與我何干？」

荷瑞斯露出驚訝的表情。這倒是頭一遭。

「你真的不知道嗎？」

薩里站直身子，握緊拳頭，擺出防禦姿勢。

荷瑞斯說：「抱歉，我還以為你看出來了。」他眼神飄移。「你是怎麼找到這邊的？」

於是，薩里講了瑪莉亞、圖書館跟不動產部門的事。

「你看了我的房契嗎？」

「看了。」薩里說道。

「再看一次吧。」

荷瑞斯深深嘆了一口氣，把手放在桌上撐著自己，看起來就像是被揍昏、抬出場的拳擊手，從未如此脆弱。

「哪裡都不准去！」薩里說道。

「這你管不著。」

「我要報警。」

「我想你不會的。」

荷瑞斯走向後面的牆。「哈定先生，你的太太，你沒能見她最後一面，真的很抱歉。我能體會你的感受。」

他扣上西裝外套。青筋暴露的手上，指關節顯得特別突出。「葬禮眞的很溫馨。」

薩里大喊：「不准你提到吉賽兒。可惡，你又不認識她！」

「很快，我就會認識她了。」

荷瑞斯兩手交疊，像是在禱告。「現在我要安息了。請原諒我。」

他按下牆上一個按鈕，室內陷入黑暗之中。

古早時代，故事都靠口耳相傳。使者跑過重重山頭，或是騎馬跋涉數日。再怎麼了不起的故事，也需要一講再講，口說耳聽，如此反覆。傳播的速度極緩慢，慢到彷彿可以聽見地球在說話。

到了現代，我們一同注視世界大事，像是七十億人口同時圍坐在營火前。發生在冷水鎮高中足球場舞台上的事件，像接力賽般傳到最遙遠的文明角落。傳播所花的時間，不是數週或數月，而是僅僅幾小時。才過了一個晚上，天堂就不像以往那樣，遙不可及。

證據！有些報社標題是這樣下的。有些報社則是：**天堂說話了**！從邁阿密到伊斯坦堡，人群聚集街頭，歡呼擁抱，歌唱祈禱。教堂、猶太會所、清真寺、寺廟裡，擠滿想要懺悔的群眾。墓園重新擠滿掃墓的人潮。重病患者闔上雙眼時，呼吸的方式不同了。有人懷疑其真實性（懷疑一直都存在），然而一夜之間，單是這一條新聞，就超越了新聞史上的所有報導。全世界每個人開口的第一句，幾乎都是：

你聽說了嗎？

你覺得怎樣？

你相信嗎？

這是奇蹟嗎？

只有一人知道真相。他開著別克老爺車疾駛在雙線道上，準備揭發真相。他抓緊方向盤，努力對抗疲勞。他知道自己從昨晚開始就什麼也沒吃，而且因為蹣跚爬過雪堆的關係，大腿以下全溼透了；他想找出荷瑞斯，卻沒辦法。那個人好像憑空消失了。

薩里花了好一陣子才逃出黑暗的地下室。荷瑞斯切斷整棟房子的電源。薩里在底下碰碰撞撞，才找到樓梯爬上來。他先找過房子，再搜穀倉，也去附近的樹林看過，就是沒有荷瑞斯的蹤跡。黃昏的光線漸漸消退，他整個人好絕望，想把自己看到的東西講出來，免得之後發生什麼事，或有什麼人阻止，害他無法講出來。他走出房子，再度踏過雪堆，走到籬笆旁邊，攀爬而過，完全靠著腎上腺素翻過去。車子引擎已經冷掉，他試了好幾次才發動起來。

接著他駛進昏暗的暮色中，車頭燈努力照透剛降下的霧靄。薩里轉彎，駛進鎮上的郊區，看到車陣亮著紅色車尾燈，延伸了一英里。

「啊，天啊。不會吧。」他自言自語。

剛才那場轉播吸引一群朝聖者前進冷水鎮，前進隊伍又慢又塞。他突然出神，抽離現場。他好想好想抱抱兒子，眼睛充滿淚水。他想起口袋裡有手機，於是脫掉手套掏出手機，撥了父母家的電話。鈴聲響了兩次，接著……

「媽咪？」是居勒接的電話。

薩里聽了心一沉，兒子也被騙了。這孩子看到的、聽到的、人家告訴他的，都是謊言。薩里的聲音卡在喉嚨裡出不來。

「媽咪？」居勒又說話了。薩里聽到父親在一旁說：「居勒，把電話給我——」

薩里按下紅色按鍵，掛掉電話。

我想你不會的。

薩里想起荷瑞斯說的那句話，難道他說對了嗎？得知天堂只是騙局，和證明天堂存在，都一樣令人不知所措嗎？他聽到自己呼吸加速，看著車尾燈，他狠狠地揍向儀表板。不會！絕對不會！他絕對不會臣服於這個詭異又妄想的瘋子。他打開車內燈，翻找後座上的文件，找到一串電話號碼。他手指顫抖地撥號。

電話一接通，薩里問：「艾伍德嗎？」

「你哪位？」

「薩里．哈定。」

「喔，你好，我沒有——」

「你聽我說，這是場騙局！整件事都是，我有證據。」

接著，兩人陷入長長的靜默。

「你還在聽嗎？」薩里問。

「在啊。」艾伍德說。

「是用電腦、軟體弄的。死者生前留下的語音留言被拿去重製了。」

「什麼？」

「從頭假到尾。」

「等一下——」

「你一定要告訴大家。」

「慢點慢點，這是誰做的？」

「是——」

此刻，薩里卻頓住了。他想到即將出口的話，只要一句，整個局面就會翻盤。可以想見大批媒體將擠爆禮儀公司。還有警察也會介入調查，薩里這才警覺，他得比警察早一步找到一樣東西。

薩里說：「我們見面再談。我要回鎮上了，交通實在太——」

「哈定，你聽我說，這我幫不上忙，因為報社下週才會發行。如果你說的是真的，就得找個現在能處理的人。我在《論壇報》有認識的人……」

「《論壇報》？」

「《芝加哥論壇報》。幾年前我們合作過，這人信得過。要我打給他嗎？他可以打給你嗎？」

薩里將手機緊貼耳朵。他這一生，沒有一刻像現在這樣孤獨。

他說：「好，叫他一小時後打給我，我先去處理一件事。」

冷水鎮上，家家戶戶幾乎都掛上彩色燈泡，現在連門廊燈都不關了。街上生氣勃勃，狂歡民眾穿著厚重的冬日外套，不畏風寒地挨家挨戶去串門子。今天的冷水鎮沒有陌生人，只要人在鎮上，就算是奇蹟的一分子。住戶敞開大門，還提供餐點享用。笑語不絕，慶祝的喇叭聲頻頻，許多街道都聽得見聖誕歌曲。

儘管轉播在幾小時前已經結束，足球場還是燈火通明。數百民眾徘徊不去，還不想回家。大牌主持人正在訪問，鎮長傑夫剛剛也接受了訪問。凱瑟琳身邊起碼有十名州警保護。民眾爆衝向前，喊她的名字，連珠炮似地問問題。凱瑟琳看到艾咪從舞台下方往上看。

「艾咪！」凱瑟琳大叫：「請讓讓，讓她上來這裡好嗎？」

在此同時，傑克找到了泰絲。群眾湧向他倆，她只好緊挨著傑克。人們口中直喊著：「謝謝你們！」「偉大的神！」雖然傑克身著制服，群眾依舊硬拉著他，要跟他握手、摸一下外套，總之就是想辦法要碰到他。有人大喊：「歇勒思警長，請保佑我們！」傑克突然覺得有人扣住他的肩頭，一轉頭才發現是雷伊和戴森，一左一右站在他身旁。

「找到你嘍。」雷伊說道。

他倆夾住他開溜。

「我要回家。」泰絲說完，靠在傑克身上。「拜託！這真是太超過了。」

「來吧。」傑克撥開人群，而雷伊和戴森高聲喊著：「請借過！……請借過！」

醫院病房裡，艾力亞斯坐在華倫牧師身旁。自從聽到黛安的天堂來電以後，這兩人沒講幾句話。電話突然掛斷後的某一刻，艾力亞斯問牧師：「這是否證明了我們的信仰呢？」牧師柔聲回應：「如果你確實相信，就不需要證據。」之後，艾力亞斯沒說什麼。

護理師進來換靜脈注射液，還對「美好的新聞」發表意見，之後便笑著離開。兩人目送她離去，心電圖發出微弱的嗡嗡聲。

「艾力亞斯，握著我的手好嗎？」華倫牧師請求。

艾力亞斯伸出大手，緊緊握住牧師骨節突出的雙手。

「你是個好建築工。」牧師輕輕說。

「牧師也是。」艾力亞斯說。

華倫牧師看看天花板。

「我一定會錯過聖誕節的布道吧。」

「怎麼這麼說呢?搞不好到時候你就會離開這裡啦。」

華倫牧師微笑，氣若遊絲地閉上雙眼。

「就快離開了。」

薩里依舊困在前往鎮上的長長車陣中。過了一小時，才前進一英里。《芝加哥論壇報》的人還沒打電話來。他打開收音機，幾乎每台都在重播天堂來電的新聞，重播黛安的錄音。每台都是。這一台、那一台，全都在報導那件事、那名已故女子的聲音。

「在天堂，我們看得見你們……。」

薩里啪的一聲關掉收音機，他現在動彈不得，萬般無奈:困在車內、陷在車陣、陷在自己知道而他人不知道的真相裡。他仔細回想荷瑞斯在地下室所說的話，想要找出一些線索。他為什麼要選冷水鎮?這跟自己又有什麼關係?

你看了我的房契嗎?

看了。

再看一次吧。

房契有什麼好看的？不過就是法律文件，寫滿拗口術語，買房子都會簽一張嘛。

他想打給麗茲，也許她可以念給他聽。但他猶豫了，心中萌生防備，彷彿把自己知道的告訴她，就會有壞人向她探聽似的。

於是薩里傳簡訊給她。

妳在嗎？

幾秒之後，手機振動。

在。我好擔心你，你還好嗎？你在哪？

我還好。妳手邊有房契嗎？

荷瑞斯的嗎？

對。房契在哪？

幾秒鐘過後——

房契給你了啊。

薩里一愣，又再看了簡訊，接著抄起後座上那堆文件，迅速掃過每個標題又扔到一旁。不是這張、不是這張、不是這張……

找到了。

「房屋買賣契約」。他拿起文件湊到眼前，車內燈光昏暗，字小難讀。購屋理由、規定、屋況描述、物件編號。這到底跟真相有什麼關係？薩里快速看到最後一行，賣方在左邊簽名，買方在右邊簽名。

他瞇眼想看清買方的簽名。

他又看了一遍，渾身顫抖了起來。

署名是「艾略特．格雷」。

後面的車猛按喇叭，嚇得薩里幾乎要跳起來。他罵了一聲，又看了地契一眼，腦中閃過千百個念頭。艾略特．格雷？不可能啊！是他墜機後那個陰魂不散的名字嗎？艾略特．格雷，是那個僅僅因為一時大意就賠掉薩里人生精華的航管員嗎？他已經死了！為什麼荷瑞斯要跟他開這種玩笑？為什麼——

手機突然響了，他看看螢幕，是不明來電。薩里按下綠色鍵接通。

「喂？」

「你好，我是《芝加哥論壇報》的班‧吉森。請問薩里‧哈定先生在嗎？」

「我就是。」

「是這樣的，我老朋友艾伍德‧居皮斯打了一通奇怪的電話給我，他是冷水鎮的記——」

「我知道。」

「那好，他說你有一些天堂來電的情報是嗎？他說是重大情報。你那邊究竟發生了什麼事？」

薩里猶豫著，壓低嗓子問：「你覺得發生了什麼事？」

「我？」

「對啊。」

「我沒有什麼想法啊，我打來是要聽你跟我說耶。」

薩里嘆了一口氣，滿腦子都是艾略特‧格雷，揮之不去。艾略特‧格雷？

「我要從哪裡開始講起？」

那人說：「從哪都可以。要不——」

電話突然斷了。

薩里說：「喂？喂？」然後看看手機。

「可惡！」

他把手機螢幕湊近小燈，明明還有電啊。

他拿起手機翻來翻去。

他等著。

繼續等。

過了一會兒，手機又響了。

薩里說：「抱歉，剛剛失去聯繫。」

一名女子輕輕柔柔地說道：「我們從來沒有失去聯繫。」

薩里頓時停止呼吸。

是吉賽兒。

人死復生，你會怎麼辦？這是大家最害怕的事，有時候，卻也是大家最想看到的事。

薩里聽到吉賽兒喚道：「薩里？」這呼喊就像一把刀，劃過他、切開他，流出悲傷的血、喜悅的血。她的聲音好清楚，從她的嘴、她的身體、她的靈魂流洩而出。她的聲音！

然而——

薩里喃喃說道：「我知道妳不是吉賽兒。」

「寶貝，不要。」

「這通電話也不是真的，是荷瑞斯在搞鬼。」

「拜託，如果你愛我，就不要。」

薩里驚呆了，淚水止也止不住。他不想繼續這段對話，可是又好想和吉賽兒對話。

「不要怎樣？」薩里終於低聲回應。

「不要告訴他。」她說。

接著，電話線斷了。

接下來幾分鐘，薩里墮入自己專屬的地獄。他以手遮臉，尖叫、扯髮、用力拉扯，髮根都要哀號了。他拿起手機，丟下又撿起。他喊著吉賽兒，聲音卻被車窗硬生生彈回來。荷瑞斯怎麼可以這麼殘忍？撒謊撒得這麼大？他感到被侵犯，噁心想吐，好像體內有什麼湧起，如果不吞下，就會嗆到。

電話響起時，薩里名副其實地顫抖。他雙手抱胸，好像凍僵要取暖似的。電話多響了兩聲，他才接起來。他氣若游絲地問道：「誰啊？」

「我是班．吉森。哈定先生嗎？」

薩里像洩了氣的皮球。即使知道是騙局一場，還是希望再聽見吉賽兒的聲音。

「喂？我是班．吉森。電話被切掉了嗎？」

「抱歉。」薩里低語。

「好，那你現在說吧——你原本要說什麼？」

他看著前方的車輛，眼睛像剛起床那樣，重新定焦。他盯著前面那輛車後座露出的後腦勺，是小孩，還是青少年？他想起居勒，想起鎮上那些被操控的人，自己現在也要被操控了。他內心升起一個醜惡的念頭。

他告訴班．吉森：「你可不可以親自過來？電話上講不可靠。」

「你真能證明這是造假嗎？我可不想跑一趟，結果卻是——」

「我有證據。」薩里不帶感情地說：「你要的證據我都有。」

「我人在芝加哥，要花幾個鐘頭——」

話還沒聽完，薩里就掛掉了。他駛離路面，在雪地上大迴轉，往反方向開去。

艾略特．格雷，我要殺了你。他這麼打算。

薩里用力踩下油門。

傑克打開警車車門，扶著泰絲下車。

「小心結冰。」他邊說邊扶她的手臂。

「謝謝。」她說道。

回家路上異常安靜，他們不是搖頭，就是偶爾冒出一句「天啊」、「真是不敢相信」這些剛逃過一劫的人會說的話。街上有數不清的外地人在藍色路障後方唱歌慶祝。車燈暫時照亮那些兜帽和滑雪帽遮住的臉龐，然後又把這些人拋回黑暗中。

「以前鎮上每個人我都認識。」泰絲說道。

「我還知道誰住哪兒呢。」傑克加了一句。

現在他倆走向門邊，兩人之間異常安靜。走到門廊上，兩人對望，此時傑克的對講機響了。

一名男子說：「傑克，你在嗎？」

傑克按下一個按鈕。「在啊。」

沙沙聲。「現在可以講話嗎？」

他再按下按鈕。「等一下。」

他將對講機插回腰間，嘆口氣，又望向泰絲，感覺好像有什麼東西結束了。

「我好累。」她說道。

「嗯。」

「你一定更累。你有多久沒睡啦？」

他聳聳肩，「想不起來了。」

泰絲聽了搖搖頭。

「怎麼啦？」

「我只是想到明天……」

「想明天會發生什麼事嗎？」

「沒錯。」她別開頭。

傑克懂她的意思。整個晚上，他一直有種惱人的感受，彷彿跟全世界分享羅比的事，自己的任務就完成了。

「妳媽媽不是說，這件事不會一直持續嗎？」

泰絲點點頭，閉上雙眼，彷彿氣力用盡。她靠在他的肩頭上歇了一會兒，睜開眼，親吻他一下。他的對講機又響了。

「抱歉。」他低聲說道：「這些事情還沒發生之前，我們都在做些什麼呢？」

泰絲笑了。「我還好。謝謝你送我回家。」

她進了屋，關上門，傑克也回到車上。他知道自己得先打給朵琳，解釋他為什麼接到了羅比的電話，卻沒告訴她。這樣做才對。於是他按下對講機按鈕；這個無線設備，連發明電話的貝爾都會大感驚奇。

「我是傑克，現在沒事了。」他說。

「傑克，你得先趕到摩斯丘這裡，快。」

「為什麼？怎麼啦？」

「你看了就知道。」

欲望操控了人類的羅盤，真實人生卻主導了航向。凱瑟琳原本只想榮耀姊姊，艾咪不過想找個更好的工作，艾力亞斯原先只想好好維持公司的營運，而牧師也只想一心服務上帝。

欲望操控了他們的羅盤，而最近十六週來發生的事件，使這些人遠遠偏離正常航道。

轉播那個週五的晚上，凱瑟琳在眾人簇擁下走下大舞台，心中納悶，為何黛安之前都沒叫過她「好妹妹」。

艾咪跟在她後面，盯著那群媒體，覺得自己剛從異教膜拜中逃了出來。

艾力亞斯現在覺得自己對小尼克有所虧欠，即使他從未見過這孩子。

至於華倫牧師，教會信徒的成長超過他的負荷，現在他得一個人去見上帝。週五深夜，他在病床上嚥下最後一口氣。

薩里的心中也有一個欲望，那就是殺了艾略特．格雷，不管他叫荷瑞斯．貝爾芬，或是冠了其他什麼假名，薩里都要殺了他，要他為屢屢糾纏他的生命付出代價。薩里胸中燃著怒火，風馳電掣地飆了四英里。他全身肌肉緊繃，雙手蓄勢待發，肺中送出的每口氣都充滿了復仇殺意。

就在他準備停車時，真實人生卻改變了航向。薩里猛踩煞車，退縮不前。

紅燈靜靜地閃著。警車已經包圍了那棟屋子，州警在四處走動，還有一堆沒有任何標示的黑頭車，薩里推想，應該是屬於某個政府單位吧。

「天啊。」他低聲驚呼。

欲望操控了人類的羅盤，真實人生卻主導了航向，因此薩里今晚誰都不會殺。

他將車子掉頭，離去。

午夜過後

鎮上的慶祝活動一直持續到深夜，湖濱路擠得像是遊行路段。蘋果汁工廠免費提供熱蘋果汁，桌上還擺滿一盤盤餅乾和派。銀行前面，有教會合唱團唱著古老的讚美歌：

無上至高永生之君，
祢恩慈充滿光輝照……

鎮外兩英里處，薩里再度被困在入鎮的車陣裡。他失去最後一絲耐心，猛地把輪子往右一偏，駛出長長車龍。他猛踩油門，在道路與密西根湖之間的顛簸路肩上暴衝。他得趕回家，得回去接居勒，得找到一些問題的答案。

薩里心想，警車為什麼要開到荷瑞斯家？警察知道我之前在那裡嗎？事情要被揭發了嗎？接下來就要調查我了嗎？

爲什麼要挑冷水鎮？

爲了你啊。

我？這件事與我何干？

你眞的不知道嗎？

荷瑞斯究竟是誰？艾略特．格雷沒死嗎？不可能是他啊！薩里想要集中精神，卻頭痛欲裂，無法同時思考兩件事。車子急駛，他開始冒汗。頸部痠疼，喉嚨乾渴。腦海中聽到自己說：你應該慢下來，但那聲音聽起來感覺好遠。

他用力眨眼，接著又眨了一次。車身突然跳了一下，有塊石頭飛起，匡噹一聲撞上擋風玻璃。薩里稍微閃神。路向左彎，他也跟著左轉，車燈照到三個人，一男一女和一個孩子，他們下車探路況，看到薩里疾駛過來，嚇得愣在原地。薩里驚恐地瞪大雙眼，猛轉方向盤、緊踩煞車，車子狂亂地偏到右側，失控打滑，接著飛衝過河岸，輾過雪堆中伸出的小灌木叢。有那麼一個無聲而短暫的時刻，車子凝結在半空中，好像不再是車，而是飛機。就要衝進結冰的湖中時，薩里本能地想拉下頭上把手，彈射逃生。

撞擊來了！車子俯衝到湖面，力道反彈。薩里從駕駛座彈到副駕駛座門邊，頭狠狠地撞上車窗，眼前一黑。車在冰上打滑，像被人拿著擦拭冰面，一圈、一圈再一圈，最後終於吱吱嘎嘎停了下來，四千磅重的金屬停在幾吋薄冰上。

薩里流著血，癱在前座。

生命中，有什麼困難是愛無法穿透的？瑪貝兒幼年失聰，卻送貝爾鋼琴當結婚禮物，要他每天為她彈奏，彷彿他的音樂可以穿越她的無聲世界。數十年後貝爾躺在病榻上，是瑪貝兒發聲，說出「不要離開我」。那時貝爾已經無力開口，依舊用手語比出：不會。

生命中，有什麼困難是愛無法穿透的呢？薩里的意識跌進黑暗之中；沒有任何塵世的聲音可以使他擺脫束縛。車底的冰開始崩裂，但是在超越所有存在的某處地方，傳來了世上第一通電話傳遞的話語。

過來，我想見你。

接下來發生的事，無法解釋。但那記憶既鮮明又真實，將成為薩里一生中最難以磨滅的回憶。

薩里聽到逃難三步驟。

操作。

他感到自己從車中被舉起。

航行。

他像個魂魄一般，迅速飄過黑暗，突然回到了自己的公寓，飄過走廊，飄到居勒的臥室。他看到坐在兒子床邊的，是他的妻子吉賽兒，像剛認識時那樣青春洋溢、容光煥發。

聯絡。

「嗨。」她說。

「嗨。」他口中也蹦出這個字。

「你只能待一下下，待會就要回去。」

薩里只覺得自己好輕、好溫暖，全身放鬆，像是十歲時躺在夏日青草上的感覺。

「不要！」他說。

「不可以鬧脾氣。」她笑道：「事情不是你說了就算。」

薩里看著吉賽兒靠在居勒身上。

「他好可愛。」

「妳應該親眼看看他。」

「我有啊，我一直看著他。」

薩里感到自己內心在哭泣，卻流不出眼淚，表情也毫無變化。吉賽兒好像察覺到他的失落，轉過來看他。「怎麼了？」

「妳不可能在這裡。」他低語。

「我一直都在啊。」

她指向書架，那邊放著她的天使骨灰罈。「這樣很感人，但你不需要這樣。」

他盯著她看，卻無法眨眼。

「對不起。」

「為什麼要道歉？」

「妳過世的時候，我不在妳身邊。」

「那又不是你的錯。」

「我沒有和妳說再見。」

「如果你真愛一個人，說再見其實是多餘的。」她說。

薩里全身顫抖，感到過去的傷口又被撕開。

「我好丟臉。」

「怎麼會？」

「我坐過牢。」

「你現在還是沒出獄。」

吉賽兒靠近薩里，近到他能夠感受到她臉上發出光芒，近到他看見她眼中兩人相處的每一天。

「夠了。」她低聲說道：「放下吧。我並不痛苦。知道你還活著，我就開心了。」

「那是什麼時候的事？」

「一開始的事。」

「什麼開始？」

「從我死掉開始。」

「那不是開始，是結束。」

她搖頭否定。

她一搖頭，薩里就感到背後被扯了一道，好像有人拉住他的襯衫下襬。所有感覺都回來了，他感到刺骨的寒冷，一股模糊的疼痛傳來。

「拜託你不要告訴他。」

薩里之前也聽她這樣說過，現在才明白她說的「他」是誰。是他們的兒子。

吉賽兒低頭看著居勒，他翻身側睡，露出塞在肩膀下的藍色玩具電話。

「不要告訴他沒有天堂。他需要相信，你也得信給他看。」

「我相信。」薩里說。

他又加了一句：「還有我愛妳。」

「我相信。」吉賽兒微笑地學他說話：「還有我愛你。」

他感到吉賽兒在他身旁，接著在他左右，在他身後。她徹底包覆著他，就像哭泣的孩子完全投入母親懷抱那般。房間閃動著光明與黑暗，他突然被往後一拉，上方傳來最不協調的聲響：拉、把手這幾個字。

接下來他所知道的，就是自己掉出車外。冷風迎面而來，他努力爬過積雪覆蓋的冰面，直到幾碼之外。他搖搖晃晃地站起身，頭在流血。他望向天空，尋找妻子留下的一點蹤跡，只聽到風聲以及遠方傳來的喇叭聲。

「吉賽兒！」他大聲呼喊。

就在那時，冰面撐不住了，轟的一聲崩裂。薩里愕然地看著別克沉入黑水，慢慢淹沒。

隔天

新聞報導

ABC新聞

主播：密西根冷水鎮的後續驚人發展，由記者艾倫．傑若米為您報導。

（艾倫站在荷瑞斯屋前）

艾倫：沒錯。在最後緊要關頭，真相大白。據當地警方表示，一名叫荷瑞斯．貝爾芬的葬儀社負責人可能涉嫌造假，捏造昨日全球矚目的天堂來電。許多人相信這些電話真的來自天堂。星期五晚上，貝爾芬被人發現陳屍在自家住宅，死因尚未確認。以下是警長傑克．歐勒思的發言。

（傑克的畫面）

傑克：看來貝爾芬先生似乎涉嫌攔截通訊。警方目前還在拼湊線索，無法透露太多細節，不過貝爾芬家中的確有很多設備。

艾倫：聽說聯邦當局也參與了調查，那是為什麼呢？

傑克：這個你要去問他們。

艾倫：警長，您過世的兒子也有打電話給您，請問您對這件事的——

傑克：我自己的經歷並不重要。現在警方只想盡快瞭解到底發生了什麼事。

（艾倫站在抗議群眾前）

艾倫：不相信的群眾，反應倒是相當迅速。

抗議者：當初我們就跟大家說了！你們在想什麼啊？還以為電話接起來，就可以跟死人講話？很明顯是惡作劇嘛，從頭到尾都是！

（空照荷瑞斯的房屋）

艾倫：這棟五英畝的農莊就是貝爾芬的住處。將近兩年前，他買下戴維森父子禮儀公司的股份。根據政府資料，貝爾芬沒有婚姻關係，沒有家人，目前所知僅只如此。隨著時間過去，我們會看到更多此地民眾的反應。只是目前看來，「冷水鎮奇蹟」令人存疑……

兩天之後

聖誕節早上，一層新雪灑落在冷水鎮上。鎮上教會的門前台階，鏟雪聲此起彼落，煙囪飄出煙霧。屋子裡，孩童撕開禮物包裝，絲毫沒看到父母臉上的憂鬱神情。

浸信會望稼堂上午舉行了聖誕禮拜，也順便舉辦華倫牧師的告別式。卡羅神父念了一段悼文，其他教會的牧師亦出席悼念。艾力亞斯．羅伊也去了。自從上次在教會起身發言後，這是他首度現身。這次他再度起身，他說：「不管別人怎麼說，我知道，牧師今天在天堂了。」

凱瑟琳．耶林也在場，帶著艾咪．潘恩同行。介紹時，凱瑟琳說艾咪是「她的朋友」。電話事件發生四個月以來，凱瑟琳第一次將手機放在皮包裡，不再每幾分鐘就拿出來檢查一下。

泰絲．瑞佛緹請了一屋子的客人，人數多過母親以往節日請來的數量。不過現場的氛圍是肅穆的。他們一起端出鬆餅時，傑克看到泰絲瞄了一眼廚房裡一聲未響的電話。她忍住了淚水，傑克則以微笑鼓勵她。

薩里．哈定在父母家中客廳，看居勒拆開最後一個禮物，是麗茲送的一疊著色簿。麗茲跟居勒坐在地板上，她那撮原本挑染成粉紅色的頭髮現在染成聖誕綠了。

佛瑞德．哈定問兒子：「你的傷還好嗎？」

薩里摸摸頭上的繃帶，說：「只有想到才會痛。」

幾分鐘之後，薩里看居勒只顧著看禮物，便走進自己小時候的房間，關上房門。這裡已經被父母改成客房，但是牆上仍掛著他以前比賽贏來的勳章，還有一些踢足球的相片。

薩里從口袋裡掏出皺巴巴的信封，正面打著他的名字。他想起前幾晚湖邊的事故：車子打轉，他踉蹌走回岸上，邊走邊滑，別克車慢慢沉進冰下。薩里摔進雪堤，氣力用盡地躺在那兒，後來才聽見救護車的聲音。有人打了九一一，薩里送醫縫了幾針，診斷出有嚴重腦震盪。薩里的意識竟然能恢復得那麼快，讓他逃出車外，急診室醫生簡直不敢置信。從撞傷到清醒才多久？一分鐘吧？

薩里在醫院待了一整晚觀察病情。隔天一大早，他依舊昏沉，睜開眼時，看見傑克．歐勒思走進病房，關上房門。

他身穿警察制服，問薩里：「你應該沒事吧？」

「應該吧。」

「關於那個人，你知道些什麼？」

「哪個人？」

「荷瑞斯。」

「不太清楚。」薩里撒謊。

「他嫌疑很重。家裡有一些我從沒看過的設備。而且我們到了那邊二十分鐘之後，十幾個聯邦的人也到了。他們叫我們什麼都不要說，由他們接手。」

「你是怎麼找到荷瑞斯的？」

「是他打給我們。」

「他打給你們？」

「星期五下午他打到局裡，說他家有個死人。我們抵達之後，發現他藏在地下室後面的密室裡，躺在地板上。」

傑克暫停了一下，「那個死人就是他自己。」

薩里往後靠到枕頭上，頭暈目眩，整件事完全不合邏輯。死了？荷瑞斯——艾略特．格雷——死了？

「我說啊，」傑克掏掏口袋。「我這樣做大概犯了一百萬條法律吧，不過在別人發現之前，我在他桌上發現了這個信封，就自己拿了。我不拿，他們就會拿。我會這樣做，是因為他是怎麼對你，就是怎麼對我、怎麼對我在乎的人。我想要知道真相，可是我不希望搞得人盡皆知，你懂嗎？這一切已經夠麻煩了。」

薩里點點頭，傑克交給他一個對摺的信封。

「不要讓其他人看到。回家再看，看完……」

「看完怎樣？」薩里說。

傑克吐了一口大氣。

「打給我吧。」

過了聖誕節早上，薩里都還沒看信。他一直想著吉賽兒，想她坐在床邊，坐在居勒身邊，那笑著的模樣。

他好可愛。

妳應該親眼看看他。

我有啊，我一直看著他。

從那之後，薩里想要每分每秒都待在居勒身旁，似乎那麼做就能讓三人重聚。他還婉拒了艾伍德及《論壇報》記者的採訪，說之前是自己搞錯了，只是喝酒喝糊塗，又被轉播弄得心情不好罷了。最後他們終於饒過他，跑去追其他線索。但是現在，居勒的笑聲從隔壁房間傳來，還有值得信任的新玩伴麗茲陪著他，薩里覺得不管信裡寫什麼，自己已經準備好了。內容或許會解釋這幾個月來，讓薩里難以擺脫的瘋狂現象。

他撕開信封，攤開信讀著：

哈定先生：

懇求你饒恕我。

我的本名，你現在應該也猜到了，叫艾略特．格雷。我是艾略特．格雷的父親，他是我的獨生子。這名字你一定很熟吧，真是不幸。

在你飛機墜毀的那天，是我銷毀了林頓機場的飛行紀錄。以我這種背景，這算小事一樁。

我會這樣做，是想保護自己的兒子。真是愚蠢。

多年來，我們父子倆十分生疏。他母親死得早，他又不認同我的工作。現在想想，也不能怪他。我的工作十分機密，又不太老實，我得因公長期離家。當初我以為自己是為了國家、政府效力。現在一邊寫信，才發現，這兩者對我來說，是多麼無足輕重啊。

事發那天早上，因為艾略特拒接我的電話，我一聲不響就跑去他家，跟他談事情。那時我六十八歲，被診斷出得了癌症，治不好了。我想該是打開父子心結的時候了。

不幸的是，他並沒有好好接待我。我們大吵一架。做父親的我天真地以為自己最後總能把事情處理妥當，而我卻沒有做到。相反地，吵完之後他衝出家門，又急又氣。一個小時後，就發生了報錯跑道的事。

在這種情況下，生命從此逆轉，回不去了。

我相信都是因為自己突然出現，害他分了心。我很瞭解自己的孩子，雖然他有缺點，在工作時，他和我一樣都是無懈可擊的。後來我開車到塔台，想把遺書交給他。其實我大可把遺書留在他家就好，但內心深處，我想再多看他一眼吧。我到達時，剛好聽到遠處傳來的墜機聲響。

真的沒有任何文字足以形容當下的情況。經過多年訓練，我在緊急情況下保持從容不迫，但我擔心兒子會驚惶失措。我在塔台控制室裡找到他，獨自一人喊著：「我做了什麼？我做了什麼？」我叫他去鎖門，交給我處理就好。很快地，我刪除了所有資料，心想，就像特工一樣，既然沒有飛行紀錄，就不能證明他有錯。

不知何故，我在刪除資料時，他逃跑了。到現在我還是不知道原因。當人們離開得太突然時，就是這樣，不是嗎？總是有許多問題想問，卻問不出口。

接下來一團混亂，我離開塔台時沒人看到，這也是多年受訓的成果。可是後來我知道他出車禍過世，還有你太太的健康狀態變得如此脆弱，後悔啃噬著我。我的世界只有執行、結束。我兒子闖的禍自然由我負責，你們夫妻不過是陌生人、像駁火的無辜受害者。於是我急於補償你們。

幾天之後在艾略特的葬禮上，我看到他的朋友出席，我不知道他有朋友。他們很溫馨地說，艾略特相信死後有一個更好的世界，也相信天堂的恩典。我從來不知道他是如此深信。

那是我人生中第一次為我的孩子哭泣。

於是我搬到了冷水鎮，還清我欠下的債；債主是我的孩子，還有你。我有辦法取得你在軍中的紀錄，所以仔細閱讀了你的背景資料。我追蹤你，發現你回到鎮上，也發現你固定去醫院探病時，把孩子交給父母照顧。知道你被判刑之後，我十分擔憂，因為我知道沒有證據可以為你洗清冤屈。新聞一直報導進展，也一直提到艾略特的死，我的良心沒有一刻平靜。

我是個行動派，既知時間不多，就買下冷水鎮附近的房子，改名換姓（以我的背景來說，算是小事一樁）。巧合之下，我遇見山姆．戴維森，他做了一輩子的葬儀業，想要退休。死到臨頭，死亡的神祕自會散發出一種憂傷的吸引力。我買了禮儀公司的一部分股份，後來發現他人的哀慟竟會使我感到安慰。我傾聽那些喪家的故事，以及他們的悔恨。幾乎每個人都有一個願望，我猜我那天趕到機場塔台也是抱著同一個願望：和親人再說一次話，一次就好。

我決定為一小部分人達成心願，讓我此生最後的作為成為同情之舉，或許也能在你太太過世之後，為你們父子帶來一點希望。

剩下的，像是我怎麼操控、怎麼製造那八種人聲、控制來電時間、掌握對話細節，相信現在你都知道了吧？其他的，別想往下找了。任何重大線索，都會被我的前雇主掩蓋。像我幹這行幹了這麼久，說退休也不是真的退休。一旦我的真實身分暴露，會使官方顏面盡失，所以他們一定會抹滅我的重要性，確保我身分成謎。

但我寫這封信給你是因為，欠你的，我真的還不完。你可能以為像我這樣背景的人不信上帝，話不能那樣說。這些年來，都是因為堅信有神保佑，我才能為自己的行為辯護。

我在冷水鎮的所作所為，都是為了彌補我的過錯。就和其他人一樣，我也會死，無法看到這番作為的最後結果。不過，即使我被拆穿了，人還是相信自己想要相信的吧。如果因為這些電話，多了幾個接觸信仰的靈魂，也許上帝會賞我以恩典。

或是說，等你讀到這封信時，我已經知道天堂是否存在了。如果我能打電話給你證明天堂存在，我真的會打。我欠你許多，這是我能償還的最小額度了。

不過，這封信的結尾就跟開頭一樣，我要請求你的饒恕。或許，很快我也能請求兒子原諒我。

再會了——

艾略特·格雷，又名荷瑞斯·貝爾芬

怒氣，如何釋放？如果怒氣是你長久以來的立足點，一釋放就會失足站不穩，你要怎麼放下？薩里坐在房裡，手握著那封信，像是大夢初醒般，從痛苦中解脫。艾略特·格雷，薩里恨了這麼久的敵人，現在有了另一個樣貌，他犯的錯，可以饒恕。

這封信解釋了飛行紀錄消失的原因，解釋了近幾個月來捉摸不定、折磨鎮民的電話騙局。在信中，荷瑞斯顯得更有人性。他不過是哀痛的父親，想彌補自己的過錯。

哈定先生，有時候明明是你罪不應得，卻坐了牢。

有時候，情況卻是剛好相反。

薩里重讀那封信，眼神落在八種人聲上，直覺在心中回想是哪八人。第一人，恩尼許·布魯阿的女兒。第二人，艾迪·多肯的前妻。第三人，傑·詹姆士的生意夥伴。第四人，泰絲·瑞佛緹的母親。第五人，傑克·歐勒思的兒子。第六人，凱瑟琳·耶林的姊姊。第七人，艾力亞斯·羅伊的前員工。第八人，艾伍德·居皮斯的女兒。

就這八人。

那吉賽兒呢？荷瑞斯最後假造的聲音，他沒算到嗎？他是不是故意漏掉不寫？

薩里抄起手機，檢查週五晚上的通話紀錄。他找到《論壇報》記者打來的那通，是晚上七點四十六分。他檢查前一通，顯示為**不明來電**，那通就是吉賽兒的聲音。

打來的時間是晚上七點四十四分。

他掏掏口袋，找到傑克之前在醫院寫給他的電話，立刻撥過去。

「嗨，我是歐勒思。」

「我是薩里．哈定。」

「喔，聖誕快樂！」

「聖誕快樂。」

「欸，我現在在跟朋友——」

「我也是跟家人一起——」

「你想到哪邊聊一下嗎？」

「只是想問一件事，很快就好。」

「好。」

「是荷瑞斯的事。」

「他什麼事？」

「他的死亡時間。」

「我們找到他時，他已經死了。雷伊是第一個進地下室的，他有紀錄。時間是下午六點五十二分。」

「什麼？」

「六點五十二分。」

薩里全身上下都在顫抖。

七點四十四分。

「你確定？」

「沒錯。」

他頭暈目眩，掛斷電話。

抱歉，剛剛失去聯繫。

我們從來沒有失去聯繫。

薩里跑去客廳，摟住兒子。

兩個月後

不管有多少人來來去去，小鎮自有它的心跳頻率。事發數週後、數個月後，那心跳又回到以往的規律：卡車開走了，座位也拆了，外來客像是剝洋蔥那樣，逐漸從鎮上剝離。芙瑞達的餐廳開始有空位，除過雪的路面，停車位也多了。銀行後面的座位上，又可以看到行長兼鎮長坐在那兒，用鉛筆敲著桌面。

再也沒人接到天堂來電了。聖誕節過去，新年也走了，凱瑟琳從此沒再接到黛安的電話，泰絲沒聽到母親的聲音，傑克也沒了羅比的消息。天堂來電的其他受話者也是如此。冷水鎮奇蹟像是蒲公英的花絮一般，被吹散了。

荷瑞斯的神祕死因一經新聞報導，立刻引起長達數天的臆測。許多人認為電話事件是一場精心操控的騙局，主謀就是這個神祕老人。軍方發言人表示，荷瑞斯只是維吉尼亞軍方的低階工作人員，後來被診斷得了腦癌，無法開刀治療，才會退休。

然而，珍貴的相關資料非常稀少，政府單位拿走貝爾芬家中的設備，還發表一份報告，表示只找到零星資料。好一陣子，媒體急著挖出更多新聞，但因為天堂之聲已經消失，熱潮也退了，最後媒體如同小孩看書看到一半就擺到桌上那樣，放棄不追了。

慢慢地，空地和民宅草坪上的祈禱者離開了。因為後來沒什麼好抗議的，抗議民眾自然也離去了。西賓主教和天主教會將此案結案。這個世界，把發生在冷水鎮上的事情吸了進去，好像搖晃過的玻璃球，裡面的雪片終究沉到底部。許多人相信黛安所言為真，把她的話當福音研究。其他人則是嗤之以鼻。就像以往發生過的奇蹟，一旦生活回到正軌，相信的人會充滿驚奇地一再複述，不信的人還是不信。

再也聽不到天堂之聲，讓大部分鎮民很是傷心，不過似乎沒人發現，天堂來電以自己的方式，將鎮民帶到他們真正需要的生活正軌上。自從黛安死後，一直孤零零的凱瑟琳，現在有了如同姊妹的朋友艾咪。曾為了新聞工作而心力交瘁的艾咪，則是辭去電視台工作，在鎮上租了一間小房子，每天請凱瑟琳過去喝咖啡，還將自己在冷水鎮的所見所聞撰寫成書。

泰絲和傑克如今成了彼此的慰藉，互相彌補摯愛離去後留在身上的缺口。卡羅神父和其他神職人員發現教會出席率提升，他們多年來祈求的願望成真了。艾力亞斯把華倫牧師與他的對話放在心上，補償尼克的家人，幫他們蓋了一棟小房子，還給小尼克第一份暑期工作，也是蓋房子。幾年過後，他的薪水就足夠支付大學學費了。

薩里不再將吉賽兒的骨灰擺在家裡，而是拿去墓園一角埋葬。

回家後，他終於能安心地在夜裡闔眼。多年以來，總算如此。

聽說貝爾第一次靈光閃現想發明電話，是在青少年時期。那時他發現，如果對著打開的鋼琴哼歌，音高對應的琴弦便會振動，彷彿以歌回應。音高若是A，A弦就會振動。用電線連結聲音的想法，便應運而生。

不過這個想法並不新鮮。有所求，必有應，信念的起源即是如此，時至今日，依舊不曾改變。如今，在一個叫冷水鎮的小地方，一個七歲小男孩在深夜聽到了沙沙聲，於是睜開雙眼，將藍色話筒湊近耳邊，他笑了。天堂一直在我們身邊，永遠在我們身邊。有人懷念的靈魂，未曾真正離開。

作者的話

此故事發生的背景是虛構的密西根小鎮「冷水鎮」。不過該州真有一座冷水鎮，是個好地方，建議大家去那邊看看，但這兩個小鎮是不一樣的。

銘謝

本書能完成，要多虧神的恩典、許多杯咖啡、密西根窗前的清晨桌邊，以及家人親友的愛。

本書誕生於一段辛苦的日子，許多人陪我熬了過去。三言兩語不足道盡，不過猶如墨水深印，我的感謝亦同。感謝珍寧珍貴的每分每秒；感謝凱莉·亞歷山大與我合夥，對我一片忠心；感謝阿里多次和我用 skype 通話；感謝菲爾·麥格勞無與倫比的努力；感謝路·C的體諒；感謝大衛·沃爾皮、史提夫·林德曼，兩位神的僕人，展現了神的耐心；感謝奧吉·尼多這個真正的朋友；感謝艾琳·H、史提夫·N，這兩位的勇敢讓我得到啟發；感謝海地HFH的小朋友，我在那兒學會了保持自己的觀點。接著，我要以只有他們才懂的方式，大力感謝兩位真正的朋友：馬克·羅森塔爾（我十二歲就認識他）、柴達·奧迪（我四十七歲才認識他）。除了「那天終於來了！」之外，我無話可說。

還有，曼德爾是個懶鬼。

大衛·布萊克與我認識已超過四分之一世紀，該為此頒一面獎牌給他。感謝他永不疲累的信念，也要感謝他辦公室的偉大同事：莎拉、戴夫、喬依、路克、蘇珊（她掌管全世界）、安托內拉（她掌管網路世界）。

此外，我要深深感謝哈伯柯林斯出版社的新家人：從業務、銷售、宣傳，到設計部門，大家都誠摯歡迎我。還要特別感謝有創意的新朋友凱倫・里納爾第，區區十八年，終於願望成真，書中也充滿她的關愛；感謝布萊恩・莫瑞、強納森・柏罕、麥可・莫瑞森，感謝他們鼓起勇氣行動。

海外要特別感謝：英國利特布朗出版社的大衛・雪利，他的筆記一直很詳盡，讓我知道自己在做什麼；感謝瑪格麗特・達利，我在愛爾蘭最好的朋友。

我父親說過，船到橋頭自然直，「書就是一直寫下去就對啦。」一如往常，他說得沒錯。我對父母的愛沒有極限。我最早的讀者：阿里、崔許、瑞克讓我有寫下去的動力。

書中的每個吉賽兒、艾莉、瑪格麗特其實都是珍寧的化身，不然我怎麼能想像出如此深刻的愛？

在此，還要特別銘謝許多文章書籍，在我研究電話的有趣歷史時派上用場。還要感謝我深愛的密西根州，很高興我終於把它寫進故事裡了——即使是個虛構故事。

最後要感謝的，也是一開始就該感謝的：任何從我心中、我手中創造出來的，都是神給予我、傳給我，透過我、陪伴我而得之。或許我們無法得知電話與天堂的真相，但我們知道，總有一天，祂會回應所有的呼喚。祂已經回應我了。

米奇・艾爾邦
筆於密西根州底特律
二〇一三年六月

國家圖書館出版品預行編目資料

來自天堂的第一通電話 / 米奇・艾爾邦（Mitch Albom）著 ; 吳品儒譯. -- 初版. -- 臺北市 : 大塊文化, 2014.09

面； 公分. --（mark ; 102）

譯自 : The first phone call from heaven

ISBN 978-986-213-541-9（平裝）

874.57 103013731